대한민국의 빛과 소금,

공복들 ❶

대한민국의 빛과 소금,
공복들 ①

파이낸셜뉴스 지음

북스토리

힘들고 낮은 곳에서 수고하는
모든 공복들에게 감사합니다

지난 2013년 여름, 원전 비리와 사고가 잇따라 터지면서 전력 확보에 비상이 걸렸습니다. 그때 파이낸셜뉴스는 서울 당인리 발전소를 찾아 찜통더위 속에서 전력 위기를 극복하기 위해 사투를 벌이는 발전소 직원들을 취재·보도했습니다. 그리고 구슬땀을 흘리는 그들을 격려하고 위로하는 마음에서 시원한 수박을 보낸 적이 있습니다. 그 일이 있은 뒤 우리 사회를 위해 묵묵히 일하는 그들의 존재를 세상에 보다 널리 알려야겠다는 생각을 갖게 됐습니다.

이 책의 토대가 된 이른바 〈공복公僕 시리즈〉는 그렇게 해서 탄생했습니다. 2014년 1월에 '대한민국의 빛과 소금, 공복들'이라는 큰 타이틀 아래 서울 대림동 차이나타운의 경찰관들을 다룬 첫 기사가 나갔습니다. 시리즈는 당초 5회로 짧게 기획했으나, 독자들의 뜨거운 관심 속에 해를 두 번 넘긴 끝에 2016년 3월 대단원의 막을 내렸습니다.

흔히 공무원이라면 편한 직업이라고 생각합니다. 비리 사건이 터지면 싸잡아 손가락질을 받기도 합니다. 그러나 우리 주위엔 낮고 어두운 곳에서 묵묵히 제 역할을 다하는 공무원들이 많습니다. 바로 이 책에 소개된 분들이 그렇습니다.

서해 작은 섬에서 나 홀로 밤을 지새우며 일하는 항로표지관리원(등대지기)은 한 달에 한 번 가족을 보는 게 전부입니다. 강원도 태백의 광산보안관은 지하 1,000m 막장으로 내려가 탄부들의 안전을 챙깁니다. 이른 새벽부터 거리에 나와 쓰레기를 치우는 환경미화원, 무거운 소방장비를 메고 시뻘건 불 속으로 뛰어드는 소방대원도 있습니다.

이 책은 파이낸셜뉴스 기자들이 일일이 이들을 찾아다니며 발로 쓴 생생한 기록입니다. 때론 항만청소선을 타고 바다 쓰레기를 치우기도 하고, 때론 철도장비팀을 따라 지하철 동굴 속을 걸어 다니기도 했습니다.

그래도 기자들은 행복했습니다. 몸은 힘들었지만 우리 사회의 빛과 소금을 세상에 소개한다는 데 큰 보람을 느꼈습니다. 취재에 응한 공무원들도 언론에 보도된 뒤 더 큰 자부심과 사명감을 갖게 됐다고 이구동성으로 말합니다.

빛도 없이 힘들고 낮은 곳에서 수고하는 모든 공복들과 참언론의 소명을 다하기 위해 전국을 구석구석 뛰어다닌 기자들의 헌신과 노고 위에 하나님의 크신 사랑과 은혜가 함께하시길 기원합니다.

파이낸셜뉴스 대표이사 회장
전재호

행복한 사회를 만들어 가는
공복의 길을 다시 생각하며

흐르는 강물은 쉬지 않고 흘러야 한다는 '천류불식川流不息'의 사자성어처럼 우리 사회가 하루도 쉼 없이 평온하게 흘러갈 수 있는 것은 사회의 곳곳에서 맡은 바 업무를 다하고 있는 사람들이 있기 때문이다. 이들 가운데는 국민을 위해 '공복公僕'이라는 이름으로 묵묵히 헌신하며 소임을 다하고 있는, 드러나지 않는 공직자들이 있다. 우리가 정부혁신을 통해 이루고자 하는 것도 결국은 공직자들이 공복으로서 국민을 위해 맡은 바 소임을 성실히 이행해 국가와 사회가 멈춤 없이 원활하게 돌아가고, 국민들이 편안하고 행복하게 살 수 있도록 만드는 것이다.

이번에 파이낸셜뉴스에서 발간하는 『대한민국의 빛과 소금, 공복들』은 우리 사회의 빛과 소금이 되어 전국 각지에서 국민을 위해 헌신하고 땀 흘리는 100여 명 공직자들의 이야기를 담고 있다. 정부혁신을 이끌고 있는 행정자치부장관으로서 반갑기만 하다.

특히 이 책은 파이낸셜뉴스 취재기자들이 무려 2년에 걸쳐 현장에서 애쓰고 있는 공직자들의 모습을 직접 보고 겪은 경험을 생생하게 풀어내고 있으며, 헌신하는 공직자들의 노고와 애환을 꾸밈없이 담아냈다.

사실 공직자의 삶은 일반 국민이 생각하는 것만큼 쉽지 않다. 자신이나 가족을 앞세우기보다 국가와 국민을 위해 공복으로서 봉사하며 희생하는 자리이기 때문이다. 국가와 사회를 위해 희생은 기본이고, 다소 억울한 상황에 부딪치더라도 조용히 감내해야만 하는 경우도 있다. 그래서 '공복'이라는 호칭에는 국민에 대한 엄중한 책임감과 사명감이 담겨 있다고 하겠다.

이 책이 오늘도 국민들 삶의 현장 곳곳에서 국민을 위해 사명감을 가지고 묵묵히 일하는 공직자들에게 힘이 되고, 공복의 길을 다시 되돌아보는 소중한 기회가 되길 소망한다. 아울러 국민들에게는 공직사회를 좀 더 따뜻하고 새롭게 바라볼 수 있는 계기가 되기를 기대한다.

공직사회를 새롭게 조망할 수 있는 좋은 책을 발간하는 데 애써주신 파이낸셜뉴스 가족 여러분께도 감사의 말씀을 전한다.

행정자치부장관
홍윤식

음지를 밝히는 묵묵한 헌신들,
그들이 있어 오늘도 안심합니다

　　　　　우리나라에서 공무원은 '철밥통'으로 불린다. 공무
원법에 따라 신분 보장이 철저히 이뤄지고, 시간이 흐르면 호봉에 따
라 봉급이 차곡차곡 올라가니 '만년 직장' '만년 직업'이라는 조롱을
받고, 공기업이나 공공기관에 근무하는 이들에게는 '신의 직장'이라
는 부러움 섞인 조소가 따른다. 게다가 정부가 '개혁'을 부르짖을 때
마다 첫손가락에 꼽히는 이들이기도 하다. 하지만 우리 사회에는 꼭
필요하지만 아무도 알아주지 않는 음지에서 묵묵히 자신의 일을 수
행하는 '공복'들도 참으로 많다. 이들의 희생이 있어 우리 사회가 유
지된다고 해도 과언이 아니다.
　　그동안 공무원들을 바라보는 국민들의 시선은 대체로 부정적이었
던 게 사실이다. 특히 세월호 사고 이후 이런 양상은 더 심화됐다. 그
러나 이런 공무원의 이미지를 불식시키는 공복은 사회 곳곳에 존재

했다. 국민들의 안전과 행복을 위해 불철주야 온몸을 던지면서 일하는 공무원들이 많지만 의외로 이 같은 사실이 사회에 잘 알려지지 않는 것 또한 사실이다. 파이낸셜뉴스의 『대한민국의 빛과 소금, 공복들』은 바로 이런 공무원을 찾아 알리고자 기획됐다.

2014년 1월 2일, 중국 동포 밀집지역으로 치안 수요가 많은 서울 영등포경찰서 대림파출소 경찰관을 시작으로 대장정에 오른 『대한민국의 빛과 소금, 공복들』은 그동안 외딴 섬부터 깊은 산속까지 음지에서 고생하며 묵묵히 헌신하는 공복이 있는 곳이라면 어디든지 달려가 그들의 일상을 취재했다. 총 90개 이상 팀과 70개가 넘는 기관이 『대한민국의 빛과 소금, 공복들』에 참여했다. 모두 '우리가 낸 세금이 전혀 아깝지 않다'는 생각이 들 만큼 고생하는 이들에 대한 얘기다.

국민들에게 비교적으로 익숙한 경찰관, 소방관, 사회복지사 등을 비롯해 유해발굴감식단, 특허심사관, 국가지진센터, 항만청소선, 한우연구실 등 익숙하지 않은 공복들도 발굴, 적극 알렸다.

『대한민국의 빛과 소금, 공복들』의 가장 큰 특징은 공복들이 일하는 현장에 기자가 나가 함께 체험하고 기사를 작성했다는 점이다. 전 시리즈에 걸쳐 전문성을 요구하는 업무를 제외하고는 단속 현장, 근무 현장에 늘 동행했다. 『대한민국의 빛과 소금, 공복들』의 생동감은 자료나 인터뷰를 통해 전해 듣기보다는 현장에서 직접 보고 썼기 때문에 나올 수 있었다.

『대한민국의 빛과 소금, 공복들』의 또 다른 특징은, 평소 국민들이 잘 알지 못했던 공복들까지 상세히 소개했다는 점이다. 공무원이라면 으레 경찰관, 소방관, 주민센터 직원 등을 떠올리기 쉽지만 실제로는 사회 전 분야에 걸쳐 묵묵히 헌신하는 공복들이 많다.

2년 이상 진행되며 사회 곳곳에서 소리 소문 없이 국민의 안전과 행복을 지켜주는 공무원을 발굴, 활약상을 소개한 『대한민국의 빛과 소금, 공복들』에 참여했던 공복들은 하나같이 뿌듯함을 느꼈다고 말했다. 또 자신이 하는 일이 어떤 일인지 되새기며, 사명감과 책임감을 다시 한 번 느꼈다고 전했다.

『대한민국의 빛과 소금, 공복들』을 읽은 독자들 또한 공무원들이 이렇게 다양한 일을 하고 있는지도, 이만큼 고생하는지도 몰랐다며 신선한 충격이라는 반응을 보였다.

일부 공무원들의 부정·부패 등으로 공직사회 전체가 매도당하고 있는 안타까운 현실 속에서도, 뒤에서 말없이 열심히 노력하고 국민을 위해 봉사하는 공복들이 훨씬 많다는 점을 다시 한 번 되새기는 데 『대한민국의 빛과 소금, 공복들』이 작은 물꼬가 되길 바란다.

CONTENTS

2장: 그래도 누군가는 해야 하는 일

3장 자부심과 보람으로 삽니다

1장

비록
빛이 나지는
않더라도

영등포경찰서 대림파출소, 영등포구 대림동 '차이나타운' 24시

'지나다니는 사람 10명 중 8~9명은 중국 말을 쓴다' 는 말은, 서울에서 가장 대표적인 '차이나타운'이 자리 잡은 영등포구 대림동에 대한 얘기다. 과거 구로구 가리봉동에 살던 중국 동포들이 재개발과 함께 10여 년 전부터 임대료가 싸고 노후 주택이 많은 대림동으로 옮겨왔다. 대림동에서 길을 걷다 보면 한국어보다 중국 말을 더 많이 들을 수 있다. 이 일대에서도 술집 등이 밀집해 있는 대림 1·2동은 경찰 내에서 인정받는 '특별치안강화구역'이다. 전체 4만 3천여 명의 주민 가운데 중국 동포 등이 1만 6천여 명으로 40%에 육박한다. 이곳의 치안을 맡고 있는 대림파출소 김진문 소장(경감)에 따르면 주말에는 유동 인구를 포함해 적게는 4만 명, 많게는 6만여 명이 몰려든다.

대림파출소에 근무하는 인원은 김 소장을 포함해 모두 35명으로, 8명씩 조를 나눠 4조 2교대로 근무한다. 김 소장은 "문화가 달라 다툼이 집단적으로 이뤄지는 경우가 많다"면서 "특히 잘못을 하고도 본인이 잘못한 것인지를 모르는, 경찰 입장에서는 한마디로 답답한 경우가 많다"고 말했다.

밤낮없이 골목골목 순찰 활동

크리스마스 다음 날인 2013년 12월 26일 대림파출소. 오후 2시가 되자 조홍석 팀장(경위)이 순찰에 나섰다. 오전 7시 출근해 9시 본격적인 업무를 시작한 조 팀장의 이날 두 번째 순찰이다. 다행히 춥지는 않았지만 함박눈이 오락가락하는 궂은 날씨였다.

대림파출소 경찰관들은 보통 주간에는 하루 10시간, 야간에는 대기 시간을 제외하고 8시간 동안 차량과 도보로 30분씩 번갈아가면서 순찰 활동을 벌인다. 순찰차가 들어가기 힘든 골목이 많기 때문이다.

조 팀장은 좁은 골목을 구석구석 돌아다니며 길가로 난 방범창을 일일이 흔들어보고 창문의 잠금 여부 등을 확인한 후 현관 문고리에 순찰 카드를 걸었다. 2012년 5월부터 영등포경찰서가 시행하고 있는 '포돌이 톡톡' 제도다. 경찰관마다 담당 구역을 정해 취약한 골목길 등 사각지대를 중심으로 순찰을 하고, 허술한 방범창 등 범죄 취약점이 있는 주택은 범죄 예방을 위한 당부 사항을 기재해 경찰이 다녀갔음을 알림으로써 주민을 '안심'시킨다.

조 팀장은 "시행 초기에는 여러모로 고충이 적지 않았다"고 털어놨다. "처음에는 다들 내심으로 귀찮아했던 게 사실입니다. 주민들도 '무슨 사건이라도 났느냐'며 달가워하지 않았죠. 일부 주민은 '경

찰이 자주 왔다 갔다 하면 집값 떨어진다'는 얘기까지 하곤 했어요.
하지만 이제는 '안심할 수 있어 좋다'며 주민들이 더 반깁니다. 경찰
들도 추운 날씨에 고생해도 과거보다 큰 보람을 느끼고 있어요. 사실 .
그전에는 새벽에 순찰을 돌아봐야 아무도 알아주지 않았으니까요."

한번은 절도가 발생한 집 순찰 카드에 '지켜주지 못해서 미안하
다. 앞으로 더 세심하게 살펴보겠다'고 쓴 적이 있는데 그 집주인이

경찰에게 오히려 감사를 표하는 바람에 가슴이 뭉클한 적도 있단다.

조 팀장이 한 집 앞에서 발걸음을 멈췄다. 그러고는 "이 집 할아버지 오늘은 댁에 무사히 잘 계신가"라며 혼잣말을 하더니 초인종을 눌러 직접 확인을 했다. 치매로 여러 번 길을 잃고 헤매던 70대 노인의 집이다. 자주 순찰을 돌다 보니 자연스럽게 '요주의' 대상인 집의 상황을 훤히 꿰고 있는 것이다.

조 팀장은 골목을 나와 중앙시장으로 방향을 잡았다. 각종 사건이 빈번하게 발생하는 곳이다. 조 팀장은 상가마다 들러 주민들의 애로사항을 듣고 전단을 나눠주면서 범죄 예방을 위한 여러 사항을 당부했다. 대림동이 중국 동포들의 '만남의 장소'가 되면서 강력사건 발생이 더 많아졌다는 조 팀장의 설명이다.

"한번은 각각 다른 지역에 사는 10대 중국 동포들이 인터넷 채팅으로 싸우다 실제 싸움으로 번진 적이 있어요. '대림역 12번 출구'에서 만나자고 합의를 본 거예요. 한쪽은 7명이 야구방망이를, 반대편은 둘이서 칼을 들고 나와 한바탕 큰 싸움을 벌였습니다. 지금은 낮이니까 조용하지만 밤에는 전혀 딴 세상이 되는 경우도 있습니다."

연이은 출동으로 몸 녹일 새도 없어

그날 오후 9시에 다시 찾은 대림파출소는 주야간 근무 교대에 따라 새로 순찰 근무를 편성하고 순찰 계획을 짜느라 다소 부산스러웠다. 경찰관들은 테이저건(권총형 전기충격기)을 비롯해 가스총과 수갑, 칼을 막아내는 방검복까지 갖춰 조 팀장이 낮에 했던 말이 허언이 아님을 실감할 수 있었다.

정정식 경사가 밤거리 순찰에 나섰다. 칼바람이 불어와 얼굴을 세차게 할퀴었다. 주말에는 오후 9시부터 오전 1~2시까지 정신이 없을 만큼 사건·사고가 많이 발생하지만 이날은 평일이라 상대적으로 조용하다고 했다.

"날씨가 춥다는 것만 빼면 겨울이 훨씬 편합니다. 찬바람이 부니까 한눈에 봐도 돌아다니는 사람들이 안 보이잖아요. 지금 이 시간에 여름이었으면 길거리를 지나다니기조차 힘들었을 겁니다. 매일 영하 10도의 날씨였으면 좋겠다는 생각이 들 정도라니까요."

대림파출소를 자원해서 오는 경우는 거의 없다. 그만큼 힘든 곳이기 때문이다.

"이 동네에서는 강력사건이 자주 일어나는 편입니다. 수갑이 모자라기 일쑤입니다."

정 경사가 파출소로 돌아온 시간은 오후 11시가 조금 넘어서였다. 무전기에서는 연신 다급한 목소리가 들리고 전화벨도 요란하게 울려댔다. 한쪽에서는 교통사고, 다른 한쪽은 폭행사건이었다. 대기 중인 경찰들이 순찰차를 현장으로 보냈다.

출동한 경찰관들은 폭행을 당해 다친 사람을 구급차에 태워 병원으로 보내고, 사고로 크게 부서진 차를 겨우겨우 인근 공업사로 보내는 등 사건을 수습한 다음, 밤 12시가 훌쩍 넘어서야 파출소로 복귀했다.

얼어붙은 몸을 녹일 시간도 없이 다시 신고가 연달아 들어왔다. 이번에는 '집에 가는 길에 모르는 사람이 따라오는 것 같다'는 여성, 택시비를 놓고 손님과 시비가 붙은 택시기사였다. 상황 근무를 하던 임선규 경위까지 출동 준비를 하고 나섰다. 잠시 뒤 안심귀가 서비스를 신청하는 여성의 전화가 걸려왔으나 전부 출동 중이어서 거절할 수밖에 없는 상황이 연출되기도 했다.

사건 신고가 잠잠해진다는 새벽 1시가 돼서야 커피 한 잔으로 한숨을 돌릴 수 있었다. 하지만 고요함은 채 5분이 가질 않았다. 정 경사는 다시, 술에 취해 어느 건물 복도에서 잠들어 있다는 시민을 깨우기 위해 모자를 쓰고 밤거리로 향했다.

순찰실명제 '포돌이 톡톡'으로 범죄 크게 줄여

"국민(중국 동포)을 가족처럼! 친절을 넘어 감동을 드리겠습니다."

서울 영등포경찰서 대림파출소에 들어서면 가장 먼저 눈에 들어오는 문구다. 김진문 소장은 "관할구역에 사는 중국 동포들 대부분은 경찰에 대한 두려움이 없다"면서 "이들을 이기는 대신, 이해하기 위해 노력하는 수밖에 없다"고 말했다.

김 소장은 1984년 순경으로 경찰에 입문, 올해로 31년째를 맞고 있다. 군대를 전역하고 이런저런 일을 하다 호기심으로 경찰에 뛰어들었다. 그는 "경찰 생활을 시작할 때만 해도 24시간 2교대에 봉급도 적었다"면서 "지금은 엄청나게 좋아진 것"이라고 설명했다. 그는 이어 "요즘은 근무시간에만 농구의 '올 코트 프레싱'처럼 열심히 일하면 자기 시간을 충분히 가질 수 있고 여가활동도 즐길 수 있다"고 덧붙였다.

김 소장은 영등포경찰서 당산지구대장, 강서경찰서 발산파출소장 등을 거쳐 2012년 2월 대림파출소장에 부임했다. 그는 서울 방화

동에서 오전 7시에 출근해 보통 오후 9시가 넘어서야 퇴근한다. 원래는 퇴근 시간이 오후 6시지만 야간조 근무 교대를 보고 퇴근하려면 어쩔 수 없다. 강력사건이 발생하면 새벽이라도 1시간 이내에 나와서 현장을 지휘해야 한다.

대림파출소는 영등포경찰서 관내에서 순찰실명제 '포돌이 톡톡'의 대표적인 적용 지역 중 한 곳이다. 2012년 경찰청 '고객만족 경진대회'에서 대상을 받은 것도 대림파출소 등 일선에서 열심히 뛰어준 덕분이다.

김 소장은 "'순찰 패러다임을 바꿔야 한다'는 남병근 영등포경찰서장의 뜻을 이해하고 충실히 따랐을 뿐"이라며 "범죄는 일단 발생하면 피해 회복이 쉽지 않기 때문에 예방하는 차원에서 틈날 때마다 골목골목을 순찰하라고 직원들을 독려한다"고 말했다.

'포돌이 톡톡'으로 영등포서는 범죄 발생 건수가 크게 줄어드는 등 큰 효과를 냈으며, 지금은 전국 100여 개 경찰서에서 이를 벤치마킹해 시행 중이다. 영등포서는 '포돌이 톡톡'에 대한 이해도를 높이기 위해 성공 사례를 담은 소책자를 만들어 2013년 12월 초 전국 일선 경찰서에 배포했다.

김 소장의 가장 큰 목표는 '법에 대해서는 엄격하게 처리하되 사회적 약자에게 따뜻한 경찰이 되자'는 것이다. 그래서 대림파출소 경찰관들은 주민들에게 구청이나 출입국관리소 등 다른 관공서 업무까지 자세히 알려준다. 그는 "아무리 사소한 민원이라도 직접 해당 관공서에 물어보고 확인해서 끝까지 해결해주도록 노력하고 있다"고 강조했다.

조·석회에서 '오늘의 명시'를 낭독하는 것도 같은 맥락이다. 경찰관이 늘 술 취한 사람이나 범죄자들만 대하는 것이 아니라 문화예술적 감각을 갖추면 그 혜택은 고스란히 주민들에게 돌아간다는 설명이다. 그는 "실제로 경찰관들이 사용하는 언어가 부드러워지고 친절도 역시 향상됐다는 평가를 받고 있다"고 말했다.

김 소장은 '전문직업인'으로서의 자부심도 느낀다. 그래서 지역경찰이지만 전문성을 갖추기 위해 공부를 게을리하지 않는다. 그는 "파출소는 말단에서 치안정책을 실행하는 곳이고 업무도 정형화돼 있는 것이 사실이지만 기왕이면 창의적으로 일하자고 직원들을 독려한다"면서 "일상 업무에서 주로 다루는 내용을 중심으로 '지식나눔북'을 만들어 조·석회 때마다 다 함께 하나씩 공부한다"고 설명했다.

동작소방서 119구조대, 24시간 화재와 싸운다

"딩동 딩동 화재 출동! 화재 출동! 신대방동 686-48 번지 한국광물자원공사 화재 발생!"

2014년 1월 2일 오후 1시 32분 서울 여의대방로의 동작소방서에는 침묵을 깨고 시끄러운 화재 출동 사이렌 소리가 울려 퍼졌다. 출동 사이렌과 동시에 황진규 119구조대장을 비롯해 7명의 구조대원은 하던 업무를 멈추고 소방차가 있는 차고지로 뛰어나갔다. 펌프차, 구급차, 사다리차 등 함께 출동하는 차량들도 대기 상태였다. 대원들이 소방차에 올라타자마자 사이렌을 울리며 화재 현장으로 출동했다. 출동 명령이 떨어진 뒤 출동하기까지 채 20초도 걸리지 않았다.

출동 차량 내 지휘소도 긴박

화재 현장으로 달려가는 도중 소방차 안에서는 소방대원들이 소방복을 갈아입는 등 화재 진압 준비로 부산했다. 흔들리는 차 안에서 옷을 갈아입기가 쉽지 않아 보였지만 이들은 능숙하게 옷을 갈아 입었다. 바지와 윗도리를 입고 공기호흡기를 메고 랜턴과 도끼, 무전기를 점검했다. 소방복을 비롯해 각종 장비로 완전무장하면 무게가 20kg에 육박한다.

이러는 사이에 차 안에서는 "건물 옥상에서 연기가 많이 올라가고 있다"는 현장 상황이 무전을 통해 계속 전해졌다. 현장에 없더라도 현장 상황을 바로 알 수 있을 정도였다. 화재 현장 가장 가까이에 있던 공단119안전센터가 선발대로 도착해 화재 현장 상황을 소방서에서 출동하는 본대에 전달한 것이다.

"1조는 옥상으로 바로 올라가고, 2조는 건물에 있는 시민을 밖으로 대피시키고……."

119구조대 한정엽 팀장의 작전 지시와 화재 진압 작전 지령도 계속해서 무전기를 통해 들려왔다. 한 팀장은 선발대로부터 현장 상황을 듣는 즉시 무전으로 대원들에게 전달했다. 대원들도 하루 이틀이 아니라는 듯한 팀장의 지시를 듣고는 이내 이해하는 분위기였다.

머뭇거림 없이 '화마' 속으로

소방서와 그리 멀지 않은 곳에서 불이 났기 때문에 신고 접수 2분 만인 오후 1시 34분께 화재 현장에 도착했다. 4층 규모의 한국광물자원공사 건물 옥상에서는 시꺼먼 연기가 피어오르고 있었다. 파괴조와 인명 대피조로 나뉜 이들은 지시받은 대로 일사불란하게 움직였다. 한 치의 두려움이나 머뭇거림 없이 현장으로 뛰어들었다. 파괴조는 화재 현장에서 불을 끄는 진압조가 들어갈 수 있도록 가장 먼저 현장에 들어가 문을 부수거나 장애물을 처리했고, 인명 대피조는 말대로 인명 대피 활동을 펼쳤다.

다행히 큰 화재는 아니어서 불은 쉽게 잡혔다. 현장에 도착한 지 6분 만인 오후 1시 40분께 화재가 진화됐다. 불이 꺼지자 가장 먼저 현장에 진입했던 파괴팀이 철수했다. 이어 화재 조사팀의 화재 원인 조사가 진행됐다.

임무를 마친 대원들은 오후 2시 2분께 소방서로 복귀했다. 복귀한 뒤에도 이들은 장비 점검에 여념이 없었다. 언제 또 일어날지 모를 사고에 대비해 장비는 항상 처음 그대로 정비해야 한다는 게 이유다. 화재 장비 점검의 손길도 능숙한 모습이다.

평상시 체력 단련은 필수

소방관들이 현장에 출동하지 않을 때는 주로 무엇을 하고 시간을 보낼까 궁금했다. 해답은 금방 나왔다. 사무실로 돌아온 이들은 이날 구조활동 일지를 작성하거나 밀린 행정 업무를 했다. 일지는 사고 현장에 출동할 때마다 작성해 별도로 보관해 자료로 활용한다.

몇몇 대원은 사무실 내 빈 공간에서 체력 단련에 여념이 없었다. 위험한 현장에는 자신과 동료밖에 없기 때문에 항상 몸을 단련해야 한다는 게 이유다. 이처럼 이들은 출동하지 않는 시간을 이용해 밀린 업무를 하거나 체력 단련 등을 통해 현장 긴장감을 해소하는 듯했다.

오후 5시쯤 또 다른 대원들이 하나둘 사무실로 들어왔다. 오후 6시부터는 교대 근무를 하는 또 다른 팀이 출근했다. 119구조대는 7명이 1조로 구성돼 3교대 근무를 한다. 그나마 이 근무 체계도 2~3년

전에 도입됐다니 2교대 근무 시절에 이들의 고충은 얼마나 컸을지 짐작할 수 있었다.

대원들은 업무 인수인계를 하고는 차고지로 내려가서 근무 교대 점검을 했다. 점검을 마친 이들은 큰 소리로 '안전구호 시작'이라는 말과 함께 '안전, 안전, 안전'을 외쳤다. 교대 점검을 마치고 어둑어둑해지자 언제 터질지 모를 사고에 대비한 소방서는 낮과는 또 다른 긴장감이 감돌았다.

한편 동작소방서는 2013년 11월 소방의 날에 서울 노량진 수몰 사고 구조 활동의 공로를 인정받아 '대통령 표창'을 받았고, 서울시로부터 '최우수 소방서'로 선정되기도 했다.

"생명 구하는 소방관, 하늘이 내려준 천직"

2013년 7월 7명의 소중한 생명을 앗아간 서울 노량진 배수로 공사 현장의 수몰 사고 당시 구조활동을 진두지휘했던 황진규 동작소방서 119구조대장. 황 대장은 소방관을 '하늘이 내려준 직업'이라고 정의했다. 보통 사람이면 생명을 위협하는 화재·재난·재해 등 위험한 상황을 피하려 하지만 소방관은 자신의 생명을 담보로 다른 사람의 생명을 구하는 남다른 사명감이 있어야 하기 때문이라는 게 그 이유다.

황 대장은 "생명을 위협하는 절박한 상황에서 손을 내미는 사람이 바로 소방관"이라며 "사고 현장의 상황을 모르기 때문에 두려움을 이겨야 하고, 육체적인 고충도 견뎌야 하므로 사명감이 있어야 한다"고 말했다.

2014년 현재 소방관 19년차인 황 대장은 남다른 이력의 소유자다. 특전사 출신으로 1995년 소방관에 투신해 줄곧 구조대에서만 일해왔다. 그동안 1만~2만여 차례 현장 구조활동을 벌여온 구조 전문 베테랑 소방관이다. 이런 그도 2013년 7월 발생해 7명의 소중한 생명을 앗아간 노량진 수몰 사고는 좋지 않은 기억으로 남아 있다.

소중한 생명 여럿을 앗아간 탓도 있지만 정말로 '물과의 전쟁'을 치른 사고였다고 회상했다.

사고 당일인 2013년 7월 15일 오후 5시를 넘긴 시간, 황 대장은 오후 6시 야간 근무조와 교대 근무를 준비하고 있었다. 그러던 중 오후 5시 29분께 노량진 배수로 공사 현장에서 침수 신고가 들어왔고, 현장으로 출동했다. 장마철인 탓에 단순한 침수 사고로 생각했는데 상황이 급박하게 돌아갔다. 공사장 인부들이 수몰됐다는 소식이었다. 사고 현장은 높이만 수십 미터에 이르는 U자 형태의 구조물이어서 인부를 구조하기 위해서는 우선 물을 빼내야 했다. 펌프는 망가지기 일쑤였고 집에는 들어가지 못한 채 김밥과 빵으로 끼니를 때우면서 4일간의 구조활동 끝에 시신들을 수습했다. 유가족을 배려하는 차원에서 흙투성이가 된 시신을 닦아주기 위해 깨끗한 물통을 짊어진 현장 구조대원들이 사고 현장으로 내려가 시신을 수습했다고 황 대장은 당시 상황을 전했다.

초등학교 동창인 부인과 다섯 살 아들을 둔 황 대장은 가족들에게 항상 미안한 마음이라고 전했다. 큰 불이라도 나면 숨 돌릴 틈 없는 화재 진압 때문에 가족과의 연락이 두절되는 것은 물론이고, 며칠 동안 집에 못 가기 때문에 가족들의 걱정이 이만저만이 아니다. 황 대장은 "현장 소방관은 사고가 나면 누구나 사명감으로 현장으로 출동하고, 가족들이 할 걱정보다는 사고 현장에서 구조의 손길을 기다리는 사람들을 향해 뛰어든다"면서 "큰 화재가 나거나 사고 현장에 진입할 때 두려운 마음이 없지 않지만 항상 함께하는 동료 소방관과 의지하면서 두려움을 잊는다"며 너털웃음을 지었다.

교도관 K씨,
죄 없이 철창에 갇힌
감시자

오전 7시 요란한 휴대전화 알람 소리에 잠을 깬 K씨는 반쯤 눈을 감은 채 화장실로 가 세수를 시작했다. 입이 찢어질 정도로 하품을 하고 나니 아침을 준비하고 있는 아내의 모습이 눈에 들어온다. 입이 껄끄러워 먹을 수 있을까 싶지만 '밥심'이라도 있어야 오늘 하루를 버틸 수 있는 만큼 억지로 밥을 먹는다. 주섬주섬 제복을 챙겨 입고 집을 나선 시각은 오전 7시 50분. 남들은 외곽에서 시내로 출근하지만 그는 정반대 방향이다. 초년 시절 '출근 시간 교통난에 시달리지 않는 것은 교도관이라는 직업의 장점'이라고 말했던 직속 선배 L교위의 말이 떠올라 피식 웃음이 나왔다. K씨는 오전 8시 10분께 직장인 중부지역의 ○○교도소에 들어섰다. ○○교도소는 지방 교도소 중에서도 등급이 낮은 재소자들이 주로 수용된다. 별의별 재소자들이 다 있다 보니 교도관들도 그만큼 고되다.

사생활 제약에 업무 긴장 높아

사무실에 들어와 이것저것 챙기고 정문 앞에 서니 오전 8시 20분이다. 여기서 정문은 일반인이 생각하는 정문과 다르다. 교도관들은 재소자들이 생활하는 사동으로 들어가는 문을 '정문'이라고 부른다. 일반적으로 교도소 입구의 정문은 '외정문'이다.

이제 정문을 들어서면 교도관도 사실상의 징역살이가 시작된다. 휴대전화는 물론 흡연, 독서까지 금지된다. 이를 위반하다 적발되면 옷 벗을 각오를 해야 한다. 근무가 끝나는 오후 6시까지는 900명이나 되는 재소자들을 관리하는 데만 전념해야 한다. 이들 중 K씨가 맡은 재소자는 60여 명이다.

사동으로 들어가니 야간 근무자들이 눈에 띈다. 하룻밤 사이지만 눈에 띄게 초췌한 모습이다. 취재진과 K씨를 보자 야간 근무자는 '무사히 근무가 끝났구나' 하는 표정과 함께 안도의 한숨을 내쉬었다. 인수인계에 30분 정도 걸렸다. 20××번은 열이 많이 나는 것 같으니 의무과 치료를 받도록 해야 하고, 31××번은 잔뜩 골이 나 있으니 꼬투리 잡히지 않게 조심해야 한다는 내용까지 인수인계에 포함됐다.

오전 9시 30분, 야간 근무자들이 퇴근한 뒤 본격적인 주간조 근무가 시작됐다. 20××번은 의무실로 보냈다. 상태가 안 좋다니 링거 주사라도 맞으라고 해야겠다. 출역 나가는 재소자를 따라 나가는 근무자와 사동에 남는 재소자를 관리하는 근무자들이 각각 나눠졌다. K씨는 출역 나가는 재소자들을 따라나섰다.

이제부터 K씨가 주로 할 일은 재소자들을 감시하는 것. 감시 업무이다 보니 편할 것 같지만 그저 다른 사람을 쳐다보고 있는 것이 생각보다 쉽지 않다. 평화로워 보이던 재소자들 사이에서 싸움이 벌어지는 것은 눈 깜짝할 사이다. 교도관들은 그런 일이 터지기 전에 낌새채고 예방해야 한다. 평화로워 보이지만 팽팽한 긴장의 연속이고 그냥 쳐다보는 것 같지만 일거수일투족을 살펴야 한다.

2시간 30분마다 30분 휴식

오전 11시 30분에 K씨의 휴식 시간 차례가 돌아왔다. 사동 밖으로 나오니 바람도 햇살도 안쪽과 다른 느낌이다. 이제부터 돌아가면서 30분씩 휴식이다. 그 시간 동안 다른 일근조가 투입된다. 30분 안에 밥도 먹고 용변도 봐야 한다.

이른 점심을 '폭풍 흡입'을 하고 나니 아랫배가 살살 신호를 보낸다. 시간이 빠듯하지만 화장실에 들러야겠다. 몇 년 전부터 사동 안에 교도관용 화장실이 생겼지만 지금도 웬만하면 밖에서 해결하고 들어가는 것이 상책이다.

낮 12시, 시간에 맞춰 들어가면 다음 휴식조가 나온다. 사동 밖으로 나가는 근무자와 안으로 들어가는 근무자들의 표정이 묘하게 대비된다.

사동 안으로 들어가니 재소자들의 점심 식사가 시작되고 있었다. 식사 시간이라고 교도관들이 긴장을 풀 순 없다. 배식을 놓고 재소자들끼리 적지 않은 신경전이 있어왔고, 몇몇은 시끌벅적한 틈을 타 무슨 일을 벌일지도 모른다.

게다가 31××는 아까부터 여기저기를 훑어보며 투덜대고 있다. 분명 뭔가 꼬투리를 잡으려는 거다. 그는 교도소 내에서 '소송 전문'

으로 꼽힌다. 그에게 걸리면 한동안 법원과 검찰을 들락거려야 한다. 나와 교대를 하는 J교사는 소리를 지르는 31××의 팔을 움켜잡았다가 '폭력 교도관'으로 검찰 조사를 받았다. 그때의 스트레스로 J교사는 정신과 진료까지 받았다.

그런 꼬투리를 잡지 못하면 '정보공개청구 소송'을 낸다. 2013년 12월 그는 교도소장 판공비 명세와 2013년 ○○교도소에서 생산한 문서의 종류와 총 건수를 공개하라는 소송을 냈다. 결국 교도소 측은 A4용지 2개 상자 분량으로 자료를 요약해 넘겨줘야 했다. 교도관 4명이 꼬박 일주일 그 일에 매달렸다.

혼쭐난 교도관들은 그를 피하게 됐고, 그는 재소자들 앞에서 영웅 행세를 하기 시작했다. 그런 그가 또 먹잇감을 찾고 있는 모양이다. K씨는 더욱 신경을 곤두세울 수밖에 없었다.

교도관은 외롭다

그렇게 2시간 30분이 지나고 두 번째 휴식 시간. K씨는 어느새 파김치가 됐다. 이제 다시 사동 안으로 들어가면 야근자들이 올 때까지 계속 근무를 해야 한다. 오후 5시 30분부터는 야근자들이 들어오기 시작할 테니 조금 수월할 테고, 재소자들이 저녁 식사를 시작할 무렵이면 퇴근할 수 있을 것이다.

오후 7시 20분. K씨는 퇴근하면서 출근 때 반납한 휴대전화를 돌려받는다. 전화를 켜보니 12통의 전화와 문자 메시지가 와 있다. 근무 중에 전화를 못 받는다는 것을 아는 가족들의 전화는 아니다. 대부분 스팸 아니면 대출 문자. 친구들과의 연락은 끊긴 지 오래다. 몇 번 전화를 받지 못하자 어느새 멀어져 버린 것이다.

동료들은 삼삼오오 모여 동호회 모임을 하거나 술을 한잔 하자며 나선다. K씨는 얼마 전부터 시작한 우슈 학원에 갈 계획이다. 정신 수양에 좋다며 선배 교도관이 권했다. 교도관은 그렇게 수양이라도 하지 않으면 견디기 힘든 직업이다.

더구나 다음 날 K씨는 야간 근무다. 야간 근무가 힘든 것은 잠자고 있는 수용자를 감시하는 것 외에 아무것도 할 수 없다는 점 때문. 심지어 책도 볼 수 없다. 그저 잠든 수용자들을 쳐다보면서 밤을 새워야 한다. 편할 것 같지만 엄청난 고역이다. 벌써부터 한숨이 나온다. 돌아가며 3시간씩 가수면을 취한다고는 하지만 전혀 잔 것 같지 않다. 내일을 위해서라도 오늘 마음의 평화를 찾아야 한다. K씨는 서둘러 차를 몰아 우슈 학원이 있는 시내로 향했다. 어두워진 하늘 위로 교도소 담장 위 경비등이 환하게 밝혀져 있었다.

"교도관은 '부패와 악의 화신'이 아니에요"

강원도의 한 교도관인 A교감(경찰의 경감에 해당하는 교도관 계급)은 지난 2012년 옛 친구에게서 들은 말 한마디 때문에 마음의 상처를 입었다.

정말 오랜만에 만난 초등학교 시절 친구는 그를 보자마자 대뜸 "오늘은 네가 술을 사라"고 말하더니 "감방에서 담배 몇 개비만 팔면 되지 않느냐"며 농담 아닌 농담을 던졌기 때문이다. 친한 친구의 농담이기에 차마 화를 내지는 못했지만 그날 저녁 내내 A씨의 마음이 불편했다. 당장 자리를 박차고 싶었지만 일반인들의 선입견 역시 그

친구와 다를 바 없다는 것을 알기에 오히려 불편한 기색을 숨기느라 마음고생을 해야 했다.

현직 교도관들은 국민이 교도관을 부정적으로 인식케 하는 주요 이유로 '영화'를 꼽고 있다. 영화관이 '기피 장소 1위'라고 말하는 교도관도 있다. 각종 영화에서 교도관들이 마치 '부패와 악의 화신'처럼 그려지는 경우가 많기 때문이다.

2013년 상반기 흥행을 일으킨 〈7번방의 선물〉에서 배우 정진영 씨가 맡았던 역할처럼 비교적 호의적으로 그려지는 경우도 있지만, 대부분의 영화에서 교도관의 이미지는 좋지 않게 그려진다. '재소자에게 담배를 팔아 돈을 번다'는 좋지 않은 선입견이 번진 것도 영화의 역할이 컸다. 〈쇼생크 탈출〉 같은 영화에서 교도관은 수시로 폭력을 행사하고 재소자의 노동력을 착취해 돈을 버는 구제불능의 악당으로 그려졌다.

수도권에 근무하는 교도관 B씨는 "몇몇 영화에서는 단역까지도 나쁜 교도관들뿐"이라면서 "어쩌다 영화나 드라마에서 교도관이 등장하는 장면이 나오면 옆에 앉은 가족이나 지인의 눈치부터 살피게 된다"고 억울해했다. 그는 "영화에서처럼 수용자들에게 담배 등 금지물품을 팔아 치부한 교도관이나 수시로 폭력을 행사하는 교도관은 '별종 중에서도 별종'으로 전국에 한두 명 있을 정도일 것"이라고 목소리를 높였다.

상황이 이렇다 보니 교도관들은 영화관에 가는 것 자체를 꺼리게 된다는 게 그들의 공통된 견해다. 교도관이 주요 인물로 등장하는 영화가 개봉되면 한동안 친지나 지인과의 만남을 일부러 피한다는 현직 교도관도 있었다.

C교도관은 "영화〈집행자〉가 개봉됐을 때에는 '너희 교도소도 사형장 있냐' '넌 사형 집행 몇 번이나 했냐'라고 묻는 주변 사람들 때문에 명절에도 친지나 이웃과 어울리지 못했다"고 고충을 토로했다. 그는 "99.9%의 교도관은 어떤 직렬의 공무원보다 교정공무원의 청렴도가 높다"고 전했다.

그는 "징역 아닌 징역살이를 하면서도 이런저런 오해에 시달린다"며 "처우 개선도 시급하지만 무엇보다 교도관에 대한 국민의 잘못된 인식을 개선하는 게 급선무"라고 강조했다.

사회복지 담당 공무원,
도와준다고 생각하지 않아요,
가족이니까

유난히도 춥던 2014년 1월 17일 오후, 서울 강서구청의 사회복지 담당 공무원(사회복지사)인 김정환 씨는 작은 수첩과 필기도구를 챙겨 구청사를 나섰다. 독거 어르신과 장애인 시설 등을 둘러보고 요구사항과 개선해야 할 점을 챙기기 위해서다. 이날 김씨가 가장 먼저 찾은 곳은 구청 인근의 한 병원이다.

노환으로 인해 얼마 전부터 입원한 황금자 할머니를 찾아뵙기로 했기 때문이다. 이 할머니는 보살펴줄 가족이 한 명도 없는 독거 어르신이다. 그의 보호자라면 사회복지 공무원인 김씨가 유일하다. 간병인이 24시간 할머니를 보살펴주고 있지만 김씨에게 이 할머니는 좀 더 특별하다. 사회복지 담당 공무원으로 근무하면서 업무 관계로 출발했지만 지금은 부모 관계로 발전한 것이다.

업무 관계에서 모자 관계로

할머니가 일제강점기 위안부 피해 할머니라는 것을 안 것도 이때쯤이다. 마땅히 기댈 곳 없던 할머니가 김씨에게 마음의 문을 열고 의지하면서 김씨가 황 할머니의 양아들 역할을 하기에 이르렀다.

김씨는 "할머니는 일제 위안부 시절의 충격 때문인지 쉽게 사람을 믿지 못했다"며 "진심으로 대했고 점차 마음의 문을 열기 시작하면서 오늘 이런 인연으로 이어졌다"고 말했다. 병실에 들어서 할머니를 보자 김씨는 눈시울을 붉혔다. 그는 "얼마 전까지만 해도 대화할 수 있을 정도였는데 기본적인 의사소통도 안 된다"며 안타까워했다.

할머니의 손을 어루만지면서 김씨는 간병인 아주머니에게 할머니의 몸 상태에 대해 세심하게 물었다. 할머니는 현재 노환으로 음식을 섭취하지 못하는 위독한 상태다.

"어머니 식사는 좀 하셨나요? 잠은 얼마나 주무셨어요?"

할머니 상태에 대해 간병인 아주머니와 얘기를 나눈 김씨는 황 할머니에게 인사를 하고 또다시 무거운 발걸음을 옮겼다. 김씨는 "노환으로 병세가 악화돼 병원에 입원한 이후에는 거의 매일 병원을 찾아 어머니의 안부를 챙기고 있다"며 "건강을 다시 회복하셔야 할 텐데 걱정이 이만저만이 아니다"라고 말했다.

한편 황금자 할머니는 지난 2006년과 2008년, 2010년 등 3차례에 걸쳐 서울 강서구 장학회에 장학금으로 1억여 원을 기증했다. 이런 공로가 인정돼 정부로부터 국민훈장 동백장을 받기도 했다. 강서구는 할머니가 돌아가시면 구민 조례에 따라 구민장으로 장례를 치를 계획이다.

김씨는 "친인척 없이 혼자 계신 어르신들이 돌아가시고 나면 재산을 처리하는 데 어려움이 있다"며 "이런 재산을 사회에 환원하는 것 역시 중요한 일 중 하나로 생각하며 가장 가까이에서 이들을 보살피고 있는 사회복지사들의 역할이 중요하다"고 말했다.

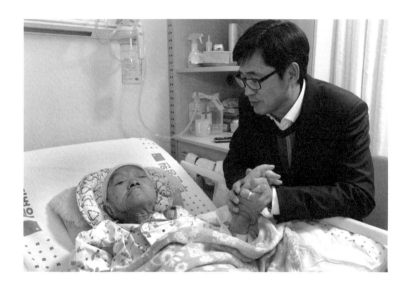

자원봉사자 도움 손길 '톡톡'

병원을 나선 김씨는 오후 3시께 화곡동의 장애인 단기거주 복지시설인 '선린원'을 찾았다. 이 시설은 여느 장애인 복지시설과는 외관부터 좀 달랐다. 복지시설이라기보다는 일반 가정집 같은 건물이다. 다소 딱딱할 수 있는 시설 분위기를 가족적인 분위기로 만들기 위한 배려라고 시설 관계자는 설명했다.

문을 열고 들어가자 시설 입소자에 대한 목욕이 한창이었다. 공익근무요원과 자원봉사자 등 2명이 남자 장애인 입소자를 목욕시키고 있었다. 시설 입소자들 모두 중증 장애를 앓고 있어 몸을 움직이기가 어려워 목욕시키는 것이 무척 힘겨워 보였다.

하지만 이들은 한두 번 해본 일이 아닌 듯 매우 능수능란했다. 목욕을 시키고 있던 자원봉사자인 박기완 씨는 매주 금요일 오후 이곳을 찾는다. 이곳에서 박씨는 장애인 목욕 시키기는 물론 청소 등 온갖 궂은일도 마다하지 않는다. 시설에서 근무하는 사회복지사들도 매주 와서 일을 도와주는 것이 많은 도움이 된다고 입을 모았다.

박씨는 "자원봉사를 해야겠다고 생각한 뒤 여러 가지 봉사활동을 생각했지만 복지시설에서 소외계층을 돕는 것이 뜻깊은 일이라고 생각해 이곳에서 봉사활동을 하기로 마음먹었다"며 "처음에는 힘들고 어렵기도 했지만 자주 하다 보니 그냥 형 같고 동생 같은 한 가족 같아 뿌듯하다"고 말했다.

음식 준비부터 서류 작성까지

이곳 시설에는 소속 사회복지사 5명이 10명의 중증 장애인을 돌보고 있다. 김씨는 수시로 이곳에 들러 시설 운영에 대한 어려움을 듣기도 하고 장애인들과 소통한다. 자원봉사자들이 장애인을 목욕시키고 있는 사이 김씨는 방에 있던 장애인들의 안부를 살폈다. 시설 생활을 하는 데 불편함이 없는지, 지원이 필요한지 등을 꼼꼼히 둘러봤다.

그리고 나서 김씨는 시설에서 근무하는 사회복지사 조선화, 송유아 씨와 함께 생활 여건과 시설 운영 전반에 대해 이야기를 나눴다. 이 시설에서 근무하는 사회복지사 5명은 주야로 교대 근무를 하면서 24시간 시설 입소자들을 돌본다. 청소와 목욕, 음식 준비, 서류 정리 등 시설의 모든 업무가 이들의 일이다.

사회복지사 모두 여성인 탓에 입소자들의 목욕이 쉽지 않다. 입소자는 대부분이 남성이기 때문이다. 목욕은 공익근무요원과 자원봉사자들의 도움을 받을 수 있어 그나마 다행이라고 이들은 설명했다.

사회복지사 조선화 씨는 "시설 입소자들과 매일 같이 먹고 자니 이제는 가족이나 다름이 없다"며 "기본적인 음식 준비부터 서류 정리까지 해야 하니 힘이 들기도 하지만 이들이 즐거워하는 모습을 보면서 힘을 낸다"고 말했다. 송유아 씨는 부부가 사회복지사다. 남편은 노원구의 한 복지시설에서 사회복지사로 근무하고 있다. 송씨는 "남편과 같은 일을 하다 보니 서로 업무에 대해 의견을 나누고 어려운 일은 조언도 구할 수 있어 좋다"고 말했다.

이들과 시설 전반에 대해 대화를 나눈 김씨는 시설을 나와 구청으로 향했다. 김씨의 수첩에는 이날 둘러본 현황에 대한 메모가 꼼꼼히 적혀 있었다.

김씨는 "사회복지사라는 직업은 먹고, 자고, 입는 것, 즉 의식주를 도와주는 직업으로 사명감이 없으면 하루도 버티기 힘들다"며 "도움을 준다는 생각보다는 내 가족이라고 생각하고 일을 하기 때문에 힘든 줄도 모르고 일한다"며 밝게 웃었다.

수도권철도차량정비단,
KTX의 안전을
든든하게 책임지는 사람들

2014년 2월 3일 밤, 경기 고양시 덕양구 행주내동과 강내동에 걸쳐 있는 수도권철도차량정비단. 총 131만 4,446㎡ 규모에 5만 4,153km의 길이를 자랑하는 궤도에, 궤도와 비슷한 6만 3,699km의 전차선, 총 108기의 신호전철기, 검수고(수리철로) 외 29동의 건축물 등이 어우러진 곳이다.

이곳은 어느덧 개통 10년을 맞아 국민의 발이 된 KTX의 안전을 책임지는 곳이다. 수도권철도차량정비단 소속 420여 명의 직원과 정비사들은 하루 24시간을 3교대로 근무하며 KTX의 정비와 수리를 맡고 있다.

빈틈없는 24시간 3교대 근무

이날 하루 종일 국민의 발 노릇을 한 KTX 1대가 수리 철로인 검수고에 입고하자 팀원들을 이끌고 바쁜 걸음을 재촉하며 KTX 동력차에 올라탄 코레일 수도권철도차량정비단 고속경정비센터 전기부 차량전기A팀 송철웅 차량관리팀장이 얼마 되지 않아 팀원들에게 지시를 내렸다. 이 열차를 시작으로 이날 밤에도 송 팀장과 26명으로 구성된 전기부 차량전기A팀 팀원들은 30대의 KTX를 점검했다.

송 팀장은 "KTX 운행이 끝나기 시작하는 저녁 시간부터 KTX가 한두 대씩 입고된다"면서 "KTX 운행이 종료되는 밤 11시가 되면 정비를 위해 KTX가 집중적으로 입고되기 때문에 정비를 서둘러야 한다"고 말했다.

오후 7시부터 한두 대씩 입고되기 시작하는 총 20량의 KTX 차량의 문제점을 확인하고 고장을 수리하는 것이 송 팀장과 그의 팀인 A팀이 하는 일이다. 송 팀장은 KTX가 수도권철도차량정비단에 입고되면 KTX의 동력차로 향한다. 보통 KTX 1대는 동력차 2대를 비롯해 여객차 등 총 20량으로 구성된다. 동력차로 이동하면서 송 팀장은 챙긴 노트북을 다시 한 번 다잡는다. 정비 기술이 시스템화된 노트북을 활용해 정비를 해서다. 노트북과 KTX 동력차를 연결하니 전 객실의 고장 및 이상 유무가 노트북 모니터에 한눈에 들어온다. KTX 차량의 안전운행 및 신뢰성 향상을 위한 전산프로그램(KTX-RCM) 덕분이다.

각 객실의 고장 코드를 일일이 확인한 그는 무전으로 열차 밖에서 대기하고 있는 팀원들에게 신속하게 지시를 내리는 일을 반복한다.

송 팀장은 "이상 여부에 따라 시간이 더 많이 걸리는 경우도 있지만 입고되는 KTX 1대의 정비 시간은 보통 1시간 30분에서 2시간 사이"라고 전했다. 그는 "KTX 운행이 종료되는 밤 11시가 되면 집중적

으로 KTX가 입고되기 때문에 저녁 근무가 시작되면서 들어온 KTX 정비를 서두르는 편"이라고 설명했다. 송 팀장은 "KTX 점검은 스피드가 중요하다"고 말했다. 한정된 수리철로 때문이다. 물론 꼼꼼한 점검은 기본 중의 기본이라는 게 그의 전언.

야간 작업 집중에 고되지만 안전만 생각

전국을 누비며 운행되고 있는 KTX는 46편성, KTX산천은 23편성이며, 매일 이곳 수도권철도차량정비단으로 정비를 받으러 들어오는 KTX 열차는 총 49편성(KTX 25편성, KTX산천 24편성)이다. 업무가 3교대 근무지만, KTX가 주로 주간에 운행되기에 야간에 차량이 많이 입고돼 야간 작업이 더 고되다는 게 그의 설명이다. 또 KTX 각 차량마다 출고 시간이 모두 정해져 있는 점도 정비의 어려움이다.

송 팀장은 "그 시간에 맞춰 수리해야 되기 때문에 야간에 업무가 집중돼 있다"고 전했다. 그는 "보통 이곳에서 점검을 하고 고장을 수리하지만 혹시나 KTX가 운행 중에 고장이 날 때면 현장으로 출동해 응급 처치를 하는 경우도 있다"고 설명했다. 하지만 최근 코레일의 정비 수준도 철도 선진국인 유럽과 비교해 별 차이가 없어 현장으로 출동, KTX 고장을 수리하는 경우는 매우 드물다는 것이 그의 설명이다.

2개조로 운영되는 야간조는 오후 7시 출근해 다음 날 오전 9시 주간조가 출근할 때까지 근무를 이어간다. 야간에는 주간과 달리 2개조로 나눠 정비가 진행되지만 KTX 운행이 멈춰지는 밤 시간대에 정비 수요가 높아지기 때문에 더 바쁘다는 것이 송 팀장의 설명이다. 수도권철도차량정비단에서는 주간의 경우 주기검수(정기검사)를 받는 KTX 차량이 3편성 정도 되고, 평균 10편성 정도의 고장 차량이 수리를 받는다. 반면 KTX 운행이 멈추는 심야 시간대의 경우 30편성의 KTX가 이곳으로 입고돼서 정기검사를 받는다는 것이 코레일 수도권철도차량정비단 권병구 센터장의 설명이다. 권 센터장은 "수도권철도차량정비단 직원들은 KTX의 안전을 책임지고 있는 만큼 KTX의 고장을 줄이는 등 KTX 서비스의 품질 향상을 위해 최선을 다할 것"이라고 강조했다.

"철도 선진국인 유럽과 비교해도 뒤지지 않은 철도정비 기술을 더욱 발전시켜 이런 기술과 노하우를 철도가 우리보다 발달하지 않은 아시아 국가들에 전파하는 회사의 미래 계획에 도움이 되고 싶습니다."

코레일 수도권철도차량정비단 고속경정비센터 전기부 차량전기 A팀 송철웅 차량관리팀장의 목표다. 송 팀장은 지난 1994년 8월 당시 철도청에 입사해 전기 부문 수리만 20년 동안 담당한 베테랑이다. 그는 철도청 입사 당시 용산정비창에서 근무하면서 전기기관차의 정비를 담당했으며, 코레일 수도권철도차량정비단에서는 지난 2011년 11월부터 근무하고 있다.

송 팀장은 "전기를 활용하게 돼 있는 전차선이 전국적으로 설치돼 있는 등 우리나라 철도의 주력은 전기차"라고 설명했다. 우리나라에서도 화석 연료로 운행되는 디젤 차량이 사라지는 추세고, 개통 10년 차를 맞는 KTX를 비롯해 수도권 전동차 등 국민들이 많이 이용하는 철도의 대부분이 전기 차량이라는 것이 그의 설명이다.

송 팀장은 "KTX 차량도 전기 선로로 이동하기 때문에 전기 부문의 수리가 매우 중요하다"고 강조했다. 전기 부문을 빼놓고는 KTX의 점검이나 수리를 논할 수 없다는 게 그의 설명이다.

송 팀장은 "전기 부문의 정비는 높은 기술력이 필요하다"며 자부심을 드러냈다. 그는 "전기 부문의 부품은 수천 가지에 이르고, 어느 부분에 문제가 생겼는지를 확인하기 위해서는 전기회로도나 전자시스템 등을 살펴야 하기 때문에 전기 부문의 중요성은 매우 크다"고 설명했다. 그는 "전기 부문에 문제가 생기면 눈에 잘 띄지도 않는다"며 전기 부문 정비의 대가답게 여유도 드러냈다.

그는 설 연휴 특별수송 기간에 KTX 열차가 별다른 사고 없이 국민들을 고향에 데려다주고 다시 일터로 복귀시킨 것에 수도권철도차량정비단 직원 모두 큰 보람을 느끼고 있다며 밝게 웃으면서도 또다른 목표를 생각하며 다부진 각오를 드러냈다.

송 팀장은 "팀장으로서 KTX의 안전을 꼼꼼하게 책임지는 것은 물론, 정비를 잘하는 후배들도 많이 길러낼 것"이라는 포부를 밝혔다. 이어 코레일이 세계 고속철도 시장에서 두각을 드러낼 수 있도록 밀알이 되고 싶다고 강조했다.

　송 팀장은 "회사에서 해외 시장에 관심을 갖고 있는 것으로 알고 있다"면서 "코레일의 고속철도 정비 시스템을 한 단계 더 높이는 데 기여하고 싶다"고 전했다. 그는 "비단 나뿐만 아니라 수도권철도차량정비단의 많은 직원들이 이런 기술력과 노하우를 시스템으로 만들어가고 있는 만큼, 앞으로 코레일이 전 세계에 확산되고 있는 고속철도 시장에서 큰 역할을 할 수 있을 것"이라고 전망했다.

인천해양경찰서 특수기동대, 21세기 장보고들

"출동! 띠띠띠……."

3008호 경비함 레이더에 불법조업 중인 어선이 걸렸다. 대원들의 얼굴엔 긴장감이 감돈다. 한번 잡힌 어선은 최대 2억 원의 담보금을 내야 하기 때문에 강력한 저항이 뒤따를 수밖에 없다.

"잠시 후 불법 중국 어선 검문검색 예정. 검문검색 요원은 신속하게 복장 및 장구를 지참하고 출동 준비에 임할 것!"

2014년 2월 7일, 서해 바다 한가운데서 중국 어선의 불법조업을 감시하는 인천해양경찰서 소속 3008호 경비함 레이더에 불법조업 중인 어선 출몰을 알리는 신호음과 함께 함 내에 출동 지시 방송이 흘러나왔다. 곧바로 특수기동대원들이 신속하게 진압복과 진압장비를 갖추고 조타실로 집합했다. 대원들의 얼굴에 긴장감이 감돌았다.

이내 함장 주관으로 사전 작전 회의가 시작됐다. 함장은 중국 어선의 크기와 위치, 이동 상황 등 작전 개요와 함께 나포 후 안전해역

방향으로의 이동과 주의사항 등을 지시했다. 짧은 작전 회의가 끝나고 특수기동대원 16명이 2대의 고속 단정 앞으로 갔다. 단정 앞에서 대원들이 일렬로 도열해 서로 동료 대원의 장비를 점검한 뒤 "탑승!" 명령이 떨어지자 대원들은 일사불란하게 단정에 올라탔다. 단정이 바다로 내려지고 거친 파도를 헤치고 도주하는 중국 어선을 향해 전속력으로 나아갔다.

사명감 없이는 하루도 못 견뎌

인천해양경찰서 특수기동대는 서해에서 어선의 불법조업 단속을 주요 업무로 담당하고 있다. 뉴스 등에서 가끔씩 나오는 불법조업 중국 어선 단속 과정에서 어부들과 몸싸움을 벌이는 해경들이 바로 이들이다.

레이더에서 배를 발견하면 운항 속도 등을 분석해 합법 어선 여부와 단순히 영해를 통과하는 선박인지 어느 정도 판별이 가능하다. 영해를 통과하는 선박이라면 빠른 속도로 운항하겠지만 조업 선박은 고기를 잡기 위해 속력을 늦출 수밖에 없기 때문이다.

불법조업 어선으로 판단돼 특수기동대원들이 단정을 타고 접근하면 어선들은 대부분 조업을 중단하고 빠른 속도로 도주하기 십상이다. 이때 해경은 도주 어선에 대해 배를 세우라는 정선 명령을 내린다. 불법어선이 정선 명령을 어기고 계속 도주할 경우 특수기동대가 강제 정선에 나서게 된다.

이를 위해서는 특수기동대가 빠른 속도로 달리는 도주 선박에 승선해야 한다. 단정 2대를 도주 선박의 양쪽에 대고 각각 운전자 1명을 제외한 7명씩 모두 14명이 불법 어선에 승선한다. 불법 어선은 나포·조사 후 불법조업이 확인되면 1척당 보통 1억~1억 5천만 원, 최대 2억 원까지 담보금이 부과되기 때문에 해경의 검문검색이 시작되면 안 잡히려고 강력히 저항한다.

서해는 한·중 어업 협정에 따라 37도 이남 해역의 경우 어업 허가증을 받은 선박은 우리 영해에 들어올 수 있다. 37도 이북은 조업 금지구역으로 원칙적으로 조업 허가를 안 내준다.

해경은 조업 허가를 받지 못한 어선과 37도 이북에서 조업하는 어선, 규정된 어망보다 구멍이 좁은 것을 사용하는 어선, 매일 보고하는 어획량을 허위·축소 보고하는 경우 등을 불법조업으로 간주해 단속한다. 특수기동대원은 강력 저항하는 불법 어선을 나포해야 하기 때문에 큰 부상을 입거나 목숨을 잃을 수도 있는 위험에 노출돼 있다.

특히 야간 단속 때는 대원들이 보호장구를 착용하더라도 시야가 좁기 때문에 어느 방향에서 어떤 흉기가 날아올지 몰라 낮보다 훨씬 위험하다. 한 치 앞도 내다볼 수 없는 어둠 속에서 나포 때 쇠파이프가 날아오는 것은 말할 것도 없고, 볼트, 밸브, 쇠뭉치, 통발, 그물추, 칼 등이 사정없이 날아들었다. 특수기동대원들은 날아오는 쇠붙이를 방패로 막으면서 선박 위로 올라갔다.

부상 다반사····· 열악한 장비 겨우 보강

특수기동대는 진압복, 진압화, 반검·부력 기능을 갖춘 진압조끼, K5 권총, 진압봉, 방패, 비살상무기인 고무탄·모래탄총 등의 장비를 갖추고 있다. 이런 특수장비가 보강된 것은 불과 2년 전이다. 지난

2011년 12월 인천 옹진군 소청도 남서방 85km 해상에서 불법조업 중이던 중국 어선 나포 과정에서 이청호 경장이 중국 어선의 선장이 휘두른 흉기에 찔려 사망하는 사건이 발생한 이후 장비가 보강됐다.

검문검색 담당 대원이 일반 해양경찰에서 특수기동대로 바뀌고, 단정도 웬만한 파도를 뚫고 나갈 수 있게 6m에서 10m 크기로 커졌다. 근무복도 일반 구명조끼에서 반검·부력 기능을 갖춘 진압조끼로 바뀌었고, 헬멧에는 증거 확보를 위해 카메라가 장착됐다.

특수기동대는 45세 이하 경찰관으로 희망자에 한해 선발한다. 특수기동대는 위험한 업무를 수행하기 때문에 군 특수부대 출신자들이 많다. 이들은 해경이 하는 일반 업무를 담당하면서 부가적으로 불법 어선 나포 등의 임무를 수행한다. 이들에게 위험수당 명목으로 월 10만 원이 주어진다.

특수기동대원인 조동수 경위는 "위험하다고 특수기동대를 기피하면 누가 하겠느냐"면서 "남들이 못 하는 것을 한다는 점에서 자부심을 느낀다"고 말했다.

인천해양경찰서에는 불법 어선을 감시하는 3천 톤급 경비함이 3척 있다. 이들 3척이 번갈아가면서 출동한다. 특수기동대원은 인천해양경찰서에만 102명, 전국적으로는 356명이 있다.

특수기동대원은 한 달 중 절반가량을 바다로 출동해 불법 어선 단속 업무를 한다. 날씨가 추워 조업이 어려울 때는 한 달에 두 차례, 한 차례당 7박 8일 단속에 투입되는 것을 감안하면 월 14~15일을 바다에서 생활하는 셈이다. 불법 어선의 활동이 늘어나는 여름에는 한 달에 16~18일을 바다에서 지낸다.

출동이 없는 평상시에는 경비함을 인천해양경찰서 전용 부두에 정박하고 일반 공무원처럼 오전 9시에 출근해 오후 6시에 퇴근한다. 다음 출동을 위해 경비함의 고장 난 부분을 수리하거나 준비한다.

특수기동대원은 기본적으로 4시간 근무를 하고 나머지 시간은 자율적으로 휴식을 취한다. 매월 1회씩 사격이나 모의 선박 진압 훈련 등 특수훈련을 실시하고, 다음 출동에 대비해 장비 정비, 서류 정리 등을 실시한다.

출동 시에는 가족과의 전화 통화 불가 등 육지와 단절된 생활을 한다. 함상생활은 4시간 근무 후 8시간 휴식하는 방식으로 진행된다. 근무는 각자가 맡은 조타수, 항해사 등의 업무를 수행한다. 휴식 시간에는 각자가 스스로 판단해 취침과 체력 단련, 취미생활, 빨래 등을 한다. 이런 상태에서 불법 어선 발견 시 특수기동대는 즉각 출동하게 된다. 해양경찰청은 2013년 한 해 동안 불법조업 중국 어선 487척을 단속했다. 한 달에 평균 40척, 하루에 1척 이상을 단속한 셈이다.

위험하다고 아무도 하지 않는다면 누가 하겠습니까

인천해양경찰서 3천 톤급 경비함인 3008함의 단정장인 조동수 경위는 불법조업 어선 단속에 나설 때면 항상 마음속으로 기도를 한다. 단정은 10m의 소형 보트로 불법 어선 단속 시 도주 어선을 고속추격하고 나포하는 데 투입된다.

불법조업 어선 나포 때 대부분 몸싸움이 벌어지기 때문에 특수기동대원들은 이 과정에서 크고 작은 부상을 입을 수도 있고, 심지어는 목숨을 잃기도 한다. 조 경위는 "부상을 입는 것보다 단정을 타고 고속으로 달리는 도중 대원이 물에 빠지는 경우가 더러 있는데 오히려 이때가 더 위험하다"고 말한다. 빠진 위치를 정확히 알지 못하면 시간이 조금 지난 후에 위치를 못 찾아 구출하기가 어렵다. 더구나 바닷물 온도가 낮은 겨울에는 물에 빠진 대원을 못 찾거나 시간이 지체될 경우 죽을 수도 있기 때문에 특히 위험하다.

중국 어선에서 난투극이 벌어지고 대원 수가 부족해 밀리는 상황에서 대원이 바다에 빠진다면 단정장은 책임자로서 어떤 결정을 내려야 할까. 조 경위는 이 같은 상황이 닥치면 어떤 결정을 내려야 할지 당혹스럽다고 털어놨다. 비슷한 상황이라도 매번 상황이 다르기 때문에 결정도 달라질 수밖에 없단다.

조 경위는 특수기동대원들이 하는 임무가 위험하다는 것을 알기 때문에 가족들의 반대가 심하다고 말한다. 그는 이럴 때마다 "위험하다고 아무도 이 일을 하지 않는다면 누가 하겠느냐"라며 설득한다.

조 경위는 원래 직업 군인이었다. 해군 부사관으로 5년 9개월을 조타사로 근무하고 중사로 전역했다. 해경에는 지난 1992년 6월부터 근무해 2014년 6월이면 만 22년이 된다. 특수기동대 일은 2003년부터 시작해 11년 동안 70회 이상 출동했으며 불법어선 112척을 나포했다.

조 경위는 해경 근무 이후 해당 업무를 체계적으로 익히기 위해 방송통신대 법학과를 졸업하고 방송통신대에서 행정학 석사학위도 취득했다. 그는 "특수기동대는 일반 해경처럼 일반 업무를 수행하면서 추가로 하는 일이기 때문에 사명감 없이는 해내기 힘든 일"이라고 강조했다.

더욱이 출동 시 한 달의 절반을 육지와 단절된 채 함정에서 생활해야 한다. 이 정도만 해도 견딜 만한데 대형 사고가 터지기라도 하면 한 달간 함정에서 계속 생활하는 경우도 있다.

조 경위는 중국 어선 나포 과정을 아기 낳는 것에 비유했다. 산고처럼 추격하는 과정이 너무 힘들어 입에서 욕이 나올 때도 있단다. 그런데 막상 나포에 성공하면 성취감에 이런 생각이 싹 가신다고 조 경위는 말했다. 조 경위는 "칭찬받으려고 하는 일은 아니지만 국토를 지키고 우리 어민들을 보호하는 업무인 만큼 국민들이 따뜻한 시각으로 봐주셨으면 좋겠다"고 말했다.

화성서부경찰서&평택해양경찰서, 제2의 염전 노예 막는다

　　2014년 2월 초 '염전 노예' 사건이 불거진 뒤 경찰은 전국의 염전, 양식장 등 2만 6,224곳에 달하는 '인권 사각지대'에 대한 일제 수색을 진행했다. 장애인이나 노숙자 등 사회적 약자에 대한 감금 및 노동력 착취 등 인권 침해를 근절하기 위해서다. 파이낸셜뉴스는 경기 화성서부경찰서와 평택해양경찰서가 화성시에 속한 서해의 섬과 양식장에서 합동으로 벌이는 일제 수색에 동행해 단속 경찰들의 활동상을 취재했다.

　오전 8시 40분, 평택항의 해양경찰 전용 부두에는 경찰용 선박들이 서로 몸을 맞대고 있었다. 평택해경 소속의 이들 선박은 500톤급 1척과 300톤급 2척을 비롯해 각종 오염물 누출 사고에 대처하기 위한 방제정, 특수정까지 모두 12척이다. 이 중 기자는 단속 경찰과 함께 작은 30톤급 P128 형사기동정을 탔다. 지난 2002년 건조돼 10년이 넘은 것으로, 일반 배로 치면 선장인 장환덕 정장(경위)은 "배가 작을수록 바람에 많이 흔들리는데 오늘은 날씨가 봄날처럼 좋아서 다행"이라며 "바람이나 안개가 거의 없어 수색 작업에는 무리가 없을 듯하다"고 말했다.

화성서부경찰서 김충우 여성청소년과장과 평택해경 형사계 유범선 경사 등 실질적으로 수색을 진행할 5명의 주인공들이 배에 올랐다. 유범선 경사가 "일 년에 2회 정도 도서지역에 대한 실종자 수색을 실시하는데 경찰과 해경이 합동으로 하는 것은 처음"이라고 설명했다. 그리고 오전 8시 50분 형사기동정은 힘차게 서해의 단속 대상지를 향해 출발했다.

단속 경찰 "몸 두 개라도 모자라"

김충우 과장은 요즘 눈코 뜰 새가 없다. 여성청소년과가 강압적 졸업식 뒤풀이 예방활동도 겸하고 있기 때문이다. 이런 와중에 실종자 찾기 일제 수색까지 진행하다 보니 몸이 두 개라도 모자랄 판국이다. 김 과장은 "관내에 초·중·고교가 69개나 되는데 학교 전담경찰관은 4명에 불과하다"면서 "2월 14일에는 31개 학교가 동시에 졸업식을 치르는 바람에 정신이 없었다"고 말했다.

김 과장은 일제 수색에 나선 이후 지금까지 염전과 농장 등을 주로 둘러봤다. 겨울이라 염전은 대다수가 보수공사 중이고 4~5월이나 돼야 소금 생산을 시작할 것이라는 설명이다. 그는 "하나하나 확인을 해봤지만 상대적으로 규모가 작아서 그런지 주인과 가족들이 일을 하고 있었다"며 "일이 몰릴 경우 인력파견 업체에서 잠시 데려다 쓰기도 하는데 전부 육지에 있어 인력을 구하기도 쉽다고 한다"

고 말했다. 김 과장은 "자기들은 '굳이 불법행위를 저지를 필요가 없다'고 얘기하는데 계속 지켜보겠다"고 덧붙였다. 그는 "오늘과 내일은 관내 가두리 및 김 양식장 47곳을 둘러보게 된다"고 설명했다. 김 과장의 관할지역인 화성서부경찰서에 접수되는 실종·가출 건수는 일 년에 200여 건이며, 여기에 다른 경찰서에서 협조 요청이 들어오는 것까지 포함하면 300~400건에 달한다. 수원 등지에서 가출한 이들의 위치 추적을 해보면 김 과장의 관할인 제부도에 있는 것으로 나오는 경우가 많단다.

김 과장은 "일 년에 서너 차례 가출·실종자를 찾기 위한 수색을 벌이지만 장기 실종자를 직접 찾은 적은 없다"며 "그날 집을 나간 사람을 그날 찾는 사례는 많다"고 말했다.

1시간 40여 분을 달린 끝에 "입파도에 도착했다"는 장 정장의 목소리가 들려왔다. 시계를 보니 오전 10시 30분을 가리키고 있었다. 섬 입구에 위치한 우럭 양식장으로 방향을 잡았다. 먹이를 자주 줘야

하는 경우에 대비해 한쪽에는 사람이 살 수 있는 공간도 마련돼 있었다. 양식장에 올라가 봤지만 사람의 흔적은 없었다. '미리 수색 정보가 새나간 것 아니냐'는 질문에 유범선 경사는 "그런 일은 절대 있을 수 없다"고 단호히 말했다. 그러고는 양식장 주인에게 전화를 걸어 수색을 나오게 된 배경을 설명했다. "수온이 낮아 겨울에는 이곳에서 양식을 하지 못하기 때문에 경남 통영으로 이동했다"는 대답이 돌아왔다.

유 경사는 "허탕을 친 것으로 보이지만 성과가 전혀 없는 것은 아니다"라면서 "양식장 주인들에게 '나쁜 짓을 하면 안 된다'는 예방적인 인식을 강하게 심어주는 효과가 있다"고 강조했다.

허탕은 없다, 예방 효과도 커

장 정장이 국화도로 키를 돌렸다. 30여 분이 지나자 국화도가 한눈에 들어왔다. 먼저 김 양식장을 조사할 요량이었는데 바닷물이 빠진 상태여서 접근이 쉽지 않았다. 작업 중이던 근로자들을 불렀지만 반응이 없다. 깃발을 흔들고 큰 소리로 방송을 한 후에야 그들과 만날 수 있었다. 동티모르에서 온 외국인 노동자 형제였다. 유 경사는 이들에게 폭행이나 임금 체불, 식사 시간 보장, 장애 여부 등을 물었다. 의사소통이 원활하지 못한 탓에 온갖 '보디 랭귀지'가 동원됐다.

접안 공사가 진행 중이어서 형사기동정은 부두에 댈 수조차 없었다. 김 양식장 작업배를 얻어 타고 외국인 노동자들과 함께 섬으로 들어갔다. 배에서 내린 뒤에는 조개껍데기가 덕지덕지 붙은 벽에 바짝 기댄 채 엉금엉금 가야 했다. 장갑을 끼지 않은 탓에 손 여기저기에 상처가 생겼다.

유 경사는 이곳 어촌계장을 상대로 외국인 노동자들의 임금산출 방식 등을 꼼꼼하게 캐물었다. 어촌계장은 "숙식은 물론 기호제품까지 제공하기 때문에 우리나라 사람을 쓰는 것보다 돈이 더 들어간다"며 "하지만 열심히 일을 잘하기 때문에 김 양식이 끝나도 월급을 주면서 데리고 있다"고 말했다. 그는 "외국인 노동자든 국내 인력이든 사람을 쓰지 않으면 양식장이나 염전이 돌아가질 않고, 종업원을 쓰자니 수지타산이 맞지 않는다는 게 딜레마"라며 "업주 입장에서는 이익이 남아야 인권에도 관심을 갖지 않겠느냐"고 말했다.

개인 시간 내서 예방활동

오후 3시가 넘어서야 이날의 수색 작업은 마무리됐다. "가출·실종자를 발견할 것이라고 기대했는데 아쉽다"고 했더니 김 과장은 "발견했더라면 좋았겠지만 가출·실종자가 없는 세상이 하루빨리 오는 게 더 좋지 않겠느냐"며 반문했다.

과거 대표적인 인권 침해로 꼽혔던 '새우배'는 경찰과 해경의 집중 단속 덕분에 지금은 거의 사라졌다. 새우배는 계속 바다에 떠 있고 선주가 생필품을 다른 배로 실어다 주고 어획물을 가져오는 방식으로 인권 유린을 자행하는 것이다. 계속 배 위에 붙잡아두고 일만 시킨다는 얘기다.

유 경사는 "평소에도 섬 지역에서 예방활동을 꾸준히 벌이기 때문에 인권 유린 사건은 거의 일어나지 않는다"며 "별도의 카드를 작성하지는 않지만 염전이나 양식장에서 일하는 노동자들을 대상으로 어떻게 일하게 됐는지 일일이 확인한다"고 말했다.

"외국인 노동자들의 경우 선주나 양식장 주인들의 이해도를 높이는 데 초점을 두고 있습니다. '잘 대해줘야 오래, 성실하게 일한다'고 설득하는 거죠. 사실이 그렇고요. 김 양식장에서 일하는 근로자 5명 중 3명이 외국인인데 보통 2~3년씩 일을 합니다. 중간에 브로커의 꾐에 빠져 도망가게 되면 외국인 노동자는 불법체류자가 되고 어민은 조업을 포기하는 불행한 일이 생기기도 해요."

유 경사는 "관심을 가지면 보인다"며 "구석구석 뒤져보고 싶지만 개인의 시간과 노력이 필요한 일이라 다 할 수 없어 안타까울 때가 많다"고 아쉬움을 토로했다.

경찰, 일제 수색 일주일 만에 가출·실종 12명 찾아……

경북지방경찰청은 2014년 2월 14일 경북 경주의 한 축산시설을 수색하던 중 10여 년간 임금을 받지 못한 지적장애인 2명을 발견하고 수사를 벌이고 있다. 경찰은 이 축산업자를 대상으로 장애인들에 대한 폭행, 감금 등의 가혹행위 여부, 국가가 이들에게 지급하는 월 20만~40만 원의 보조금 갈취 여부 등을 중점적으로 조사하고 있다.

한편 전남지방경찰청도 전남 신안의 섬 염전에서 사실상 감금된 채 일을 하던 한모 씨를 구출해 가족 품으로 돌려보냈다. 서울에서 노숙생활을 하던 한씨는 지난 1993년 일자리 알선 중개업자를 만나 염전에서 일해왔으며 하루 18시간씩 노예처럼 일하고 한 달에 고작 1만~2만 원을 받았다. 특히 첫 염전 업주가 사망하고 그 아들로부터 2대에 걸쳐 노동 착취를 당했다. 경찰은 이 염전 업주를 상대로 범죄 행위를 캐고 있다.

2014년 2월 초 일자리를 구하려고 낯선 사람을 따라나섰다가 외딴 섬으로 팔려가 수년간 강제 노역을 해온 장애인들이 경찰에 극적으로 구출되는 '염전 노예' 사건이 발생했다. 박근혜 대통령은 법질서 안전 분야 부처 업무 보고에서 "또 다른 외딴 섬에서 이런 일이 혹시 있지는 않은지 조사하고 다시는 이런 일이 없도록 철저히 뿌리를 뽑아야 할 것"이라며 발본색원을 주문했다.

이에 따라 경찰은 2014년 2월 10일부터 사회적 약자에 대한 노동 착취 등 인권 침해 근절을 위해 관련 시설 등에 대한 대대적인 일제 수색에 나서 일주일 새 가출·실종자 12명을 발견하는 성과를 올렸다.

경찰은 염전, 양식장, 소규모 공사장 등 전국 2만 6천여 곳에 대한 수색에 나섰다. 경찰 관계자는 "인권 사각지대에 대한 저인망식 합동 전수조사와 함께 노동력 착취 행위, 노숙인 및 장애인을 대상으로 한 불법 직업소개 유인 행위 등에 대한 집중 단속을 병행하고 있다"고 말했다. 경찰은 이·통장 및 자율방범대, 생활안전협의회 등 지역 네트워크를 총동원해 관련 첩보를 입수하는 한편, 현지 경찰 인력의 유착 의혹을 해소하기 위해 불법행위 관리 체계나 신고 접수 체계에 문제는 없었는지에 대해서도 심층 조사를 벌이고 있다.

2014년 2월 19일 경찰청에 따르면 2014년 2월 17일까지 전체 수색 대상 2만 6,224곳의 39.3%에 해당하는 1만 293곳에 대해 수색을 마쳤다. 이를 통해 가출·실종자로 신고된 12명을 비롯해 무연고자 4명, 임금체불 23명, 폭행·가혹행위 4명, 수배자 41명, 불법체류자 5명 등 총 91명을 찾아냈다.

서울시 38세금징수과, 얌체 체납자 쫓는 정의의 추격자

2014년 2월 20일 오전 8시, 인천시 서구의 한 빌라 앞에 서울시 38세금징수과 배기선 징수 4팀장을 비롯해 조사관 5명이 모였다. 이 빌라에 살고 있는 A씨가 사용 중인 고급 외제 자동차(BMW)를 압류·견인하기 위해서다. A씨가 사용·운행하는 이 차량은 서울 마포구 서교동에 주소를 둔 Y사 소유의 법인 차량이다. 그런데 이 회사의 부도로 서울시에 납부해야 할 4억 5천만 원의 지방세를 수년째 체납한 상태다.

체납 차량 압류 못 하고 아쉬운 헛걸음

조사관들은 체납된 지방세를 징수하기 위해 이 회사와 관련된 부동산 등을 추적한 끝에 이 차량이 인천시에 거주하는 A씨가 사용하고 있는 것을 확인했다. 소유자가 불분명하고 교통법규 위반 등 압류 건만 90여 건에 달하는 말 그대로 '대포차'다. 수차례에 걸쳐 인도 명령서를 발송했는데도 A씨가 이 차량을 인도하지 않자 결국 조사관들이 이날 차량을 압류, 공매를 통해 세금을 충당키로 했다. 차량이 견인되면 일단 서울시 인터넷 공매 협력업체인 오토마트 홈페이지(www.automart.co.kr)를 통해 매각되고 판매대금은 지방세로 환수된다.

빌라 앞에 도착한 징수팀은 일단 견인 대상 차량이 있는지 주차장을 확인했다. 하지만 예상대로 차량은 없었고, 누구나 할 것 없이 빌라를 중심으로 골목길 일대를 수색했다. 이 일대를 수색했지만 차량이 없는 것을 확인한 조사관들은 A씨를 직접 만나기로 하고 집으로 올라가 수차례 초인종을 눌렀다. 하지만 아무런 인기척도 없었다. 결국 A씨와 어렵게 전화 연결이 됐지만 그에게서 돌아온 말은 '차가 없다'는 것이었다.

이때부터 조사관들과 A씨의 승강이는 10여 분간 이어졌다. A씨는 '차를 누가 가지고 가버렸다'는 다소 황당한 이야기를 꺼냈다. 이에 조사관은 '누군지도 모르는 사람이 차를 가져갔다는 게 말이 되느냐'며 '검찰에 고발할 테니 그렇게 알고 있으라'며 으름장을 놓고는 세금 체납 충당에 대한 기대를 충족시키지 못하고 어쩔 수 없이 발길을 돌려야 했다.

30여 분 승강이 끝에 견인 성공

징수팀은 다시 오전 9시 30분께 지방세 1,670만 원을 체납한 B씨 소유의 고급 외제 자동차(렉서스)를 견인하기 위해 서울 양천구 신월동의 모 아파트에 도착했다. 체납자 B씨 역시 여러 차례에 걸쳐 지방세 납부 독촉을 했는데도 납부를 회피해왔다. 아파트 주차장에 도착

한 이들은 다시 주차장 일대를 살피며 차량 수색에 나섰다. 이른 시간이 아니었는데도 많은 차량들이 빼곡히 주차돼 있는 탓에 수색이 쉽지 않았다.

　한참 수색 끝에 주차장 통로에서 해당 차량을 발견했다. 조사관은 차량 번호를 확인하고는 바로 차량 견인을 위해 견인차 회사에 연락했다. 체납자에게도 연락해 차량 압류·견인 사실을 통보하고 짐을 뺄 것을 주문했다.

　10여 분이 흘렀을까. 체납자 B씨의 부인이 먼저 나왔다. 또다시 승강이가 시작됐다. B씨의 부인은 처음에는 "체납 사실을 통보받지 못했고, 차량 압류 사실도 몰랐다"고 발뺌했다. 조사관들이 자초지종을 설명한 뒤에야 그는 "집안 사정이 좋지 않아 어쩔 수 없이 체납할 수밖에 없었다"며 눈물로 선처를 호소했다. 이윽고 나타난 체납자 B씨는 체납 사실을 인정하고는 "회사가 부도나는 바람에 경제적 여건이 되지 않아 체납했고, 차량은 몸이 성치 않아 이동 수단으로 사용하고 있다"며 역시 선처를 호소했다.

하지만 때는 늦었다. 조사관들은 수차례에 걸쳐 체납 지방세를 독촉했음에도 납부하지 않아 행정 절차상 어쩔 수 없다고 말한 뒤 경제력이 되지 않으면 분납도 가능하다며 납부 방법과 차량을 찾을 수 있는 방법 등을 설명해줬다. 30여 분간 승강이를 한 끝에 체념한 듯한 B씨는 차 안에 있는 실려 있던 짐을 내렸고 견인 차량이 도착해 이 차량을 견인해갔다.

권수 조사관은 "경제적 여건이 되면서도 의도적으로 납세 의무를 회피하기 위해 거짓말을 하는 경우가 종종 있어 힘들게 한다"며 "하지만 이번 경우는 경제 여력이 좋지 않은 것 같긴 하지만 조세 정의 실현을 위해서는 어쩔 수 없이 절차에 따를 수밖에 없다"고 말했다.

법인 회사 체납세액 징수 '골치'

차량이 견인돼가는 것까지 확인한 징수팀은 낮 12시께 한강에서 요트업과 컨벤션, 외식업을 하는 ㈜서울마리나를 방문해 체납세액 납부를 독촉했다. ㈜서울마리나는 한강에 인공 섬을 만들어 건물을 지어 영업해 부과되는 하천사용료, 면허세 등 3억 3천만 원의 지방세를 체납한 상태다.

징수팀이 들어서자 이 회사 이사직을 맡고 있는 K씨가 면담을 청했다. 그는 "경영난이 장기화되면서 불가피하게 세금을 체납할 수밖에 없었다"며 "이미 서울시에 납부이행 계획서를 제출한 상태로 계획대로 세금을 납부할 계획"이라고 말했다.

징수팀은 그러나 ㈜서울마리나 측의 경영 상황에 대해 확인하기 위해 관련 서류 제출을 요구했다. 서류를 살펴본 조사팀은 일단 납부 이행 계획서대로 납부할 것을 통보한 뒤 이 회사 소유의 요트 등에 대해 압류 조치할 계획이라고 설명하고 발길을 돌렸다.

징수팀은 이날 마지막 일정으로 서울 강남구 삼성동의 한 회사 사무실을 방문했다. 이 회사 관계자가 운행하고 있는 차량을 압류·견인하기 위해서다. 부도가 난 M회사 소유의 차량으로 이 회사는 4억 2천만 원의 지방세를 체납했다. M회사 소유이지만 현재 운행은 다른 회사가 하고 있었다. 미리 이 회사 측에 연락해둔 탓에 차량을 쉽게 인도받을 수 있을 것이라는 당초 예상은 빗나갔다. 회사 관계자가 사사로운 트집을 제기한 것이다. 결국 차량은 인도하기로 했지만 차량을 주차한 곳까지 동행해주지 않아 징수팀은 차를 찾는 데 생각지도 못한 진땀을 빼기도 했다. 지하주차장에 있던 차량을 찾아 견인차가 차를 견인해가는 뒷모습까지 확인한 뒤 징수팀은 이날 오후 3시가 넘어서야 일정을 마무리하고 서울시청사로 돌아왔다. 시청사로 돌아온 이들은 이날 징수활동 상황을 정리하고, 세액을 충당하기 위해 또 다른 체납자의 은닉 재산 추적 작업을 벌였다.

'현미경 세금 징수'로 유명한 38세금징수과

"끝까지 추적해 반드시 징수한다."

지방세 상습 고액 체납자에 대한 '현미경 세금 징수'로 유명세를 떨치고 있는 서울시 38세금징수과의 모토다.

이 조직은 지난 2001년 8월 출범했다. 당시 증가하는 체납자에 대한 대응 부족과 체납자 금융재산 조사가 한계에 부딪히자 성실 납세 풍토 조성을 위해 고건 전 서울시장의 하명에 따라 조직됐다. '38'은 납세 의무를 규정하고 있는 헌법 38조에서 따온 것이다. 현재 서울시 고액 체납자는 2만 8천 명으로 징수 공무원 1인당 평균 1,400명을 관리하고 있다.

출범 당시 팀 단위로 조직됐다가 2008년 조직 개편에 따라 독립 부서로 승격된 뒤 기동대로 운영되다 2012년 조직 개편 이후 현재의 모습(1과 5팀)을 갖췄다. 한때 모 지상파 방송의 교양 프로그램에 연속으로 출연한 것이 계기가 돼 전국적으로 유명세를 탔다.

이 조직은 2001년 279억 원을 시작으로 2010년 433억 원, 2011년 424억 원, 2012년 413억 원, 2013년 457억 원 등 10여 년간 5,629억 원의 체납 세금 징수 실적을 거뒀다.

38세금징수과는 체납세액의 효율적인 징수를 위해 조사관에게 직접 체납자를 배정하는 맨투맨제로 변경하고 사회지도층 및 종교단체 체납자 특별 관리 개념을 도입했다. 이에 따라 2013년 의사, 변호사, 경제인 등 사회지도층 39명과 31개 종교단체로부터 32억 원의 체납세액을 받아냈다.

특히 은닉 재산을 추적해 공매하고 명단을 공개하는 한편 출국금지 등 강력한 징수 수단도 동원됐다. 아울러 체납자 명의 은행 대여금고 압류, 체납자 소유 차량 압류·공매, 해외 도피성 체납자 추적 등을 통해 체납자들로부터 체납세액을 징수하고 있다. 서울시 임출빈 38세금징수과장은 "얌체 체납자들의 재산을 끝까지 추적해 성실한 납세 풍토 조성과 조세 정의가 실현되도록 노력할 것"이라고 말했다.

사회복무요원,
사회의 어둠을 밝히는
군복 없는 군인

2014년 3월 5일 오전 8시 30분께 서울 군자동 광진 노인종합복지관 내 치매·중풍 등을 앓고 있는 어르신들을 돌보는 광진데이케어센터에 사회복무요원들이 하나둘 나타났다. 70대를 훌쩍 넘은 어르신 15명이 오전 9시께 집을 나와 오후 8~9시까지 머무르는 곳으로, '노치원'으로 불리기도 한다.

사회복무요원인 전영천, 최태웅, 전진우, 원준호 씨는 이곳에서 사회복지사, 요양보호사를 도와 하루 종일 어르신들을 돌보고 있다. 이들은 이곳으로 출근 후 간단한 청소를 끝낸 다음 오전 9시 30분께 어르신들을 태운 버스가 도착하면서 본격적인 하루 일과가 시작된다. 제일 먼저 하는 일은 어르신들을 4층으로 모시는 것이다. 대다수 어르신이 거동이 불편한 탓에 일일이 부축하고 때로는 업어서 모시기도 한다.

복지관서 치매 노인 돌보미

어르신들이 소파에서 잠시 숨을 고르고 있는 가운데 전진우 씨가 한 할머니를 붙잡고 큰 소리로 날짜와 시간, 이름을 외쳤다. 치매에 걸린 분들의 인지 능력을 향상시키기 위한 것으로, '지남력指南力 강화훈련'이란다. 한두 번으로는 성공하기가 거의 불가능하고 적어도 대여섯 차례는 반복해야 한다. 한 분 한 분을 상대하고 나니 금세 30분이 훌쩍 지났다.

이어 운동 시간. 운동이라고 해야 30m 남짓한 센터 내 통로를 따라 천천히 걷는 것이 전부지만 넘어져 다칠 우려가 있어 늘 곁을 지켜야 한다. 서너 바퀴를 돌자 할머니, 할아버지들의 숨이 가빠온다. 이때 스피커에서 〈아리조나 카우보이〉라는 1950년대 유행가가 흘러나왔다. 전진우 씨는 "트로트를 싫어해 처음에는 적응이 안 됐는데 매일 듣다보니 웬만한 트로트 노래는 따라 부를 수 있게 됐다"고 말했다.

이제부터 체조 시간까지는 쉬는 시간이다. 2013년 3월 이곳으로 배치받은 최태웅 씨가 할머니들 사이에서 연방 싱글벙글하며 얘기를 나누고 있다. 자세히 들어봤지만 무슨 내용인지 전혀 알 수가 없다. 최씨는 "어르신들이 정신이 온전치 못한 경우가 많아 사실 아무런 내용은 없다"면서 "얘기를 들어드리는 것만 해도 위안이 되시는지 좋아들 하신다"고 말했다.

사회복지사 조수아 씨는 "어르신들에게는 정서적인 친밀감이 중요하기 때문에 얘기를 나누는 것 자체가 의미가 있다"며 "일반적인 시각에서는 '저게 무슨 일이냐'라고 생각할지 모르지만 직접 해보면 그리 쉽고 만만한 일이 아니다. 더구나 20대 초반인 사회복무요원들에게는 더욱 힘들 것”이라고 강조했다.

오전 10시 30분께 체조를 함께 할 강사가 도착했다. 앉은 자리에서 스트레칭을 하는 정도지만 다리를 들어올리기도 버거운 어르신들에게는 여간 힘든 게 아니다. 반 이상은 강사의 작은 동작조차 따라하지 못했다. 한 달 경력의 원준호 씨가 한 할아버지의 팔과 다리를 붙잡고 운동을 도왔다. 그는 “친할머니가 7~8년 넘게 치매로 고생하다 지난해 돌아가셨다”며 “할머니께 잘해드리지 못한 게 후회로 남아 이곳을 지원했다”고 설명했다.

전진우 씨는 “가끔 폭력적 성향의 할아버지로부터 맞은 적도 있다”며 “‘차라리 몸이 힘든 곳에 지원할걸’ 하는 생각도 들었으나 이름과 얼굴을 기억해주시고 휴가 가거나 자리를 비웠을 때 저를 찾으셨다는 말을 들으면서 큰 보람을 느낀다”고 말했다.

사회복무요원들을 관리하는 박현희 씨는 “처음에는 거부감 때문에 ‘못 하겠다’고 하는 사람들도 있지만 적응이 되면 더 열심히 한다”며 “소집해제 후에도 틈틈이 시간을 내 봉사활동을 하러 오는 전직 사회복무요원이 지금도 서너 명 있다”고 설명했다.

체조가 끝나자 최고참인 전영천 씨가 화장실을 가려는 두 할머니의 손을 붙잡고 일어선다. 다른 쪽에서는 점심 식사 준비가 한창이다. 사회복무요원들의 머리에는 하얀 모자, 가슴에는 핑크색 앞치마가 둘러졌다. 파킨슨병, 뇌경색으로 고생하는 할아버지 두 분은 수저도 제대로 들지 못해 사회복무요원들이 식사 도우미를 자처하고 나섰다. 전씨는 “사실 친할머니, 친할아버지의 식사 수발도 들어본

적이 없다"며 "지난 일 년 반 동안 어르신들과 함께하면서 스스로 어른이 돼가고 있다는 생각이 든다"고 말했다. 그는 "현역병이나 또래 친구들이 볼 때는 편해 보일 수도 있겠지만 마냥 쉽고 편한 것은 아니다"라면서 "사회 한쪽에서 사회복무요원을 바라보는 부정적 시선과 편견이 제일 힘들다"고 애로를 토로했다.

장애인의 '손발' 역할도

광진노인종합복지관에서 차로 10여 분 거리에 위치한 구의동 정립장애인보호작업장에서는 사회복무요원 신동준 씨가 장애인들의 손과 발이 돼주고 있다. 신씨는 당초 신체검사에서 현역 판정을 받았다가 망막박리 수술을 하는 바람에 재검에서 4급으로 바뀌었다. 2013년 9월 배치돼 6개월 경력에 불과하지만 김목겸 원장은 "우리 직원들의 손이 부족한 부분을 맡아줘 얼마나 소중한 자원인지 모른다"며 칭찬을 아끼지 않았다.

신씨는 "장애인과 정식으로 접촉한 것이 처음이어서 낯설었지만 겪어보니 일반인보다 더 착하고 잘 대해줘서 이제는 '가족'이라고 부를 만큼 익숙해졌다"며 "개인적으로 장애인에 대해 갖고 있던 잘못된 편견을 깨는 기회가 되고 있다"고 설명했다.

신씨가 하는 일은 장애인 26명을 돕는 것이다. 이날 3개 작업장에서는 '골판지 감기 공예' 제품을 만들고 있었다. 고무줄로 골판지를 묶고 이를 비닐 포장지에 넣는 아주 단순한 작업이었으나 이들 장애인에게는 쉽지 않았다. 신씨는 건물 1층과 3층에 분산돼 있는 작업장을 오가면서 장애인들이 하기 힘든 일을 도맡아 했다.

그는 "한 손이 자유롭지 못한 분이 7명이나 돼 진행이 느리고 지적장애인들이 많아 아무리 단순한 작업도 열 번, 스무 번을 가르쳐 줘야 한다"며 "그래도 '귀찮고 힘들다'는 생각보다는 '보람 있게 병역 의무를 대신하고 있다'는 생각을 더 많이 하게 된다"고 말했다. 신씨는 "모두 열심히 하는데도 집중력 저하로 오래 일하지 못하고 생산성이 떨어진다는 것이 안타깝다"면서 "주어진 역할에 최선을 다해 복무기간 동안 장애인 형님, 누나들을 도울 것"이라고 강조했다.

병무청 사회교육복무과 윤웅섭 사무관은 "정부의 예산이 한정돼 있는 탓에 사회복무요원들이 복지서비스 분야에 투입되지 않을 경우 도움의 손길이 절대적으로 필요한 어르신들이나 장애인들에 대한 서비스가 줄어들 수밖에 없다"며 "대다수 사회복무요원들은 맡은 바 임무에 충실히 임하고 있는 만큼 일부 '일탈 사회복무요원'에 대한 편견으로 사회복무요원 전체가 매도되는 일이 없으면 좋겠다"고 강조했다.

북한산 119산악구조대,
하루에도 몇 번을
오르고 또 오른다

2014년 3월 3일 오후 3시, 서울 은평구 진관동의 서울시 소방재난본부 산하 북한산 119산악구조대. 북한산 자락에 30㎡ 남짓한 컨테이너 구조인 구조대 사무실이 갑자기 분주해졌다. 북한산 향로봉~탕춘대 코스에서 등산객 1명이 등산 도중 부상을 당했다는 신고가 접수됐기 때문이다. 이날 근무 중이던 오세문 팀장과 안상훈 팀장, 김주원, 박재룡, 오맹교 대원이 부상자가 있는 지역을 확인하고는 하던 일을 멈추고 누구 할 것 없이 구조대 옆의 구조 차량으로 뛰어나갔다. 신속한 부상자 구조를 위해 차량이 갈 수 있는 지점까지 이동했다. 이동하는 도중 오 팀장과 대원들은 부상자가 있는 위치를 재차 확인했다.

신고자가 부상자를 비롯해 자신들의 위치를 정확히 알 수 없다고 한 탓에 오 팀장을 비롯한 대원들은 일단 경로를 정해 수색하기로 했다. 오 팀장은 "산악 지형의 특성상 신고자의 위치를 정확히 알 수 없기 때문에 구조에 어려움을 겪을 때가 많다"며 "이럴 경우 구조자의 말에 의존해 위치를 추정하거나 스마트폰을 이용해 주변을 찍어 전송된 사진으로 위치를 추정해 그 일대를 수색한다"고 말했다.

험준한 산악 아랑곳 않고 구조활동

12분 정도가 지나 구조대 차량이 진입할 수 있는 곳에 도착하자 대원들은 트렁크에서 구조장비를 하나씩 챙기기 시작했다. 이들이 짊어진 짐은 응급처치 구조가방과 산악용 들것이 담긴 가방, 헬멧, 로프 등 장비 가방 등이다. 가방 1개당 15kg을 육박한다.

위치를 정확히 몰랐기 때문에 신고자의 말을 토대로 우선 탕춘대 지킴이터 일대부터 수색에 나섰다. 대원들은 뛰지는 않고 대신 속보로 산에 올랐다. 뛸 경우 체력 손실도 크고 대원들의 또 다른 안전사고가 우려되기 때문이다. 이 일대를 수색해 15분여 만에 부상자를 찾을 수 있었다. 일반인 걸음이라면 40여 분은 족히 걸릴 만한 거리다.

현장에 도착하니 부상자 김모 씨는 발목 통증을 호소하고 있었다. 김씨는 일행 1명과 등산을 하다 발목을 다쳤다고 했다. 대원들은 철사 부목으로 김씨의 다리를 고정시키는 등 응급처지를 했다. 문제는 이곳이 암반 지역이어서 들것을 이용하기는 역부족이다.

구조대는 헬기를 이용해 김씨를 병원으로 이송하기로 하고 119항공대에 지원을 요청했다. 20여 분 뒤 멀리서 요란한 엔진 소리와 함께 119 로고가 선명하게 찍힌 구조 헬기가 눈에 띄었다. 헬기가 도착한 뒤 레펠을 이용해 김씨의 구조 작업을 진행하는 동안 또 다른 출동 명령이 떨어졌다. 인근 사모바위~응봉능선 구간에서 장모 씨가 등산 중 실족해 무릎 부상을 당했다는 내용이다.

다행히 이곳과 그리 멀지 않았기 때문에 안 팀장이 남아서 헬기를 유도해 김씨를 구조하기로 했다. 오세문 팀장을 비롯한 나머지 대원들은 또다시 발길을 옮겼다.

험준한 산악 지형 때문에 이동하는 데 어려움이 예상됐다. 하지만 대원들은 부상자를 생각하면 힘든지도 모르고 산을 오른다고 입을 모았다.

한숨 돌리자 또다시 긴급 출동

20여 분이 지난 뒤에야 부상한 장씨를 발견했다. 장씨는 왼쪽 무릎 부상으로 고통을 호소하고 있었다.

대원들은 장씨의 다리에 철사 부목으로 다리를 고정하는 등 응급처지를 취했다. 이곳 역시 험준한 산악 지형으로 들것을 이용해 구조하기 어려울 것으로 판단하고, 헬기를 통해 이송하기로 했다. 잠시 후 김씨를 구조한 헬기가 도착하자 레펠을 이용, 장씨를 헬기에 태웠다. 부상자 2명을 태운 헬기는 인근 수색비행장으로 이동해 119구급차를 이용, 인근 병원으로 이송했다.

대원들은 구조자들이 헬기를 통해 이송된 것을 지켜본 뒤 한숨을 돌리고는 구조대 사무실로 복귀하기 위해 하산했다. 현재 시간 오후 5시. 그런데 또다시 출동 지시가 내려왔다. 이번에는 탕춘대 능선에서 이모 씨가 산행 중 근육 경련이 일어났다는 내용이었다.

대원들은 숨 돌릴 틈도 없이 다시 이씨를 구하려고 이동했다. 이씨를 발견한 대원들은 응급처치를 취한 뒤 들것을 이용, 이씨를 구조하기로 했다.

김주원 대원과 오맹교 대원이 맨 처음 들것을 들고 내려가기 시작했다. 한참 지난 뒤 오세문 팀장과 안상훈 팀장이 교대한 뒤 이씨를 119구급차가 있는 곳까지 이송했다. 이씨의 이송까지 마무리한 뒤 사무실로 복귀했다. 시간은 오후 7시 20분이다. 대원들은 고단함도 잊은 채 사무실에 도착하자마자 무언가에 열중했다. 이날 구조한 3명에 대한 구조 일지를 작성하고 있었다.

일지 작성을 마무리한 뒤 대원들은 그제서야 저녁 식사를 하기 위해 인근 식당으로 이동했다. 뒤늦은 저녁 식사를 마친 대원들은 혹시나 모를 사고에 대비해 또다시 긴장의 끈을 놓지 않고 있었다. 오세문 팀장은 "사고는 예고 없이 일어나는 만큼 대원들 모두 긴장의 끈을 놓지 않고 있다"며 "봄 행락철을 맞아 등산객들이 안전하게 산행을 즐길 수 있었으면 좋겠다"고 말했다.

산악 사고의 75% 119구조대가 구조

본격적인 봄 행락철이 시작되면서 건강을 위해 근교 산 등을 찾는 시민들이 부쩍 늘고 있다. 이런 가운데 근교 산에서의 산악사고 시 사망 원인은 실족과 추락이 가장 많은 것으로 나타나 주의가 요구된다. 평소 잘 아는 코스도 방심하다가는 자칫 큰 화를 부를 수 있다는 얘기다.

전문가들은 근교 산이라도 날씨 변화나 자연환경 여건에 따라 각종 사고 위험도 달라지는 만큼 사전에 철저히 준비를 한 뒤 산에 올라야 한다고 조언한다. 등산화나 옷, 전등 등을 반드시 챙겨야 한다는 것이다.

2014년 3월 12일 서울시 소방재난본부에 따르면 서울지역의 경우 산악사고는 북한산에서 가장 많이 발생한 것으로 나타났다. 2008년부터 2012년까지 5년간 북한산 등 서울지역 주요 근교 산에서 산악사고로 105명이 숨진 것으로 집계됐다.

사망 원인은 실족·추락이 61명(58.1%)으로 절반 이상을 차지했다. 이어 심장질환 및 일반질환 24명(22.9%), 암벽 등반 7명(6.7%), 기타 13명(12.4%) 등의 순이다.

연령대별로 50대가 50명(47.6%)으로 절반 정도를 차지했고, 60대 20명(19.0%), 40대 17명(16.2%), 70대 9명(8.6%), 30대 6명(5.7%), 20대 이하가 3명(2.9%)이다.

산별로는 북한산이 34명(32.4%)으로 사망사고가 가장 많았고, 도봉산 16명(15.2%), 관악산·불암산이 각각 12명(각각 11.4%), 청계산 8명(7.6%), 기타 23명(21.9%)순이다.

요일별로는 일요일이 36명(34.3%)으로 가장 많고, 토요일 17명(16.2%), 수요일 14명(13.3%), 화요일 11명(10.5%), 목·금요일 각각 10명(각각 9.5%), 월요일 7명(6.7%)순이다.

월별로는 6월과 12월이 각각 12명으로 가장 많이 발생했으며, 3·4월 각각 11명, 2월 10명, 8·9·10월이 각각 9명순이었다.

한편 2012년 기준 서울 지역에서는 1,317건의 산악사고가 발생했으며, 이 중 970명이 119구조대에 의해 구조됐다.

국가디지털포렌식센터,
디지털 증거를 통해
범죄의 진실을 찾는다

2013년 6월 서울중앙지검에서 서울 근교의 한 기업에 대한 압수수색에 나섰을 때 일이다. 현장 사무실에서 컴퓨터 하드디스크를 분석하고 있는데 외부에서 누군가 원격으로 데이터 삭제를 시도하는 정황이 포착됐다. 수사관들은 급히 원격 침투를 막은 뒤 하드디스크 본체를 떼어내 가져왔다. 압수수색에서 본체를 들어내 오는 경우는 흔치 않다. 개인정보 보호를 위해 필요한 부분만 이미징(복사)을 해서 분석을 하는 경우가 대부분이기 때문이다.

중앙지검은 누가, 왜 삭제를 시도했는지를 밝히기 위해 대검찰청 컴퓨터포렌식팀에 수사 지원을 요청했다. 대검찰청 국가디지털포렌식센터 컴퓨터포렌식팀의 김준호 팀장(수사관) 등은 꼬박 일주일에 걸쳐 IP 추적과 기존 데이터 복구를 통해 사건의 전모를 밝혀냈다.

수사 결과 해당 업체의 본사가 있는 모 지역에서 범죄 혐의와 관련된 자료를 삭제하기 위해 원격 삭제를 시도한 것으로 밝혀졌다.

"이 작은 스마트폰 하나에 범인의 이동 경로, 흔적, 심지어 범행 동기까지 담겨 있습니다. 통화 기록부터 사진, 동영상, 문자 메시지, 인터넷 검색 기록 등을 하나하나 복원하다 보면 사건 해결에 유용한 단서들이 쏟아져 나오죠. 이런 디지털 증거는 범죄의 진실을 보여줍니다."

서울 서초동 대검찰청 국가디지털포렌식센터(NDFC, National Digital Forensic Center) 5층에 자리 잡은 모바일포렌식팀의 소재열 분석관 (수사관)은 범죄 증거물로 채택된 스마트폰을 들어 보이며 이렇게 말했다.

2014년 3월 19일 디지털포렌식센터에 따르면 최근 2~3년 새 스마트폰의 급속한 확산과 함께 모바일기기 증거 분석 건수는 급격히 늘고 있다. 모두 5명의 수사관이 근무하는 이곳에서는 수사관 1명이 매일 1대꼴로 스마트폰을 분석하는 '강행군'을 하고 있다. 여름 휴가철 잠깐 한가한 틈을 제외하면 일 년 내내 똑같은 일이 쉼 없이 반복된다.

디지털 증거, 진실을 말한다

같은 층에 위치한 컴퓨터포렌식팀도 사정은 별반 다르지 않다. 이 팀은 모바일기기를 제외한 컴퓨터 하드디스크, 이동식 저장장치 (USB), 폐쇄회로 TV(CCTV), 블랙박스 등 모든 디지털기기의 증거 분석을 담당하고 있다. 겉보기엔 딱딱한 사무용 의자에 앉아 하루 종일 증거 자료만 분석하는 지루한 업무를 수행하는 것처럼 보인다. 실제로 중요 증거 자료에 대한 정밀 분석에 들어가면 일주일이고 열

흘이고 자료 분석에만 매달리기도 한다.

컴퓨터포렌식팀의 김 팀장은 "밖에서 보는 것과 달리 컴퓨터포렌식팀 수사관들은 업무와 관련해 한시도 긴장의 끈을 늦출 수 없다"고 말한다. 압수수색에 동행해 현장 자료를 수집하다 보면 예기치 않은 일이 종종 발생하기 때문이다.

김 팀장은 "일반적인 압수수색에 비해 포렌식팀이 투입될 경우 시간이 배 이상 늘어난다"며 "가령 30㎡ 남짓한 사무실에서 문서 자료만 압수하면 2~3시간이면 끝나지만 컴퓨터가 포함되면 1대당 보통 1~2시간 정도, 컴퓨터가 4대만 있어도 한나절이 걸린다"고 말했다.

현장에서 자료를 가져온 뒤에는 본격적인 자료 분석이 시작된다. 수사관들이 가져온 증거 자료는 먼저 디지털수사망팀에 보관된다. 이후 각 팀장이 분석관을 지정해 자료를 나눠준다. 여러 사람의 손을 거칠 경우 증거가 훼손되거나 왜곡될 수 있기 때문이다. 자료를 나눠 받은 분석관은 자료 분석 후 분석 보고서를 작성해 수사팀에 보내고 법정 증인으로 참여하기도 한다.

범죄 진화에 밤샘 근무 일쑤

업무량은 느는데 인원은 한정돼 있다 보니 포렌식센터 수사관들에게 야근은 거의 일상이다. 한 달에 적게는 10번, 많게는 20번가량 진행되는 압수수색을 지원하고 자료 분석에 매달리다 보면 몸은 녹초가 되기 십상이다. 2013년 8월 남북 정상회담 회의록 삭제 의혹을 수사할 당시 디지털포렌식 수사관 중 한 명은 증거 분석에 열중한 나머지 허리디스크 파열로 한동안 병원 신세를 지기도 했다.

그렇다고 일을 대충 할 수도 없다. 사건 하나하나가 당사자들에게는 운명을 좌우하는 중요한 일이기 때문이다.

업무량이 많은 것도 문제지만 분석관들의 가장 큰 고민은 디지털 증거 분석에 대항하는 '안티포렌식(Anti Forensic)' 기술이 진화하고 있다는 것이다. 국가디지털포렌식센터 인재양성팀 김성배 수사관은

"하나의 수사 기법을 개발하면 이에 대응하는 역기능이 함께 존재하는 것이 디지털포렌식 기법"이라며 "범죄 증거를 지우려는 범죄자들과 국가디지털포렌식센터 간에 '창과 방패'의 싸움이 범죄 현장에

서 치열하게 전개되고 있다"고 말했다.

국가디지털포렌식센터는 급기야 안티포렌식 기법에 대응하기 위해 2013년 5월 국가 차원의 '디지털포렌식연구소'를 설립했다.

미래 유망 직종으로 부상

디지털포렌식 수사에 대한 관심이 늘면서 센터를 견학하려는 이들과 수사관이 되기 위해 도전을 하는 젊은이들도 점차 늘고 있다.

현재 국가디지털포렌식센터는 두 가지 방법으로 수사관을 선발하고 있다. 하나는 검찰 수사관 중 디지털포렌식 수사관에 지원하는 이들을 대상으로 6개월간의 교육과정을 이수하게 한 뒤 수사관으로 선발하는 것이다. 또 다른 방법은 외부에서 전문가를 초빙해 수사관이나 연구원으로 특채를 하는 방법이다. 내부 및 외부 선발은 8 대 2의 비율로 매년 상·하반기 두 차례에 걸쳐 시행된다.

디지털포렌식은 전문자격을 인정하는 공인인증기관이 없다. 따라서 평소 컴퓨터 보안, 전산회계 등 관련 자격증을 획득하고 정보기술(IT) 전반에 걸친 지식을 꾸준히 습득하는 것이 유리하다.

김 수사관은 "디지털포렌식은 단지 형사사건과 관련된 수사 목적뿐만 아니라 민사사건, 기업체 등에서도 널리 필요로 하는 분야이기 때문에 발전 가능성이 높다"며 "디지털포렌식 전문가를 꿈꾸는 젊은이들의 관심과 문의가 계속 늘어나고 있다"고 말했다.

국가디지털포렌식센터는 어떤 곳인가

국가디지털포렌식센터는 검찰의 모든 과학수사를 도맡아 진행하는 대검찰청 산하 과학수사 지원기관으로 지난 2008년 10월 출범했다. 최근 범죄수사 경향을 보면 컴퓨터나 폐쇄회로 TV, 스마트폰 등에 저장된 수많은 디지털 데이터가 범인 검거에 중요한 역할을 하고 있다.

디지털포렌식은 이 같은 디지털 기기에서 수집한 각종 증거를 법정에 제출하는 일련의 과정과 그에 필요한 기술을 통칭하는 개념이다. 1991년 국제컴퓨터수사전문가협회(IACIS)에서 '디지털포렌식'이라는 용어를 처음 사용하면서 세계적으로 주목을 받기 시작했다. 국내에선 검찰이 2001년 컴퓨터 수사 관련 부서 및 전문가를 육성하면서 디지털포렌식이라는 용어를 처음 사용했다.

국가디지털포렌식센터는 디지털포렌식을 중심으로 이후 문서 감정, 법화학 감정, 유전자 감정, 마약 지문 감정 등으로 과학수사의 영역을 넓혀왔다. 한마디로 일반인들이 영화나 드라마에서 흔히 보는 국립과학수사연구원(국과수)과 비슷한 기능을 하는 곳이다. 다만 국과수가 경찰 수사 단계의 과학수사 지원을 맡는 데 비해 국가디지털포렌식센터는 검찰의 기소 단계에서 판단의 근거를 제공하고 법정 증거를 제공하는 역할을 한다는 점이 다르다.

국가디지털포렌식센터는 현재 과학수사를 총괄하는 과학수사기획관실을 중심으로 과학수사담당관실, 디지털수사담당관실, DNA수사담당관실, 사이버범죄수사단으로 구성돼 있다. 3개 실과 1개 단에서 총 160명(2013년 말 현재)의 수사관과 연구원이 근무하고 있다.

과학수사담당관실은 문서 감정, 영상·음성·심리 분석을 통해 형사사건 증거물 등을 감정한다. 디지털수사담당관실은 컴퓨터 하드디스크, 휴대전화, 대용량 서버 등 디지털 저장매체에 저장된 디지털 증거를 수집하고 이를 분석해 일선 수사팀을 지원하는 역할을 한다. 우리가 흔히 말하는 디지털포렌식 수사를 담당하는 곳이다. DNA수사담당관실은 DNA 감정을 통해 형사사건 해결에 도움을 주는 부서이고, 사이버범죄수사단은 사이버상에서 일어나는 각종 범죄에 대응하고 일선 사이버 수사를 지원하고 있다.

국가디지털포렌식센터는 짧은 역사에도 불구하고 국내 수사환경에 적합한 과학수사기법을 발전시켜 왔다. 현재는 미국 등 선진국들에 뒤지지 않는 디지털포렌식 수사 체계를 구축했다는 평가를 받고 있다.

국가디지털포렌식센터를 이끄는 최성진 대검 과학수사기획관은 "국가디지털포렌식센터는 디지털포렌식 분야를 중심으로 DNA데이터 분석, 문서 감정 등 국내 과학수사 분야를 선도하는 기관으로 성장하고 있다"며 "앞으로 국내 수사 환경에 적합한 증거 분석 기법을 꾸준히 개발하고 연구해 진화하는 범죄에 적극 대응해나가겠다"고 강조했다.

서울지방경찰청 국제범죄수사대, "꼼짝 마, 국제 범죄!"

2014년 3월 25일 오후 2시, 서울 대림동에 위치한 서울지방경찰청 국제범죄수사5대에는 긴장감이 감돌았다. 강력1팀이 불법도박을 벌이는 '마작방' 단속을 위해 출동 채비를 서둘렀다. 경찰 경력 28년, 그중 16년을 외사경찰로 일하고 있는 계덕수 대장은 정백근 강력1팀장과 팀원을 모아놓고 "조심하라"고 당부했다.

마작방 단속이 그리 위험할까 싶던 차 "가끔 불법체류 외국인들이 섞여 있는 경우가 있는데, 이들은 죽기 살기로 반항하기 때문에 긴장을 늦출 수가 없다"는 정 팀장의 설명이 들려왔다. 정 팀장도 경찰 생활 20년 가운데 6년 반을 외사 분야에 근무한 베테랑이다.

대기는 기본…… 인내심과의 싸움

강력1팀의 이날 단속 대상은 지하철 7호선 남구로역 인근의 4층짜리 다가구주택 반지하 집이었다. 가정집 같은 곳에 기계를 들여놓고 영업 중이라고 했다. 계 대장은 "일주일 전에 첩보를 입수했는데 사흘 전 단속을 시도했으나 눈치를 채는 바람에 철수한 바 있어 더욱 조심스럽다"고 말했다.

차로 20여 분 만에 도착했지만 다가구·다세대가 밀집한 탓에 주차부터 쉽지 않았다. 멀찌감치 차를 대고 탐색을 시작했다. 단속 대상 주택 문에 귀를 대고 들으면 기계 돌아가는 소리가 들린단다.

그리고는 기다림이 시작됐다. 계 대장은 마작방 단속에서 핵심은 '순간포착'이라고 했다. 안에서나 밖에서 문을 열 때 밀고 들어가야 한다는 얘기다. 문을 부수거나 강제로 열고 들어갈 수도 있지만 그럴 경우 도박꾼들이 증거를 감춰버리기 때문이다.

계 대장은 "초창기에는 택배원 등을 가장해 진입하기도 했지만 지금은 안 통한다"면서 "가스를 잠그거나 전기를 끊기도 하고 때로는 나무 궤짝을 현관문 앞에 집어던져 연 적도 있다"고 말했다. 또 "잠복에 들어가면 두어 시간 대기하는 것은 보통이고, 어떤 때는 대여섯 시간 넘게 걸리는 수도 있다"며 "마작방 단속은 인내심과의 싸움이라고 보면 된다"고 덧붙였다.

이어진 정 팀장의 얘기는 단속 경찰의 어려움을 고스란히 담고 있었다.

"다가구주택 3층에 있는 마작방을 단속하러 갔을 때였어요. 계단에 철문이 잠겨 있어 대문 앞에도 못 가는 상황이었죠. 몇 시간을 기다린 끝에 전봇대를 타고 옥상으로 올라가 위에서 진입하기로 했습니다. 옥상으로 돌출된 화장실의 창문을 뜯어내고 도박 현장을 급습했어요. 단속은 성공을 거뒀죠. 그런데 알고 보니 계단 철문이며 현관문이 잠겨 있지 않았습니다. 지금은 웃으며 얘기할 수 있지만 그때는 정말 힘들었어요."

마작방 단속에서 또 하나 중요한 요소는 '망을 보는 형사가 얼마나 중국 동포처럼 보이는가'다. 대다수 마작방이 폐쇄회로 TV를 갖추고 있어 들킬 염려가 크기 때문이다. 강력1팀에서 이 역할을 맡고 있는 것은 강래순 경사다. "며칠 동안 수염을 깎지 않고 슬리퍼를 신은 채 검은 비닐봉지 하나만 들면 영락없는 중국 동포의 모습"이라는 정 팀장의 설명이다.

실제 2013년 여름 마작방을 단속할 때였다. 여느 때처럼 '반바지에 슬리퍼' 차림으로 마작방 근처를 배회하던 강 경사는 도박꾼 일행으로 오해를 받아 홀로 마작방 안으로 들어갔다. 마작방 주인은 '머릿수가 맞지 않아 시작할 수 없으니 잠시 기다리라'며 강 경사에게 과일을 대접하기까지 했다. 동료들이 들이닥치기를 기다리던 강 경사는 마른침만 삼킬 뿐이었다.

하지만 10분, 20분이 지나도 동료들은 소식이 없었다. 이런저런 핑계를 대고 밖으로 나온 강 경사는 잠복 중이던 동료들에게 전화를 걸었으나 대답이 없었다. 알고 보니 장시간 잠복에 지친 동료들이 모두 잠들어버린 것이다. 다행히 그날 단속은 성공을 거뒀지만 강 경사는 지금도 그때를 생각하면 등골이 서늘해진다.

마작방과의 끝없는 전쟁……

이런저런 얘기를 듣는 동안 2시간이 훌쩍 지나 시계는 오후 4시 30분을 가리키고 있었다. 그때였다. 문 앞에서 대기 중이던 강 경사에게서 신호가 왔다. 안에서 문이 열리는 틈을 타 진입에 성공했다.

마작방 내부는 여느 가정집과 다르지 않았다. 안방을 제외한 다른 두 개의 방에 마작 기계와 의자가 놓여 있다는 점과 안방 TV 위에 바깥 상황을 훤히 볼 수 있는 폐쇄회로 TV와 연결된 모니터가 있다는 점을 제외하면 말이다.

이날 붙잡힌 도박꾼은 여성 4명과 남성 1명이었다. 다행히 저항은 거세지 않았다. 이들은 형사들을 붙잡고 "처음 온 것이니 봐달라" "밥 먹으러 왔다가 심심풀이로 한 것이다" "중국에서 마작은 도박이 아닌 오락이다" 등등 변명을 늘어놓기 시작했다. 형사들은 아랑곳하지 않고 증거품을 모으기 시작했다. 시작한 지 얼마 지나지 않은 탓인지 판돈이 크지는 않아 보였다.

정 팀장이 단속 사실을 확인하고 미란다원칙을 고지했다. 수사대로 데려가 입건할 방침이라고 했다. 정 팀장은 "도박 규모는 크지 않으나 수백만 원짜리 기계를 두 대씩이나 들여놓은 점을 감안할 때 전문 마작방이 확실해 단속하지 않을 수 없다"고 강조했다.

도박 여성 중 한 사람이 강 경사에게 아는 척을 했다. 무슨 일인가 했더니 한 번은 마작을 하다가, 두 번은 마작방 주인으로 이미 세 차례나 단속에 걸린 경험이 있다. 강 경사는 "악연도 이런 악연이 없다"면서 "좋은 데서 봐야지 자꾸 마작방에서 만나느냐"고 호통을 쳤다. 그만큼 마작의 중독성이 강하다는 방증이다.

2011년 국제범죄수사5대는 관할지역인 영등포·구로구 일대에서 대대적인 단속을 벌여 마작방 200여 곳을 적발하고 1,700여 명을 검거했지만 지금도 수십에서 수백 곳이 암암리에 성업 중이란다.

계 대장은 "일용직으로 한 달에 100만~200만 원 버는 중국 동포가 마작에 빠져 하룻밤에 다 잃고 빚까지 져 결국 범죄자로 전락하는 경우가 많다"며 "다른 사고나 범죄로 연결되는 것을 예방하는 차원에서도 마작방 단속은 의미가 크다"고 말했다.

형사들이 도박꾼을 수사대로 데려가기 위해 차에 태우면서 3시간여에 걸친 마작방 단속은 마무리됐다. 정 팀장은 "사건이 작아서 좋은 것도 있다"며 "구속해야 하는 사안이라면 집에도 못 들어가고 근처 찜질방에서 하루 이틀 더 고생해야 하는데, 오늘은 오랜만에 깨어 있는 아이 얼굴을 볼 수 있겠다"며 환하게 웃었다.

서울지방경찰청 국제범죄수사대 3년 연속 성과 1위

서울지방경찰청을 비롯해 전국 주요 지방경찰청에 설치·운영 중인 국제범죄수사대는 이름에서도 알 수 있듯이 국제범죄를 전담 수사하는 곳이다. 국내에 체류하는 외국인이 지속적으로 증가하고 외국인 범죄가 광역·조직·흉포화하는 데 따른 치안환경 변화에 대응하고자 설치됐고, 서울지방경찰청에는 지난 2010년 2월 창설됐다. 체류 외국인 수, 외국인 범죄 현황 등을 고려해 1~5대로 나뉘어 있으며 수사요원 93명을 포함해 모두 108명이 밤낮없이 뛰고 있다.

서울지방경찰청 관계자는 "현장 대응력 강화 및 지역 책임수사 확행을 위해 1대는 홍제동, 2·3대는 남대문경찰서, 4대는 강남서 역삼1치안센터, 5대는 영등포서 대림1치안센터 등에 분산·배치돼 있다"고 설명했다.

국제범죄수사대 안에는 국제범죄 유형별로 여러 팀이 있다. 마약·살인 등 강력사건을 주로 담당하는 강력팀을 비롯해 기업의 각종 정보를 빼돌려 해외로 유출시키는 범죄를 다루는 산업기밀유출수사팀, 금융 관련 범죄를 취급하는 금융범죄 수사팀, 외국 경찰과 함께 수사를 벌이는 인터폴팀 등이다.

서울청 국제범죄수사대는 2011년 이후 2013년까지 전국 국제범죄수사대 중 3년 연속 외사수사 성과 1위를 차지했다. 2013년에는 마약, 해외 신용카드 위조 등 외사사범 2,843명을 붙잡아 이 가운데 165명을 구속했다. 범죄 유형별로는 도박(419명)과 성매매(357명), 출입국사범(150명) 등이 대다수고, 외국환(58명), 마약류(45명), 신용카드 관련(42명), 상표법(20명) 등도 있다.

특히 산업기술 유출사범 106명(27건)을 검거해 약 12조 원(해당 기업 추산)의 피해를 막기도 했다. 2012년에 비해 건수는 21%가 줄었으나 피해 예방 규모는 110%(6조 8,320억 원)나 늘어난 것으로 예방 성과를 톡톡히 올리고 있다. 여기에 투자 사기와 자금 세탁 등 국제 금융범죄도 61건을 적발, 131명을 검거하는 성과를 올렸다.

서울시 120 다산콜센터, 시민 위한 24시간 종합 민원전화

　　서울시의 종합 민원전화인 120 다산콜센터 악성민원 관리반 상담원인 이모 씨는 2014년 4월 1일에도 어김없이 오전 6시에 일어나 남편을 깨우고 간단한 아침 식사를 했다. 식사 중 남편과 오늘 하루 일과에 대해 얘기를 나누다 욕설과 음담패설을 늘어놓은 한 악성민원인이 떠올라 갑자기 머리가 지끈거리기 시작했다. 이 악성민원인은 얼마 전 전화 상담 도중 화를 내더니 '××년' '개××' 등 입에 담기도 어려운 욕설을 내뱉었다. 아침부터 이런 기억이 떠오르니 왠지 일진이 사나울 것 같았다. '참을 인忍' 자를 가슴에 새기고 악성민원인 전화에도 화를 다스리자는 다짐도 수차례 해본다.

　식사를 마친 뒤 경기도 안양의 집에서 마을버스와 지하철 1호선 등을 갈아타고 1시간여의 출근길 끝에 오전 9시께 신설동의 서울시 120 다산콜센터의 사무실에 들어섰다.

강력 대응에도 욕설·성희롱 여전

이씨는 책상 가림막을 경계로 수십 석이 있는 120 다산콜센터 1층의 사무실에서 근무에 들어갔다. 이날 근무조인 3명의 동료 상담원에게 가벼운 인사를 건네고는 야간조가 인계한 업무일지를 살펴본다. 악성민원 관리반에는 모두 6명의 상담원이 배치돼 있는데 주간 4명, 야간 2명으로 구성돼 운영된다. 악성민원 관리반은 448명이 근무하는 120 다산콜센터 중에서도 악성민원인만 전담으로 응대하는 특수한 업무(?)를 맡는다. 그만큼 스트레스도 많이 받는 셈이다.

업무일지를 살펴보니 지난 야간에 상담한 6건의 내용이 보인다. 야간 상담이다 보니 해당 기관에 연결을 못 해준 내용들이니만큼 관련 민원 내용을 해당 기관에 전달해준다. 인수인계 업무를 처리한 뒤 본격적인 상담에 착수하기 위해 헤드셋을 머리에 끼고 컴퓨터 모니터를 주시하면서 전화 받을 준비를 마친다.

이때 전화 벨이 울렸다. 한 치의 망설임도 없이 전화를 받는다. 악성민원 관리 업무를 맡다 보니 걸려오는 전화는 모두 악성민원인들의 전화다. 이번에 걸려온 전화는 "대리운전 기사가 늦게 왔다"며 신고해야겠다는 내용이었다. 이 민원인은 전날 술에 취해서 콜센터에 전화해 다짜고짜 신고하겠다고 하면서 야간조 상담원에게 '××년' 등 욕설을 퍼붓던 민원인이었다.

이 민원인은 또다시 억지를 쓰기 시작했다. 이 민원인은 "콜센터가 왜 신고를 받아주지 않느냐"고 떼를 쓰기 시작했다. 이 실랑이는 20분 가까이 진행됐다. 반복된 설명에도 아랑곳하지 않던 이 민원인은 뒤늦게 상황을 이해하고 욕설을 한 것에 대해서도 미안해했다.

상담원 이씨의 이마에 땀이 송골송골 맺히기 시작할 때쯤이었다.

악성민원인 응대는 자신과의 싸움

반복된 설명과 민원인의 짜증에도 웃음 띤 목소리로 응대한 탓일까. 이씨의 얼굴은 긴장한 기색이 역력했다. 마음을 추스르기 위해서인지 직원들에게 얘기하고 잠깐 바깥바람을 쐬러 나갔다.

이씨는 "상담원들도 감정이 있는 사람인데 욕설을 하거나 짜증을 내는 민원인 전화를 받으면 기분이 좋지 않은 건 어쩔 수 없지 않느냐"며 "하지만 스트레스를 계속 받으면 다음 상담을 할 때도 영향을 미칠 수 있기 때문에 빨리 잊어버리는 게 상책"이라면서 소리 내어 웃었다.

이후에도 5~6통의 억지성 전화가 오기는 했지만 강성 억지 민원은 아니었다. 점심시간 역시 자유롭지 못했다. 점심시간에도 전화가 올 수 있기 때문에 2명씩 나눠서 낮 12시부터 오후 2시까지는 1시간씩 식사를 한다. 식사가 끝나고 오후 일과에 들어갔다. 오후 업무 준비라고 해서 별다른 것은 없었다. 전화를 받기 위해 헤드셋을 끼고 나면 그만이다. 그다음은 악성민원인에 대한 '마인드 컨트롤' 싸움이다.

업무 매뉴얼을 보면서 대기하던 사이 또 다른 전화가 걸려왔다. 이번 전화는 목소리부터 심상치 않다. 시·구정 업무와 무관한 생활 정보 문의를 한 뒤 안내가 마음에 들지 않는다며 화부터 내기 시작했다. 이 민원인은 "당신 장난해, 당신 말투가 원래 그래? ××년!" 등 욕설 섞인 반말을 하면서 소리를 지르기 시작했다.

이씨는 "안내가 부족했느냐, 다시 차근차근 설명해드리겠다"고 했지만 이 민원인은 "아가씨 버르장머리가 없네, 당신 앞으로 조심해"

등 폭언과 협박까지 일삼는 등 공포와 불안감을 조성했다.

악성민원인 고소 등 강력 대응

이 민원인은 지속적으로 폭언과 욕설을 할 경우 처벌받을 수 있다는 이씨의 수차례에 걸친 경고에도 아랑곳하지 않았다. 전화를 끊은 뒤 이씨는 관련 규정에 따라 이 민원인을 고소하기로 팀원들과 의견을 모았다. 최근 서울시가 다산콜센터에 악성민원 전화가 잇따르자 고질적이고 상습적인 악성민원인은 검찰에 고소하기로 처벌 규정을 강화한 데 따른 것이다.

이씨는 이 민원인과의 전화 녹취록과 관련 문서를 작성한 뒤 서울시 담당 공무원에게 자료를 넘겼다. 서울시는 악성민원인에 대한 개별 고소가 아니라 분기별로 취합해 일괄적으로 검찰에 고소한다.

7년차 베테랑 상담원인 그도 악성민원으로부터 시달림을 당한 뒤인지 지친 기색이 역력했다. 이씨는 "이런 상황이 생길 경우 기뻤던 일이나 가족을 생각하면서 스트레스를 푼다"고 말했다.

콜센터에는 상담원들의 스트레스 해소를 위한 힐링 프로그램이 잘 짜여 있다. 심리상담실 운영, 공연 관람, 우수 상담사 해외 연수 등의 기회를 제공한다. 또 센터 내 체력단련실을 설치하고 심리상담사와 헬스키퍼를 채용해 상담원의 스트레스 해소를 돕는다.

이씨가 이날 상담한 민원 전화는 15건에 이른다. 이들 상담에 대한 내용과 처리 결과 등을 일지에 적고 숨 가쁘게 달려온 이날 하루 일과를 마감했다. 시간은 오후 7시를 지나고 있었다.

서울시 120 다산콜센터 진은실 센터장은 "욕설이나 성희롱을 하는 등 악성민원인에 대해서는 즉각 고소 조치하는 등 법적 조치를 강화하고 있다"며 "상담원들도 감정이 있는 사람들인 만큼 욕설을 하거나 성희롱 발언 등 악성민원은 자제해주길 바란다"고 당부했다.

악성민원인들 이제 안 봐드립니다

서울시 종합민원 전화인 120 다산콜센터의 성희롱, 폭언, 욕설, 협박 등을 일삼는 악성민원인 유형은 다양하다. 서울시에 따르면 120 다산콜센터의 악성민원 전화는 2013년 하반기에만 1,009건에 달한다. 서울시가 고소 등 강력 조치에 나서면서 그 이전보다 많이 줄긴 했지만 상담원들이 하루 평균 5.6건의 악성민원 전화에 시달리고 있는 것이다. 유형별로는 성희롱 13건, 폭언 147건, 장난전화 114건, 만취 상태 장시간 통화 202건, 시정과 무관한 반복 민원 394건, 강성 민원 139건 등이다.

이에 따라 서울시는 악성민원인에 대한 법적 조치를 한층 강화했다. 성희롱을 한 차례라도 하면 바로 고소하는 '원스트라이크 아웃제'를 도입했다. 욕설이나 협박하는 민원인에 대해선 '삼진아웃제'를 적용해 세 차례 이상이면 법적 조치를 취한다. 서울시는 최근 상담원에게 성희롱을 일삼은 6명에 대해 경고 조치 없이 즉각 서울북부지검에 고소하기도 했다.

다산콜센터는 지난 2007년 9월 시작된 365일 24시간 민원 안내 서비스로 서울시와 산하기관, 자치구 관련 업무와 생활민원신고를 일괄적으로 받아 처리한다. 2014년 현재 상담원 401명과 상담팀장 76명, 스태프 20명 등 총 448명이 근무 중이다.

관세청 밀수감시 공무원, 대한민국 경제의 최전선을 지키는 파수꾼

관세청 공무원, 그중에서도 밀수감시 공무원들은 '산전, 수전, 공중전을 모두 겪은 사람들'이다. 변두리 냉동 창고는 물론 바다 위에 정박한 화물선, 공항 등 이들의 손길이 미치지 않는 곳이 없을 정도다. '총성 없는 전장'이라 불리는 경제·무역전쟁의 최전선이 바로 세관인 만큼 육·해·공을 가리지 않고 뛰어들어야 한다는 것이 관세청 공무원들의 생각이다.

외국 상품의 무차별적 국내 시장 잠식과 마약, 총기류 등 불법 수입품으로부터 국내 경제와 시장을 지키는 관세청 밀수감시 공무원들을 파이낸셜뉴스가 만났다.

"배는 한 번 타셔야죠?"

부산외항에 정박 중인 4천 톤급 화학운반선 기관실. 앞서 배 곳곳을 살펴본 밀수감시 공무원 김모 주사는 배 맨 밑바닥으로 내려가는 통로 앞에서 긴 숨을 내쉬었다. 그의 발 아래로는 마치 깊은 우물과 같은 통로가 뚫려 있었고 가느다란 철제 사다리가 배 밑바닥까지 이어져 있다.

"저기도 살펴봐야 합니까?"

기자의 물음에 그는 '당연한 것을 왜 묻느냐'는 표정을 짓더니 "따라오실 거죠?"라고 되물었다. "배는 한 번 타야 한다"는 관세청 밀수감시 공무원들의 말에 '까짓 것' 하며 호기롭게 따라나서기는 했지만 어두컴컴한 배 밑바닥으로 향하는 사다리까지는 생각하지 못했기에 기자는 적잖이 당황하고 있었다. 그러나 대답도 하기 전 김 주사는 사다리를 타고 내려가기 시작했고, 어쩔 수 없이 기자도 따라나섰다.

밑을 쳐다보지 말라는 말을 듣기는 했지만 본능적으로 고개를 돌릴 수밖에 없었고 까마득한 바닥이 눈에 들어오자 다리가 절로 후들

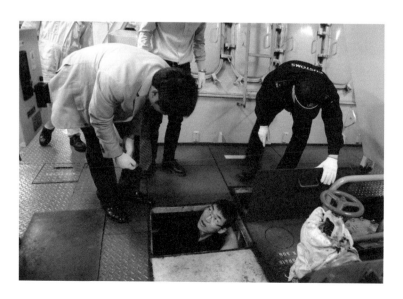

거리고 사다리를 잡은 손이 떨려왔다.

배 밑바닥에 도착하자 김 주사는 능숙한 솜씨로 이곳저곳을 살펴보고 있었다. 매끈한 겉모습과 달리 배의 안쪽 면은 철강재가 그대로 드러나 울퉁불퉁한 채였고, 커다란 웅덩이 같은 구멍도 곳곳에 뚫려 있었다.

김 주사가 살펴야 하는 것은 그런 구멍의 안쪽에 숨겨져 있을지도 모를 밀수품이다. 눈으로 살피고 손을 넣어 한참을 더듬은 뒤에야 배 밑바닥에서의 임무가 끝났다. 따라다니기만 한 기자는 벌써 녹초가 됐지만 김 주사는 기관실을 살펴야 한다며 어느새 사다리를 올라가고 있었다.

"설마 진짜 들이받기야 하겠어요?"

같은 날 오후 부산 사하구의 한 냉동 창고. 세관공무원들이 들어서자 창고 직원들의 표정이 변하기 시작했다. 창고 관리인은 "연락도 없이 찾아오시면 어떡하냐"며 노골적으로 짜증을 냈다. 기자까지 동행한 것을 알고서는 "공문을 먼저 보내주시는 것이 순서 아니냐"며 항의를 하기도 했다.

회사 상호가 드러나지 않도록 하겠다며 겨우 달랬지만 직원들의 일하는 품새가 눈에 띄게 거칠어졌다. 세관공무원들이 창고 속에 있는 제품 상자를 열고 살펴보자 지게차가 그 옆을 빠른 속도로 연신 지나다니기도 했다.

동행 취재에 나선 기자는 위협을 느끼고 지게차를 피해 다니느라 바빴지만 세관원들은 으레 있는 일인 양 자신이 맡은 일에만 몰두하고 있었다.

"조심하셔야 되겠는데요."

기자가 걱정스럽게 말했지만 함께 나선 세관공무원 정모 주사는 태연했다.

"설마 저걸(지게차)로 진짜 들이받기야 하겠어요?"

정 주사는 "이런 것쯤에 겁을 먹으면 세관공무원 못 한다"며 다른 품목이 쌓여 있는 창고로 발길을 돌렸다. 역시 지게차들이 휙휙 지나다녔지만 그녀는 눈도 깜짝하지 않고 제 갈 길만 걸어갔다.

대한민국 경제의 최전선을 지키는 파수꾼

2014년 4월 2일 기자가 찾은 부산세관은 국내 수출입 물량의 절대 다수를 차지하는 부산항과 부산신항을 관할하고 있는 곳이다. 부산항과 부산신항은 전체 수출입 물동량의 4분의 3을 차지하고 있다. 2013년 국내 수출입 화물은 컨테이너를 기준으로 200만 TEU. 이 중 부산항이 처리한 물량은 151만 TEU다. 당연히 밀수 등 각종 수출입 범죄도 부산항으로 몰린다. 부산세관에 따르면 2013년 기준으로 전국에서 적발된 외환사범의 69%, 밀수사범의 49%, 관세사범의 42%가 부산항에서 적발됐다.

하지만 부산세관 직원들이 전국 세관공무원 가운데 차지하는 비중은 그다지 크지 않다. 밀수감시 업무를 직접 담당하는 조사국 소속 직원은 700여 명으로 전국 조사담당 세관공무원 4,700여 명의 8분의 1에도 못 미치는 수준이다. 당연히 타 지방관서에 비해 업무 부담이 높을 수밖에 없다. 부산지방관세청 소속의 한 직원은 "대한민국 경제의 최전선을 지키는 파수꾼"이라는 자부심이 없다면 버티기 힘들다며 어려움을 토로하기도 했다.

코끼리 밥통부터 명품가방까지…… 밀수품도 시대별로 달라요

30년 경력을 자랑하는 베테랑 수사관인 홍광만 팀장은 부산지방관세청 조사국의 살아 있는 역사책이다. 말단공무원으로 시작해 30년 동안 전문 밀수꾼들만 추적해 검거해왔다. 한때 부산항 인근을 주름잡던 조직폭력배들도 홍 팀장을 모르는 사람이 없을 정도였다.

그가 처음 세관공무원을 시작했을 때 부산항에서 적발되는 밀수품은 일본산 전자제품이었다. 코끼리표 밥통과 지구표 보온병이 가장 대표적이었다. 한때 세관 창고 가득 일본산 전자제품이 쌓이기도 했다.

1980년대 후반부터 1990년대 초반에는 '워크맨'이라 불리는 일본산 소형 카세트라디오가 세관에 무더기로 적발되기도 했다. 이 무렵 전문 밀수범죄 조직들은 금괴 밀수에 나서기도 했다. 한때 금괴 수입이 사실상 금지됐고, 고액의 세금이 붙기도 했기 때문에 금괴 밀수는 큰돈이 됐다.

홍 팀장에 따르면 요즘에는 농산물 밀수가 극성이다. 국제 무역 관행상 농산물에는 고율의 관세가 붙기 때문이다. 국내에서는 200%의 관세를 물리기도 하는데, 농산물 밀수에 성공할 경우 잘만 하면 3배 장사를 할 수 있는 셈이다. 고춧가루는 대표적 품목 가운데 하나다. 주로 고춧가루에 조미료 등을 섞어 가공한 '다대기'로 수입해오지만 실제로는 물만 섞은 고춧가루로, 가공이 끝난 다대기보다 활용도가 넓어 훨씬 비싸게 팔리기 때문이다.

1970~80년대를 주름잡던 전자제품은 이제 밀수품목에서 찾아보기 어려워졌다. '짝퉁'으로 불리는 가짜 명품도 대표적인 밀수품목이다. 상표법 위반이기도 한 가짜 명품은 적발되는 즉시 세관에 압류됐다가 폐기 처분된다.

여행자들이 한두 개씩 소량으로 사들여오다가 적발되는 경우도 많지만 대량 유통을 목적으로 조직적인 밀수 사건도 자주 발생하고 있고, 최근 들어서는 국제 택배를 이용한 가짜 명품 밀수도 많아졌다. 어떤 경우든 적발되면 압수 후 가짜 여부를 감별한 뒤 일괄 폐기된다.

사치품은 시대를 가리지 않는 밀수 품목의 감초다. 홍 팀장의 애제자인 장종희 행정관에 따르면 1970~80년대에 유행했던 롤렉스 시계 밀수 대신 고급 양주나 명품 가방 밀수가 늘어났다.

이와 함께 최근 들어서는 미술품이나 문화재 밀수가 적발되는 경우도 많아졌다. 실제로 부산세관 창고에는 80년 전인 '소화 10년'에 만들어진 일본도가 보관 중이다. 이 칼은 조만간 문화재청에서 인수해갈 예정이다.

비아그라는 2000년대 이후 빼놓을 수 없는 밀수 품목이다. 작고 가벼워 대량 밀수가 가능하지만 발견이 어렵기 때문이다. 장 행정관의 경우 조끼 안쪽을 뜯어내고 비아그라 수천 정을 숨겨 들어오던 외항선원을 적발한 적도 있다.

밀수감시 공무원들 부상, 생명 위협에 시달린다
"파도를 잘 타야 합니다. 배가 떠오를 때 사다리에 얼른 매달려야 합니다."

부산항 외항에 정박 중인 화물선으로 점검을 나가는 세관공무원을 따라나서자 세관감시선을 운항하는 최모 주임은 기자에게 주의사항을 알려줬다. 감시선에서 화물선으로 옮겨 탈 때, 화물선 측에서 내려주는 사다리를 타고 올라가야 하는데, 적지 않은 주의를 기울여야 한다는 것이었다. 자칫 때를 못 맞추면 사다리를 타지 못할 뿐 아니라 바다에 추락할 수 있다는 것이 그의 걱정이었다.

실제로 초임 세관공무원들이 별다른 주의 없이 사다리를 잡았다가 바다에 빠지는 사례도 적지 않다고 했다. 베테랑 직원들도 주의를 하지 않으면 추락하는 것은 물론 다칠 수도 있다고 주의를 단단히 줬다.

검색을 위해 배에 올라가서도 부상 위험은 곳곳에 도사리고 있었다. 여객선이 아니라 화물선인 만큼 곳곳에 조심해야 할 것이 한두 가지가 아니었다. 곳곳에 맨홀 같은 구멍과 통로가 나 있어서 자칫 추락할 위험이 있는 것은 물론이고, 배의 구조상 문턱 같은 곳에 걸려 넘어지기 십상이었다. 복잡하게 얽힌 배관은 조금만 방심해도 머리를 부딪치기 일쑤였다.

"배는 두꺼운 철강재로 만들어져 있기 때문에 조금만 부딪쳐도 크게 다칩니다. 몇 바늘 꿰매는 것은 상처로 치지도 않아요."

다치는 것만 위험한 것이 아니다. 몇 년 전 부산세관 소속의 한 밀수감시 공무원은 가스운반선을 점검하러 나갔다가 탱크 속에 갇히기도 했다. 그가 나오지 않았다는 것을 모르고 문을 잠가버렸기 때문이다. 동료들도 그가 어딘가에 있을 것이라고만 생각했고, 6시간이 지나서야 그가 실종됐다는 사실을 알았다.

6시간 만에 구출된 그는 한동안 업무에 복귀하지 못했다. 다행히 비어 있는 곳이어서 호흡이 곤란한 수준은 아니었지만, 6시간 깜깜한 어둠 속에서 죽음의 공포와 싸워야 했고, 지금도 정신적 후유증에 시달리고 있다.

단속에 나갈 때마다 만나는 선원들 중에도 조심해야 할 사람들이 있다. 부산세관 조사계 소속 장모 계장은 몇 년 전 밀수 현장을 적발하러 갔다가 피의자가 휘두르는 칼에 찔릴 뻔했다. 술에 취한 그는 거액을 들여 시도한 밀수가 적발되자 '다 죽여버리겠다'며 칼을 든 채 장 계장에게 달려들었다. 다행히 다른 직원들이 뒤를 덮쳐 제압하는 바람에 위험한 순간을 넘겼지만 아찔한 기억은 아직도 그를 괴롭히고 있다.

하지만 칼을 휘두른 그 선원을 처벌하지는 않았다. 현행법상 특수공무집행방해에 해당하지만, 장 계장이 고소고발 절차를 밟지 않았기 때문이다.

이유를 묻자 장 계장은 "술에 취했을 뿐이고, 깨고 나면 정말 착한 사람들이에요"라고 자신의 생명을 위협한 사람을 용서한 이유를 담담히 밝혔다.

경찰청 182 실종아동찾기센터,
26년 만의 상봉을 만든다

경찰청 182 실종아동찾기센터는 실종자 위치 추적 승인, 사전등록 시스템 관리 등을 총괄하며 실종 업무에 관한 '컨트롤 타워' 역할을 수행하고 있다. 전국에서 발생하는 18세 미만의 아동과 지적장애인, 치매환자의 실종 신고를 182 전화, 문자(#182), 인터넷(안전드림 포털)을 통해 접수하고 수색에 나선다.

가출 등으로 오래전에 헤어진 가족이나 국내외 입양인들에게 가족을 찾아주는 '잃어버린 가족 찾기'도 182 센터의 주요 업무 중 하나다. 182 센터 소속 경찰들은 실종 사연 접수에서부터 상봉으로 이어지기까지 수많은 난관을 넘어야 하는 고통스러운 일을 하고 있지만 '상봉'으로 이어지는 순간 그동안의 수고를 모두 보상받는 기분이라고 입을 모은다.

2014년 4월 9일 오후 6시 30분. 파이낸셜뉴스와 공동으로 '잃어버린 가족 찾기' 캠페인을 벌이고 있는 경찰청 182 실종아동찾기센터의 이건수 경위가 서울 목동 중앙로의 한 다세대주택 2층 현관 앞에서 실종자 어머니 엄모 씨를 설득하고 있다. 엄마를 만나기 위해 충남 아산에서 4시간 넘게 달려온 아들 김모 씨는 '혹시나 엄마가 자신과의 만남을 거부할까' 가슴 졸이며 인근 주차장에서 대기 중이다.

26년 전 첫돌이 채 안 된 젖먹이를 두고 집을 나온 엄마는 갑작스러운 아들과의 상봉이 믿기지 않는 듯한 눈치였다. 경제적 어려움과 가정폭력을 견디다 못해 추석에 시댁을 찾았다가 '목욕탕에 간다'며 도망치다시피 집을 나왔다고 했다. 아들에 대한 죄스러움은 클 수밖에 없다. 더구나 재혼해서 낳은 중학교 2학년 아들은 아직 동복 형의 존재에 대해 모른다.

10여 분에 걸친 이 경위의 설득 끝에 엄씨가 집에서 나왔고, 주차장에서 아들과 마주한 엄씨는 자신보다 키가 한 뼘 이상 훌쩍 커버린 아들을 말없이 꼭 안았다. 아들은 눈물을 훔치며 "잘 지내셨어요?"라며 안부를 물었고, 엄마는 "미안하다……"는 말과 함께 하염없이 눈물만 흘렸다.

동명인 찾기에 현장 조사…… 추적의 연속

이날 모자간의 극적인 만남은 2014년 1월 말 아들 김씨가 경찰청 182 센터에 가족 찾기 사연을 접수한 후 80여 일 만에 이뤄졌다. 182 센터 관계자들의 땀과 노력이 26년 만의 상봉을 이루어낸 것이다.

182 센터 홍보영 경위는 "다른 사연도 가슴이 아프지만 김씨의 경우는 첫돌이 되기 전에 헤어져 엄마의 얼굴을 기억하지 못하는 데다, 태어날 때 난산으로 인해 오른손과 발에 장애를 갖고 태어나 어

머니를 찾아주고 싶은 마음이 더욱 간절했다"고 말했다.

하지만 182 센터가 김씨의 어머니를 찾는 일은 처음부터 난관에 부딪혔다. 어머니에 대한 정보가 너무 부족했기 때문이다. 김씨 부모가 정식으로 혼인신고를 하지 않은 탓에 김씨가 어머니에 대해 알고 있는 것이라고는 이름과 낡은 사진 몇 장이 전부였다.

182 센터는 프로파일링시스템 검색 등을 통해 김씨의 어머니로 추정되는 동명인 130여 명의 명단을 확보했으나 특정할 수는 없었다. 이건수 경위는 "나중에 안 사실이지만 김씨의 어머니가 개명하는 바람에 찾기가 훨씬 어려웠다"고 설명했다.

그다음은 끈기와의 싸움이었다. 먼저 과거의 병원 기록과 인척 관계 등을 조사해 추정되는 인물을 압축해나갔다. 다른 한편으로는 동명인 모두에게 '아들이 엄마를 찾고 있다'는 내용의 편지를 보냈다. 이런 경우 엄마가 재혼했을 가능성이 높아 사생활 보호 등을 위해 친인척을 찾는 척하면서 편지를 보내는데 당사자들은 본인의 얘기라는 걸 금세 눈치챈다.

이 경위는 "지난 10여 년 동안 '잃어버린 가족 찾기'를 하면서 보낸 편지를 모두 합치면 족히 7만 통은 넘을 것"이라며 "많을 때는 일주일에 1천여 통을 보내기도 했는데 자원봉사자들의 도움이 컸다"고 말했다.

동시에 182 센터는 유력한 대상자를 추려 현장 조사에 나섰다. 그리고 마침내 서울 양천구에 사는 김씨의 어머니를 찾아냈다.

이 경위는 "지난 2012년 10월 서울 구의동에서 가족을 찾아 돌아다니다가 도둑으로 몰려 112 신고를 받아 경찰이 출동한 적도 있다"

면서 "이번에도 수차례 방문 조사를 벌였지만 그런 일이 없어 다행"
이라며 웃었다.

해외 입양 가족 찾기 위한 유전자 검사도

다음 날인 2014년 4월 10일 오전, 기자가 이 경위를 다시 만난 곳
은 서울 중랑구 중랑역(중앙선) 인근의 다세대·다가구 밀집 지역이
었다. 39년 전인 지난 1975년 가족과 헤어져 벨기에로 입양된 김영
선 씨의 작은오빠로 추정되는 이모 씨의 유전자를 채취하러 왔단다.
당초 여동생의 실종 신고를 낸 큰오빠(추정)의 유전자를 채취할 예정
이었으나 연락이 닿지 않아 수소문 끝에 작은오빠를 찾아냈다.

이 경위는 "벨기에에 사는 김씨가 안전드림포털 182 센터를 검
색하다 같은 해 부산 연산시장에서 실종된 이경미 양(당시 4세)이 본
인과 닮았다는 이유로 유전자 검사를 요청해왔다"며 "김씨는 지난

2012년 6월 처음 사연을 접수
한 뒤 닮은 사람을 찾아 이미
두 번이나 유전자 검사를 했
지만 일치하지 않아 이번에도
걱정이 된다"고 설명했다.

이씨는 부재 중이었다. 집
주인에게 신분을 밝히고 자초
지종을 간략하게 설명한 뒤에
야 이씨의 휴대전화 번호를
받을 수 있었다. 이씨는 서울

문정동에서 일을 하고 있다고 했다. 그래서 이씨의 일터와 가까운 송파구 잠실 롯데백화점 앞에서 만나기로 하고 다시 발걸음을 옮겼다.

한 시간 뒤 만난 이씨는 김영선 씨의 어릴 적 사진을 보자마자 "기억 속에 있는 동생과 많이 닮았다"고 말했다. 이 경위는 이어 김씨가 가족들과 헤어지게 된 경위를 설명했다. 이씨는 "자신이 기억하는 동생의 실종 당시 상황과 비슷한 것 같다"며 흔쾌히 유전자 채취에 응했다.

이 경위는 "국립과학수사연구원에 보내면 일주일 후 결과가 나올 것"이라며 "마음이 급한 김씨는 벌써 닷새 전에 한국에 들어와 유전자 검사 결과가 나오기를 기다리고 있다"고 말했다.

위험 무릅쓰고 언제, 어디든 찾아 나서

2013년 6월 홍보영 경위에게 서울 목동에 사는 60대 남성으로부터 전화가 걸려왔다. 그는 "지적장애를 가진 20대 후반의 아들이 보름 전에 집을 나갔고 지하철역에서 노숙자로 생활하고 있는 것 같은데 경찰은 도대체 뭘 하는 거냐"면서 아들을 찾아내라고 요구했다. 며칠에 걸쳐 밤낮으로 민원 전화를 걸어와 182 센터 직원들이 모두 괴로워 못 견딜 지경이었다.

결국 홍 경위는 그에게 서울 남영동 182 센터로 방문해줄 것을 요청했다. 그리고 경찰관과 함께 노숙자들이 많은 서울 시내 주요 지하철역을 다니며 직접 아들을 찾을 것을 제안했다. 이건수 경위는 이 남성과 사흘 동안 서울역을 비롯해 청량리역, 영등포역, 노량진역, 당산역 등을 다니며 아들을 수소문했다.

이 경위는 "그가 원하는 지하철역을 모두 뒤지고 폐쇄회로 TV 등 보고 싶어한 것도 모두 보여준 후에야 '애써줘서 고맙다'는 말을 들었다"며 "나흘째 되던 날 지하철역에서 노숙하는 아들을 발견해 가정으로 돌려보냈다"고 말했다.

아찔한 경험도 있다. 이 경위는 2013년 4월 실종된 20대 아들을 찾기 위해 그의 엄마와 같이 서울 영등포 일대를 돌아다녔다. 일용직 근로자들이 주로 일하는 현장에 갔다가 한 관계자가 "왜 여기서 아들을 찾느냐. 불쾌하다"며 철제 쓰레기통 뚜껑을 집어던졌다. 큰 부상은 피했으나 이 경위의 바지가 찢어지고 무릎에 멍이 들었다.

비가 억수같이 쏟아지던 2013년 11월 어느 날에는 다섯 살 때 길을 잃어버린 50대 남성의 가족 확인을 위해 오전 3시께 강원도 태백에 겨우 도착했지만 길을 잃고 한참이나 헤맸던 기억도 있다.

이 경위는 "가족을 찾는 과정이 순탄치는 않지만 상봉하는 모습을 보면 그동안의 수고를 모두 보상받는 기분이 든다"며 "앞으로 더 많은 이들이 잃어버린 가족 상봉의 꿈을 이룰 수 있도록 노력하겠다"고 다짐했다.

벨 울리지 않는 날 바란다는 182 센터

파이낸셜뉴스와 공동으로 '잃어버린 가족 찾기' 캠페인을 벌이고 있는 경찰청 182 센터가 2014년이 4월밖에 지나지 않은 시점에도 60건 가까운 상봉 실적을 기록했다. 2014년 4월 23일 경찰청 등에 따르면 182 센터는 2013년 5년 이상 장기실종자 67명, 국내외 입양인 64명 등 모두 131명에게 가족을 찾아준 데 이어, 2014년 4월 현재 59명(입양인 23명 포함)의 가족 상봉을 주선했다. 2012년 상봉 실적이 5건(입양인 제외)에 불과했던 것과 비교하면 비약적인 성과로 평가된다.

지난 2012년 9월 기능 개편으로 경찰관 전용 내부망인 '실종아동 프로파일링 시스템'과 외부의 각종 민원·신고 등을 위한 '안전드림 포털(safe182.go.kr)'의 실시간 연계를 통해 업무 처리가 가능해졌다. 특히 프로파일링 시스템은 실종·가출 신고의 입력 및 검색, 사전등록 관리, 위치 추적, 관계 기관 정보 연계 등의 기능을 갖추고 있다. 182 센터 관계자는 "지금도 하루 100여 건의 실종·가출인 수배·접수, 치매인식표 등 프로파일링 자료 검색 발견과 함께 15건 안팎의 위치 추적이 이뤄지고 있다"고 설명했다.

특히 182 센터 내에서 장기 실종자 추적을 전담하고 있는 이건수 경위는 자타가 공인하는 '실종 가족 찾기의 달인'이다. 실종 가족 찾

기 활동에 나선 지난 2002년 2월 이후 지금까지 12년 동안 미아, 입양아, 실종자 등 4,200여 명을 가족의 품으로 돌려보냈다.

이 경위는 2012년 6월 '최다 실종 가족 찾아주기' 국내 공식기록을 인정받아 한국기록원에 등재됐고, 2013년에는 '기네스북'으로 알려진 영국의 기네스월드레코드, 미국의 레코드센터와 함께 세계 3대 기록인증업체로 불리는 미국 월드레코드아카데미(WRA)로부터 '세계 공식기록 인증서'를 받기도 했다.

2장

그래도
누군가는
해야
하는 일

인천공항 출입국관리사무소 심사관, 국경 최일선을 지키는 수문장

　　글로벌화와 개방화 시대를 맞아 국경의 개념이 모호해지고 국가 간 교류가 활발해지면서 인력 교류도 크게 늘고 있다. 이에 따라 우리나라의 최대 관문인 인천국제공항의 경우 이용객이 2013년 4천만 명을 돌파했다. 하루 평균 10여만 명이 인천공항을 통해 들어오고 나가는 셈이다. 이렇게 많은 공항 이용객들이 가장 먼저 얼굴을 마주하는 사람들이 있다. 법무부 출입국관리사무소 직원이다.

　이들은 국경 최일선을 지키는 수문장이자 한국의 첫인상을 알리는 '홍보대사'다. 파이낸셜뉴스는 일 년 내내 쉼 없이 '철책 없는 국경선'을 지키느라 땀 흘리는 출입국관리사무소 직원들의 일상으로 들어가 봤다.

　2014년 5월 15일 오전 7시 인천공항 2층 F입국장. 한산하던 입국장 심사대 앞이 갑자기 부산스러워졌다. 10분 전 비행기에서 내린 태국인 단체 관광객 80여 명이 한꺼번에 몰려들었기 때문이다. 문을 연 외국인 심사부스는 4곳이지만 삽시간에 긴 줄이 생겼다.

같은 시각, 인천공항 여객청사 3층에 위치한 출입국심사종합관리센터에서 모니터를 지켜보던 직원의 눈이 바쁘게 움직인다. 입출국심사대 부근에 설치된 폐쇄회로 TV를 통해 입국장의 상황을 실시간으로 살펴보던 직원은 승객들이 몰린 D입국장으로 심사관 3명을 급히 보낸다. 10여 분이 지나자 언제 그랬냐는 듯 줄은 삽시간에 줄어들었다.

5분 뒤인 7시 5분께, 2시간쯤 뒤 오전 8시 59분 인천공항에 도착 예정인 태국발 여객기의 승객 명단이 인천공항 출입국사무소 정보분석과 모니터에 떴다. 외국인 탑승객 54명 가운데 태국인 S씨의 이름이 모니터에 적색으로 표시됐다. 정보분석관의 눈에는 순간 긴장감이 감돌았다. S씨의 이름을 클릭하자 2010년 단체 관광객 신분으로 국내에 들어오려다 입국 목적이 불분명해 입국 거부를 했다는 기록이 뜬다.

정보분석관은 곧바로 심사관의 모니터로 'S씨 입국 거부 1차례, 입국재심 인계'라는 글을 띄운다. '입국재심'은 심사대의 1차 심사에서 불법이 의심되는 여행객들을 상대로 다시 한 번 심층 조사하는 단계를 말한다. 이날 입국재심과로 인계된 S씨는 가이드가 특별히 행동을 주의 깊게 살펴보라는 요구사항을 지키는 조건으로 입국을 허가받았다.

대기 시간 줄이고 보안은 강화

인천공항 출입국관리사무소가 운영 중인 '이동식 근무체제'와 최신 '정보화 시스템'은 출입국 대기 시간을 줄여 승객 편의를 높이고 보안성은 강화하는 데 큰 역할을 하고 있다는 평가다.

이동식 근무체제는 심사관 10여 명이 한 팀을 이뤄 24시간 출입국장의 상황을 실시간으로 점검해 적재적소에 인원을 배치하는 방식으로 지난 2006년 도입됐다. 이전에는 입국과 출국 심사관이 따로 고정 배치돼 출국장은 붐비고 입국장은 한산한 경우가 많았다. 하지만 출입국관리사무소는 승객이 붐비는 곳에 심사관을 집중 배치함으로써 이 같은 문제를 해소했다.

사전 정보 분석을 토대로 한 정보화 시스템도 출입국 간소화와 보안 강화에 한몫했다. 정보분석관은 입국 승객 정보 사전 분석 시스템(APIS), 출국 승객 사전 심사 시스템(i-APP) 등 최신 정보기술을 활용해 사전에 입출국 불허 승객이나 관리 대상 승객을 미리 분류해 심사관들에게 정보를 전달한다. 이 때문에 별다른 문제가 없는 승객은 그만큼 빨리 출입국 심사대를 통과할 수 있다.

출입국관리사무소 김정욱 홍보팀장은 "출입국 심사 업무의 특성상 신속, 친절, 안전 3가지는 어느 하나 빠질 수 없을 정도로 중요하다"며 "심사의 집중화와 효율화를 통해 출입국 대기 시간은 줄이고 보안은 강화하기 위해 노력하고 있다"고 말했다.

'세계 1위 공항' 성과 뒤에 숨은 땀방울

노력은 성과로 돌아왔다. 인천공항은 세계 공항 서비스 평가(ASQ)에서 2005년부터 2013년까지 9년 연속 출입국 서비스 부문 세계 1위를 유지하고 있다. 인천공항 출입국관리사무소는 올해 영국의 항공

서비스 전문 리서치 기관인 스카이트랙스 사가 평가한 '2014년 공항 출입국 심사 서비스'에서 최고상을 수상하기도 했다. 이러한 성과의 이면에는 매일같이 격무에 시달리는 출입국관리사무소 직원들의 땀방울이 있었다.

인천공항에서 22년째 근무 중인 성덕재 심사관은 연일 계속된 격무와 비상근무에 잠시도 쉴 틈이 없다. 성 심사관은 "여객 1명당 짧게는 1분을 넘기지 않는 시간에 사진과 여권 소지자의 얼굴, 여권 정보 등을 재빨리 확인한 뒤 심사 도장을 찍어야 한다"며 "하루에 많게는 1천 명이 넘는 출입국자를 상대해야 한다"고 말했다.

인천공항의 경우 통상 출국장 네 곳(1~4번), 입국장 6개 구역(B, C, D, F, G, H구역)에서 220여 명의 심사관이 교대 근무를 하고 있다. 하루 10만 명이 넘는 출입국자를 상대로 심사 업무를 수행한다. 무엇보다 새벽 시간대에 도착한 비행기에서 승객이 쏟아져 나오면 좀처럼 웃는 얼굴로 승객들을 맞이하기가 쉽지 않다.

성 심사관은 "매일 수백 명이 넘는 승객들을 대하다 보면 별의별 일이 다 생긴다"며 "한번은 승객에게 여권을 아무 생각 없이 건네줬는데 다음 날 여권을 던지듯이 건네줬다며 불친절하다는 항의가 들어와 곤욕을 치르기도 했다"고 쓴웃음을 지었다.

성 심사관은 인터뷰 도중에도 수시로 들어오는 외국인 승객들을 심사하기 위해 앉았다 일어서기를 계속 반복했다.

인천공항 이용객은 개항 당시인 2001년 1,759만 명에서 2013년 3,670만 명으로 2배 이상 증가했다. 이에 비해 출입국관리사무소 직원은 개항 당시 589명에서 현재 632명으로 7% 늘어나는 데 그쳤다.

그나마도 출장소 인원 13명이 늘어난 것을 제외하면 심사관의 수는 10년 넘게 사실상 그대로다.

이우진 출입국관리사무소 기획팀장은 "심사관들의 수는 변동이 없는데 근무 패턴만 바꿔 공항 이용객들의 대기 시간을 단축하다 보니 심사관들은 '아침 출근, 새벽 퇴근' '새벽 출근 한밤 퇴근'이 일상화됐다"며 "승객들에게 언제나 친절한 서비스를 하기 위해 다방면으로 노력하고 있지만 현실적 여건이 쉽지 않다"고 말했다.

한국행 비행기에 담긴 안타까운 사연들

입국 심사를 하다 보면 안타까운 사연도 부지기수다. 입국재심과에서 3년째 근무 중인 최진요 계장은 2014년 2월 한국에서 결혼한 후 결혼비자를 받기 위해 중국으로 나갔다가 다시 들어오지 못하고 있는 30대 여성이 아직도 기억에 남는다.

이 여성은 원래 입국할 때 사용했던 여권과 재입국 당시 여권의 신원이 일치하지 않아 입국이 거부됐다. 당초 입국할 때 브로커를 통해 얻은 여권에 이름과 생년월일이 잘못 기재돼 있었기 때문이다.

최 계장은 "이 여성은 한국에 엄연히 가족이 있고 불법을 저질러 강제추방을 당한 경우도 아니지만 여권 신원 불일치로 입국하지 못하고 있다"며 "엄격한 기준에서 입국을 허락할 수 없지만 상부에 이같은 사실을 알리고 다른 방법은 없는지 고민하고 있다"고 말했다.

수년 전 국내에서 불법 체류하다 적발돼 강제 출국을 당한 50대 우크라이나 출신 남성의 사연도 딱하다.

이 남성은 우크라이나에서 이름과 생년월일 일부를 바꿔 신분을 세탁한 후 재입국을 시도하다 적발됐다. 한국에서 불법 체류로 수년 간 일을 하다 적발된 후 생계가 막막해 어떻게든 다시 일자리를 찾기 위해 재입국을 시도했지만 허사가 됐다.

정시흔 심사관은 "이 남성은 규제 기간도 지나고 해서 그냥 한국에 들어올 수도 있었는데, 이 사실을 모르고 이름을 바꿔 들어오다 적발됐다"며 "입국 목적만 제대로 소명하면 되는데 그 사실을 모르고 불법으로 들어오다 입국이 불허됐다"고 말했다.

지문 인식으로 수속 끝! 자동출입국심사제 인기

공항을 통한 출입국 때 지하철 게이트를 통과하듯이 간편하게 출입국할 수 있는 '자동출입국심사대'가 이용객들의 호응을 얻고 있다.

자동출입국심사는 사전에 여권 정보와 지문을 등록해놓으면 공항, 여객터미널에서 번거로운 대면 심사를 거치지 않고 무인 자동심사대를 통해 불과 15초 만에 본인 인증을 마치고 출입국 수속을 밟을 수 있는 제도다.

인천공항 출입국관리사무소에 따르면 자동출입국심사대를 이용할 경우 심사관을 통과할 때 평균 3분 이상 걸리는 시간이 10~30초로 단축된다. 이는 이용객이 심사관을 만났을 때의 시간만 따진 것으로 입국 심사를 위해 대기하는 시간까지 포함하면 평균 10분 이상 줄일 수 있다는 것이 관계자의 설명이다.

인천공항의 경우 2009년 이 제도 도입 당시만 해도 194만 3천여명이 이용했으나 2013년에는 577만 8천여 명으로 이용객이 폭발적으로 늘었다. 하지만 여전히 자동출입국심사대를 잘 모르는 사람들도 많다. 자동출입국심사대를 이용하려면 인천공항 3층 출입국관리사무소 자동출입국심사 등록 센터를 방문해 여권 이상 유무 확인, 사진 촬영, 지문 인식, 연락처 기록 등을 하면 된다.

출국심사대 옆에 마련된 데스크에서도 이 같은 절차를 걸쳐 등록할 수 있다. 3분 정도 소요되며 한 번 등록하면 계속 이용할 수 있다. 등록 전에 인터넷 서비스(www.hikorea.go.kr)로 사전 예약을 하면 기다리는 시간 없이 바로 등록 신청이 가능하다. 대한민국 국민으로 17세 이상이면 누구나 이용할 수 있으며, 14세 이상 17세 미만도 부모의 동의를 받으면 자동출입국 서비스를 이용할 수 있다.

자동출입국심사대는 외국에서도 이용이 가능하다. 법무부는 2012년 6월 미국과 시행 중인 양국 간 자동심사대 상호 이용을 2013년 12월에는 홍콩과도 확대 시행하고 있다.

국민권익위원회
고충민원 특별조사팀,
"국민의 恨 풀어드립니다"

　　　　　이들의 일은 첫째가 경청, 둘째도 경청, 셋째도 경청이다. 이들이 상대하는 사람들은 대개 수년간 중앙행정기관과 지방자치단체를 상대로 수십에서 1천여 통의 민원을 제기하는 이들이다. 대다수가 지자체며 감사원, 검찰, 국회, 청와대 등에 민원을 제기하며 몸과 마음이 지쳐 있다. 어디에서 잘못됐을까, 마음속 억울함이 커지다 보니 고성이 나가고, 폭언은 물론이고 경우에 따라서는 협박과 폭력을 행사하기도 하고, 결국 외면당하는 악순환을 반복하게 된다. 그래도 이들의 이야기를 들어보면, 어쩌면 어딘가에서부터 꼬인 사건의 해결방안을 찾아낼 수 있을지 모른다.

　이렇듯 보호받아야 할 국민의 권익을 찾아주는 이들이 있다. 바로 민원 처리의 마지막 종착지, 국민권익위원회 고충민원 특별조사팀이다. 최근 '관피아' 논란과 공직사회에 대한 국민들의 불신에도 묵묵히 자신의 일을 수행하는 이들의 일과를 동행취재했다.

2014년 5월 8일 오후 3시께, 서울 영등포 신세계백화점 부근 한 찻집에 60대 남자와 영등포구청 공무원 4명, 국민권익위원회 장태동 고충민원 특별조사팀장이 마주 앉았다.

60대 남자가 이날 주인공이다. 그는 쇼핑백 하나 가득 서울시, 법원, 감사원, 청와대, 권익위에 보냈던 진정서며 감사청구서, 판결문, 각종 소장들을 모아왔다. 그는 영등포구청 정문에서 1인 시위를 했을 때 사용한 대형 호소문도 펼쳐 보였다. 남자는 인근 백화점이 부설주차장을 건립하는 과정에서 행정상 하자가 있다며 자신이 보유한 건물과 대지를 백화점 측에서 사들여야 한다고 생각하고 있다.

그는 210명 연서로 서울시에 주민감사를 청구했으나 위법사항이 없다고 종결 처리됐으며, 2012년 제기한 행정소송에선 각하 결정을 받았다. 남자는 2013년 초 박근혜 대통령에게 직접 민원 서류를 전달코자 했으나 경호 문제로 저지당하기도 했다. 그해 6월 청와대에 민원을 접수했고, 이 사건은 국민권익위원회 고충민원 특별조사팀으로 이관됐다. 수년에 걸친 남자의 민원이 고충민원 특별조사팀으로 오기까지의 여정이다.

경청 또 경청…… 억울한 국민 달래는 '소통'

국민권익위원회 장태동 고충민원 특별조사팀장은 "오늘은 이 분의 '억울한' 이야기를 다 들어보자"면서 말문을 열었다. 남자는 너무 떨려서 밤잠을 설쳤다고 했다. 남자는 흥분을 가라앉히지 못하고 때로는 고성을 지르기도 하고 때로는 울분을 토해내기도 하며 자신의 얘기를 풀어냈다. 그는 "내 말만 들으면 오늘 이 얘기는 한 번에 다 끝

나"라고 자신하면서도 동석한 구청 공무원을 향해 "저 사람 말 믿지
마, 순 거짓말이야"라며 거센 표현으로 불신을 드러냈다. 오후 3시에
시작된 그의 이야기는 그날 밤 10시가 넘어도 끝나지 않았다. 그리
고 이 이야기는 2014년 5월 28일 현재 진행 중이다.

일주일 뒤인 2014년 5월 16일 대구시청 별관. 중년의 한 여성이
경상도 사투리로 속사포처럼 자신의 맺힌 이야기들을 쏟아냈다. 그
역시 10여 년의 진정과 소송으로 지칠 대로 지친 상태였다. 남편이 사
망한 후 시어머니와 시동생은 그의 집을 재개발사업 추진 건설업체에
팔아버렸다. 재판을 통해 그가 실소유주이며, 시어머니에게 명의신탁
했다는 걸 입증했지만 시어머니가 받은 매매대금은 온전히 회수하지
못했고, 집은 이미 철거돼 그 자리엔 아파트 단지가 들어섰다.

여자는 대구시가 건설업체에 재개발 승인을 내줄 때 제대로 자신
의 재산권을 보호해주지 않았다며 대구시에 책임을 묻는 한편, 건설
업체에 보상금을 요구하고 있다. 여자는 어느 국회의원에게도 진정
서를 보낼 것이라고 했다. 여자 앞엔 대구시 공무원과 건설업체 임
원이 앉아 있었다. 이들 모두 감정의 골이 깊을 대로 깊어진 모습이
었다. 고충민원 특별조사팀 이용범 조사관이 여자에게 "일단 다 속
시원하게 털어놓으시라"고 말했다. "8시간도 좋고 10시간도 좋고 오
늘 밤이 새도록 끝장토론을 해보자"고 했다. 그러면서 한 가지 주문
을 덧붙였다. "상대방 입장도 배려해달라"는 것이었다.

여자의 말 3할은 10여 년간 홀로 싸우면서 겪었던 상처들로 채워
졌다.

"민원 내용이 뭔지, 뭐를 국민이 억울해하는지 해결할 생각은 안 하고 마무리도 안 한 채 다른 데로 넘기지 않나, 퍼뜩하면 법적으로 하자 없다고 하니, 국민 무시하는 거 아이가. 전에 어떤 공무원으로부터 여자가 어디 아침부터 전화하느냐는 얘기도 들었다."

마주 앉은 대구시 공무원들이 깊은 한숨을 내쉬었다. 그들은 여자가 수년간 정부가 개입할 수 없는 부동산 매매 사항을 들고 와 시장실이며, 국장실을 찾아다니며 고성을 질러대서 힘겨웠다고 했다. 또 여자가 요구하는 보상 액수가 너무 커 건설업체와 중재를 하려고 해도 엄두가 나지 않았다고 하소연했다. 방 안의 열기는 치고 올라갔다. 이날 대화는 3시간가량 이어졌다.

이 조사관은 여자와 함께 그가 무료로 법률 상담을 받았다고 한 변호사를 만나러 갔다.

"보통 법으로 해결하자고 하잖아요. 법대로 한다고 해서 국민들의 보호받을 권리마저 사라지는 건 아니거든요. 우선 내 문제, 내 가족의 문제라고 생각해야 해요."

이 조사관은 서울로 향하는 기차 안에서 이같이 얘기했다. 앞으로도 그는 몇 번을 더 대구에 내려갈 생각이다.

고질 민원 도맡아 해결하는 '드림팀 4인방'

국민권익위원회는 지난 2011년 7월 권익위 내 전문조사관 3명을 모아 이 같은 고질 민원을 처리하는 고충민원 특별조사팀을 만들었다. 이곳은 사실상 민원의 마지막 종착지라고 할 수 있다.

이곳에 오는 민원원들은 수년간 지자체를 비롯해 검찰이며 감사원, 청와대 등에 총 수십 건에서 수천 건에 이르는 진정서와 탄원서, 감사청구서 등을 보내고 소송까지 치른 경우가 태반이다. 법 논리로는 해결되지 않는 일들이 대부분이다. 오랜 세월 해결되지 않은 문제로 지친 이들은 공무원들을 향해 고성과 폭언, 욕설 심지어 폭력까지 일삼는 경우가 있다.

이렇듯 악성민원으로 전개되면 일선 공무원들도 설레설레 고개를 젓기 시작한다. 소위 '폭탄 돌리기' 하듯 외면하는 단계로 들어간다. 그렇게 수년이 흘러가면 민원인들의 마음속 상처는 깊어지고, 그들 마음속 억울함도 더해갈 수밖에 없다. 자신의 이야기를 더 이상 들어주지 않는다는 데서 절망감을 느낀다고 한다.

특별조사팀 발족부터 함께한 장태동 팀장은 이를 '한恨'이라고 표현했다. 민원인의 한을 풀어주는 게 그들의 임무라고 했다.

"적극적으로 이야기를 들어주고, 그래서 문제해결책을 찾아내 대안까지 제시해야 합니다. 그래도 정말 하자가 없는 경우엔 민원인이 이해하고, 납득하고 받아들여 고통을 털어버릴 수 있도록 하는 게 우리들 일입니다."

발족한 지 약 2년 10개월. 이들의 활약은 눈부시다. 2014년 5월까지 77건의 민원을 맡아 61건을 해결했고, 현재 나머지 16건에 대한 조사를 진행하고 있다. 팀은 단출하다. 3명이었던 팀은 최근 4명이 됐다. 원년 멤버인 장태동 팀장과 정덕양 조사관, 2013년 합류한 송익범 조사관, 이용범 조사관이 그들이다. 장태동 팀장은 "민원 처리 분야에서 베테랑들만 모아놨다"며 자부심을 드러냈다.

장 팀장은 일단 민원인의 이야기를 경청해야 한다는 걸 제1의 원칙으로 삼고 있다. 푸근한 충청도 사투리를 구사하는 그이지만 현장에 나가서는 조정자로서 강한 카리스마를 발휘한다. 직접 면담과 전화 통화를 통해 수십 차례 접촉을 하고, 사안이 마무리 단계에 이르면 "문을 잠그고 끝장토론을 해서라도 문제를 해결해야 합니다. 그때까지는 누구도 이 방을 나갈 수 없습니다"라고 주문한다.

이렇게 해서 수년간 이끌어온 갈등과 분쟁을 해결하길 40여 건, 민원인을 이해·설득시킨 게 20여 건이다. 이 중엔 '군산판 밀양송전탑 사건'으로 불리는 새만금 송전선로 갈등도 포함돼 있다. 이성보 국민권익위원회 위원장이 직권으로 조정해 극적으로 타결에 이른 이 건의 국민권익위원회 내 전담 업무도 이 팀이 맡았었다.

2013년 합류한 송익범 조사관은 국세청에서 권익위로 이동한 케이스다. 전입할 당시 같은 세무공무원인 부인 몰래 이동 결정을 내렸다며 웃음을 짓기도 했다. 그는 국세청에서의 경험을 살려 세무 분야 민원 처리에 정통하다는 평가를 받는다.

최근 그는 한 민원인으로부터 감사 편지를 받았다. 부친이 그의 명의를 도용해 사업을 했다가 실패, 결국 각종 채무와 세금 체납으로 생계가 어려워진 경우였다. 그는 차상위계층으로 떨어져 일정한 직업도 없이 고시원에서 지낼 정도로 생계가 어려웠다. 근로복지공단은 고용보험 체납금으로 조부의 묘소가 있는 임야를 압류했다. 근 10년 변호사와 노무사를 찾아다녔고, 공단이며 청와대까지 민원을 제기했지만 뾰족한 수가 없었다.

스스로 극단적인 생각까지 했었다고 말한 그는 국민권익위원회에 진정했고, 올 초 서울 신림동 고시원으로 그를 찾아온 송 조사관을 만났다. 그의 표현을 빌리자면 송 조사관은 서류를 훑어본 지 1분 만에 눈빛이 빛나면서 단박에 문제점을 찾아냈다고 했다. 송 조사관은 묘소는 압류 불가하다는 규정을 제시했다. 결국 근로복지공단의 압류를 푼 것이다.

남자는 "송 조사관이 고시원까지 찾아와 밥도 사주면서 이야길 들어주고, 직접 묘소가 있는 통영까지 찾아가 문제를 해결해준 데 대해 감사하다"는 내용의 편지를 위원장 앞으로 보냈다. 송 조사관은 "누구나 거친 민원은 피하고 싶다는 게 인지상정이겠지만 어쨌든 민원인에게 '내 편이다' 하는 믿음을 심어줘야 한다"고 말했다.

장 팀장과 함께 특별조사팀 터줏대감인 정덕양 조사관은 타 부처에서 국민권익위원회로 이동했다. 민원 처리가 주 업무인 권익위로 이동한 까닭을 묻자 '민원 처리가 적성'이라고 말한다. 그는 특별조사팀에서도 지자체 간 갈등, 주민과 지자체, 공공기관 간 분쟁 등 공공갈등 조정을 주로 도맡아 처리한다. 그 역시 수많은 민원인들에겐 '은인'으로 통한다. 수년 전 해결한 민원에 감동, 지금껏 캐나다에서 감사편지를 보내는 전직(?) 민원인도 있다.

이용범 조사관은 민원인들에게 살갑기로 유명하다. 소복 차림으로 서울 서대문 권익위로 찾아와 종종 1인 시위를 하는 장모 할머니에게 그는 '작은엄마'라고 한다. 장 할머니는 친척이 족보를 조작해 재산을 가로챘다며 1800년대 말 증조부의 제적등본을 찾아달라고 요구하고 있다. 한겨울 맨바닥에 앉은 할머니의 손을 잡고, "작은엄마, 이 연세에 여기서 이러면 큰일난다"면서 집으로 돌려보내길 수차례.

"내 가족의 일, 하다못해 먼 친척의 일이라고 생각해야 해요. 그래야 답이 보이거든요."

국방부 유해발굴감식단,
호국영령의 숭고한 정신을 찾는다

　　　　　　한국전쟁이 발발한 지 66주년을 맞았지만 당시 전사한 13만여 명의 장병들이 가족의 품으로 돌아가지 못한 채 산야에 잠들어 있다. 이들의 유해를 발굴하기 위한 정부의 노력도 지속적으로 이뤄지고 있다. 그 주인공이 바로 국방부 산하의 유해발굴감식단. 지난 2007년 한국전쟁 전사자 유해발굴사업에 착수해 2014년 현재까지 약 7년간 7,700여 구의 유해를 찾았고, 이들 중 91명의 신원이 확인돼 가족 품으로 돌아갔다.

　　유해발굴감식단은 조사과와 발굴과, 감식과로 구성돼 조사에서부터 발굴, 신원 확인에 이르기까지 전 과정을 독자적으로 수행하고 있다. 파이낸셜뉴스는 유해발굴단의 전사자 탐사 및 발굴 현장을 이틀에 걸쳐 동행취재했다.

　　2014년 5월 27일, 기자가 찾은 강원도 횡성군 학담리 무명산 312

고지에서는 유해발굴팀원 8명과 11사단 군인 40여 명이 한창 유해를 수습하고 있었다. 이곳은 한국전쟁 당시 중공군과 격전을 벌였던 곳으로, 현재 일부는 소를 키우는 목장으로 이용되고 있다.

'출입금지' 라인이 쳐진 발굴 현장에서 팀원들이 전사자 유해 한 구를 조심스럽게 수습했다. 입김과 침이 섞이면 DNA 감식이 어려워지기 때문에 초여름 날씨에도 마스크를 착용하고 있었다. 현장에선 두개골 뼛조각과 발뼈를 비롯한 유해와 단추, 탄피, 양말, 전투화 조각 등 유품 10점이 수습됐다. 토양이 습한 곳이라 전투화 안에 있는 양말과 발가락뼈가 고스란히 보존된 상태였다.

"매일 험지에 오르지만 사명감 커"

발굴단은 전날 쓰레기 매립지 밑에서 유해 일부를 발견하고 정밀 발굴에 들어갔다고 했다. 뼈의 위치로 보아 이 전사자는 웅크린 채 60여 년의 세월을 보냈음을 짐작할 수 있었다. 해부학적 위치는 감식 과정에서 중요한 근거로 작용한다. 주변 노상에서 낙엽 밑에 깔린 다리뼈도 함께 발견됐다고 했다.

발굴 작업은 주로 방어하려고 땅을 파서 만든 방공호를 중심으로 이뤄진다. 발굴팀은 유해를 수습하고 뼈의 위치, 유품 등을 상세히 기록해둔다. 유해는 전통방식으로 입관되고 지역단위로 영결식을 치른 뒤 감식과로 넘겨진다. 발굴팀이 목표로 잡는 발굴 수는 일 년에 1천 구 정도다.

유해발굴병은 군에서 유해 발굴을 주 임무로 하는 군인이다. 임무가 가진 의미와 특수성 때문에 인기가 높지만 인력은 부족한 실정이다. 지원 자격도 고고학, 사학, 역사교육학 등 관련 전공을 2년 이상 공부한 자 등에 한정돼 있다. 현재 발굴병 7명과 팀장으로 구성된 발굴팀 8개가 각각 활약하고 있다.

발굴병인 김태민 상병은 사학 전공자로 동아리 선배의 추천을 받아 유해발굴단에 지원했다. 김 상병은 "남겨진 유해를 찾는 것만으로 보람찬 일"이라며 "2013년 한 여성의 사진이 붙어 있는 손거울을 유품으로 발견한 것이 기억에 남는다"고 말했다.

현장을 지휘하던 안순찬 발굴팀장은 인근 가리산에서 유해 2구가 발견됐다는 소식을 접하고 "보통 호 200개를 파서 1구 나오면 잘 나오는 건데 오늘 2구나 발견돼 뿌듯하다"고 말했다. 안 팀장은 "전사자의 8촌도 유전자 채취 대상에 해당한다. 신원 확인을 위해 꼭 참여해달라"고 당부했다.

유해 발굴 위해 제보 절실

이틀 후인 2014년 5월 29일 기자는 유해소재조사팀과 강원 양구군에 위치한 백석산 883고지에 올랐다. 치열한 교전 끝에 1951년 10월 우리 군이 탈환한 이곳은 한국전쟁의 대표적인 산악 전투인 '백석산전투'가 벌어진 장소다. 조사팀은 전쟁 기록과 참전용사의 증언, 지역 주민의 제보를 토대로 실제 탐사에 나선다. 발굴할 때는 발굴팀과 지원 병력 100여 명이 나서기 때문에 사전 답사는 필수다.

산을 오르는 동안 독사와 마주쳤고 날벌레가 달려들기도 했다. 길이 없어 잔가지를 헤쳤고 제거되지 않은 지뢰가 터질 수도 있기 때문에 팀원이 밟았던 곳만 따라가야 했다.

"뚜뚜뚜뚜뚜……."

금속탐지기가 강하게 반응하자 탐사관이 다가가 위성위치확인시스템(GPS) 정보를 확인하고 조심스럽게 흙을 걷어냈다. 탄피 8개가 고스란히 들어 있는 탄피통이 나왔다. 발굴팀이 왔을 때 쉽게 장소를 찾을 수 있도록 유품은 그대로 놔둔 채 이동했다.

이날 4시간 20여 분간 진행된 탐사에서 탄피통 10여 개와 안전핀이 뽑힌 수류탄 등이 발견됐다. 한국전쟁 전사자가 가매장된 것으로 추정되는 장소도 10곳 넘게 찾았다. 격전지로 기록되지 않은 경로에도 전쟁의 흔적이 남아 있었다. 방공호 200여 개가 발견됨에 따라 이곳에서 병력 150여 명 정도가 활약했음을 추정케 했다.

이와 같이 유해 발굴 과정에서 제보는 필수적이다. 전쟁 기록은 '승자의 기록'이어서 역사에 남지 않은 격전지도 존재하기 때문이다. 등산로에서 유해가 종종 발굴되는 만큼 무작정 땅을 팔 수도 없다. 2013년 전국 단위로 주요 격전지와 아군과 적군의 행선로를 기록한 유해발굴지도가 제작됐지만 아직 역부족이다. 전쟁이 발발한 지 일년여 지난 후에야 인식표(군번줄)가 지급됐기 때문에 신원 확인도 쉽지 않다. "열 번의 제보 중 한 번만이라도 확인되면 대성공"이라는 관계자의 말처럼 제보는 많을수록 좋다.

유해발굴단 이용석 조사과장은 증언 수집의 어려움을 토로했다. 조 과장은 "'저어기 있다'고 하고 다른 곳을 보거나 엉뚱한 곳을 가리키는 분들이 있다. 전쟁 당시 북한군에 부역했던 분들이 자손에게 피해 갈까 봐 눈치만 보고 알면서도 말을 못 해서"라고 설명했다. 그는 "부역자 처벌법이 역사 속으로 사라졌는데도 당시에 많은 고초를

당해 아직 믿지 못하는 분들이 있다. 마음의 상처 없이 있는 그대로 이야기해주셨으면 좋겠다"고 말했다.

유해 발굴은 시간과의 싸움

유해발굴단의 이용석 조사과장은 열정적이었다. 이 과장은 중령 시절 전사자 유해 발굴에 처음 뛰어들었고, 퇴임 후 국방부 산하에 생긴 유해발굴감식단에 지원했다. 그는 군인은 과묵할 것이라는 고정관념을 털어내듯 15년간 쌓인 에피소드를 쏟아냈다.

참전용사를 찾아가니 '왜 이제야 찾아왔느냐'며 그를 무릎 꿇게 한 사연, '원샷'을 해야 이야기를 들려주겠다며 술이 가득 담긴 잔을 건네받은 사연, 아내와 가평에 가서 '어디서 전쟁이 났었느냐'고 물었다가 부부 간첩으로 오인 받은 사연 등을 털어놨다.

이 과장의 표현으로 '기가 막힌 과거사'도 술술 나왔다. 입에 풀칠하기도 어려워 전쟁 때 쓴 탄피를 고철로 팔던 시절, 가매장된 유해를 남겨둔 채 근처 무성히 난 나물을 뜯어 판 시절, 굴러다니는 철모를 가지고 놀던 시절 등 참전용사로부터 들은 내용을 그대로 입으로 옮겼다.

누군가는 '매일 등산 가서 좋겠다'는 말을 농담 삼아 꺼내지만 이 과장은 죽을 고비를 수차례 넘겼을 정도로 위험한 일을 하고 있다. 설악산 마등령을 지나다 벼랑과 맞닥뜨려 돌아가지 못할 수도 있다는 생각에 계급장을 내려놓은 적도 있다. 얼음에 미끄러져 한 바퀴 구른 적도 있다. 나뭇가지에 찔려 종아리 살을 30cm 꿰매기도 했다. 2011년 들어온 조사팀 11명 중 4명이 부상하고 후송처리된 것도 이들이 다니는 산지가 얼마나 험한지를 반증한다.

이 과장은 "유해발굴사업은 시간과의 전쟁"이라고 단호하게 말했다. 유해가 토양 속으로 사라지기 전에, 제보자가 세상을 떠나기 전에 작업을 마쳐야 하기 때문이다. 앞으로 2~3년이 고비다.

이 과장은 "매년 현충일마다 전화해 '왜 우리 아버지를 못 찾느냐'고 항의하던 분이 이제는 나이가 들어 약한 모습을 보여 마음이 아팠다"며 "포로생활을 했던 참전용사의 제보를 듣고 찾아 나서려 했지만 이미 겨울에 돌아가셨다고 해서 철렁했다"고 회고했다.

쟁기 끌다가 전쟁터로 끌려간 사람들

한국전쟁 전사자는 자신의 의지와 상관없이 국가를 위해 싸운 호국영령이니 그들을 잊어서는 안 된다는 말이었다. 이 조사과장은 한국전쟁 전사자를 꼬박꼬박 '용사님'이라고 불렀다. "용사님이 우리를 보호해주어야 찾으러 다닐 수 있다"는 그는 팀원들과 가매장지로 추정되는 봉분을 찾을 때마다 묵념을 했다.

"피아 구분이 중요하지만 누가 적군인지 아군인지는 묻지 말아달라"며 "전쟁 때 급하면 속옷도 바꿔 입을 수 있는데 어찌 정확히 판단할 수 있겠나"라고 반문했다.

"시점을 바꾸면 내 무덤, 내 선임과 후임의 무덤을 파는 일이다. 64년간 아무도 찾아오지 않은 땅을 밟는 것만으로도 의미 있는 일"이라는 그는 고지에서 가곡 〈비목〉을 불렀다.

"초연이 쓸고 간 깊은 계곡 깊은 계곡 양지녘에 비바람 긴 세월로 이름 모를 이름 모를 비목이여……."

인천공항세관 특수통관과
관세행정관,
특송화물 안전지킴이

관세청 인천공항세관 특수통관과는 총 100여 명의 관세행정관이 24시간 운영체제를 유지하면서 해외 인터넷 쇼핑(직접구매) 등을 통해 들어오는 특송화물 안전지킴이 역할을 한다.

전자상거래 활성화, 자유무역협정(FTA) 확대 등으로 특송화물의 반입이 지속적으로 증가하는 가운데 특송화물의 간소한 통관 절차를 악용한 마약류 등 불법 물품의 반입 시도도 증가하고 있어 국민의 안전을 지키기 위한 이들의 역할이 막중하다.

2014년 6월 5일 오전, 인천 운서동 인천국제공항 물류단지에 위치한 통관대행업체인 글로벌쉬핑마스터(GSM)의 창고는 미국 로스앤젤레스에서 막 도착한 특송화물로 가득했다. 관세청 인천공항세관이 인정한 12개 자체 검사장 가운데 하나로 그중에서도 물량이 가장 많은 곳이다.

인천공항세관 관계자는 "2013년 4만 건 수준이던 인천공항 전체의

하루 처리 물량이 2014년 들어 5만 건으로 25%가량 늘었다"면서 "지정장치장 1곳이 있지만 넘쳐나는 물량을 감당할 수 없어 통관대행업체에 엑스레이 등의 장비를 갖추도록 하고 특수통관과 직원을 보내 전수검사를 하고 있다"고 말했다. 운송장을 보니 기자도 자주 이용하는 모 해외 인터넷 쇼핑 사이트를 통해 들어온 것이 대다수였다.

이 가운데 GSM은 하루에 평균 1만 건의 화물이 통관되는데, 많을 때는 1만 5천 건까지 늘어나기도 한단다. GSM 관계자는 "2013년 한 달 평균 25만 건, 연간 전체로는 약 290만 건을 처리했는데, 2014년 들어서는 5월까지 한 달에 30만 건씩, 벌써 150만 건을 처리했다"며 "일 년 만에 20%가량 늘었다"고 말했다.

24시간 통관체제······ 하루 5만 건 검사

크고 작은 화물들이 컨베이어를 타고 쉴 새 없이 엑스레이 투시기를 통과했다. 컨테이너 박스로 만들어진 임시 사무실에서는 인천공항세관 특수통관과 관세행정관이 2개의 모니터를 한꺼번에 들여다보며 통관 목록과 다른 물품이 있는지 일일이 검사하고 있다. 모니터 하나는 위에서, 다른 하나는 옆에서 투시한 그림이다. 입체적으로 봐야 안에 든 물품을 제대로 판단할 수 있다는 설명이다.

기껏해야 손바닥 절반만한 크기에 불과한 영상을 보고 무엇을 찾아낼 수 있을지가 궁금했다. 인천공항 입국장에서 여행객의 휴대품 검사를 하다 4개월 전 특수통관과로 온 신희정 관세행정관은 "유학생들의 생활용품이나 이사화물 등 여러 물품이 섞여 있는 경우 구별해내기가 쉽지 않다"며 "지금은 의심스러운 화물을 골라내는 정도지만 1~2년이 지나면 불법 물품을 정확하게 찍어낼 만큼의 실력을 갖출 수 있을 것"이라고 말했다.

모니터를 보다가 의심이 가는 화물은 일단 컨베이어에서 빼놓는다. 그리고 추후 포장을 뜯고 내용물을 직접 확인하는 개장검사를 실시한다. 그는 "마약이나 모의총포, 도검 등 반입금지 품목에 초점을 두고 본다"면서 "통상 하루 200~300건에 대해 개장검사를 벌인다"고 설명했다.

그때 냄비가 들어 있는 화물이 신 관세행정관의 눈에 띄었다. 화면을 통해 냄비 안에 다른 물품이 들어 있음을 알아챈 것이다. 즉각 '개장검사를 위해 빼놓으라'는 지시가 떨어졌다. 잠시 후 포장을 열어 확인해본 결과 냄비 안에는 초콜릿 등이 들어 있었고 해당 화물은 그대로 통관됐다.

특수통관과는 24시간 체제로 운영된다. 휴일이나 주말, 명절을 따지지 않고 근무가 돌아가기 때문에 토요일과 일요일을 동시에 쉬는 건 많아야 한 달에 두 번이다. 2년 전에 비해 처리 물량은 2배 수준으로 늘었으나 일하는 사람은 90명에서 102명으로 겨우 12명이 보강됐을 뿐이다.

경력 10년의 베테랑인 조경민 관세행정관은 "해외 직접 구입 물량이 폭발적으로 늘어나면서 불법 물품 반입도 증가하는 추세"라며 "우범 물품을 잡아내기는 더욱 힘들어졌다"고 어려움을 토로했다. 관세행정관들은 적어도 일주일에 한 번은 밤샘 근무를 해야 한다. 물량이 많을 때는 오전 5시 반부터 검사를 시작해 오후 10시가 넘어서야 끝나는 경우도 종종 있다.

경험 + 첨단 시스템으로 족집게 단속

힘든 환경 속에서도 관세행정관들이 능력을 발휘할 수 있는 것은 뛰어난 노하우 덕분이다. 조 관세행정관은 "무작정 엑스레이만 쳐다본다고 되는 것은 아니다"라며 "물품의 특성을 파악하는 것이 최우선"이라고 말했다. 사전에 특정 시기, 특정 나라에서 '위험한' 화물이 많이 들어온다는 것을 경험으로, 통계로 파악하고 있어야 한다는 얘기다.

여기에는 화물선별 시스템(C/S)과 통합위험관리 시스템(IRM)이 큰 역할을 한다. 우선 통관 자료와 과거 적발 사례 등을 데이터로 축적, 불법 밀수입 유형이나 위험요소 등을 분석한 후 위험대상을 자동으로 선별한다. 그리고 이를 업무처리 시스템에 알림창으로 제공하거나 휴대전화(문자)로 통보해 즉시 조치토록 했다.

실제 인천공항세관은 이들 시스템을 활용해 물티슈 등에 은닉한

신종 마약을 여러 건 적발했다. 윤이근 인천공항세관 수출입통관국장은 "정보 분석을 토대로 미국발 특송화물에 대해 C/S검사를 지정해 처음 신종 마약류를 적발했고, 이후에는 IRM을 활용해 마약류 밀반입을 8건이나 연속으로 잡아내는 개가를 올렸다"고 설명했다.

관세행정관들에게는 '반입금지 물품을 걸러내는 것'만큼이나 '과세를 제대로 하는 것'도 중요한 일이다. 자가 사용에 한해 15만 원까지 비과세지만 50만 원, 100만 원어치를 사고도 낮춰서 신고하는 경우가 허다하기 때문이다.

한 여성 관광객은 지난 2년 동안 본인을 포함해 6명의 명의로 해외 직구를 통해 500여 차례에 걸쳐 적정 복용량을 훨씬 초과한 월 200kg의 의약품을 반입했다. 물품 원가가 5만 달러에 달했으나 소액면세를 신청해 부정 감면을 받았다. 한 자동차 부품 수입업체는 개인용품을 위장해 자가 사용으로 허위 신고한 후 에어백, 제너레이터 등 660만 원어치를 몰래 들여오다 걸렸다.

관세행정관들은 하루 20~30건씩 걸려오는 민원 전화에도 시달린다. '내가 왜 세금을 내야 하느냐' '왜 내 물건은 빨리 안 오냐'는 내용이 주를 이룬다. 윤 국장은 "신속 통관에 신경을 쓰다 보면 정확한 검사가 소홀해질 수 있고, 신중하게 검색하다 보면 통관이 늦어져 소비자가 불편할 수도 있다"며 "2016년 특송물류센터가 개관되면 통관 서비스가 훨씬 개선될 것"이라고 말했다.

서울시선거관리위원회 공정선거지원단, 공정선거를 위해 뛴다

2014년 6·4 전국동시지방선거가 전국 평균 투표율 56.8%를 기록한 가운데 막을 내렸다. 역대 지방선거 중 두 번째로 높은 투표율을 기록한 이번 지방선거에는 전국 광역·기초단체장 후보로 2,248명이 출마했고, 이 중 243명이 당선됐다. 유권자의 한 표를 놓고 치열하게 각축을 벌이는 후보자 사이에서 '한 점'의 불공평함도 용납되지 않는다. 미묘한 사안을 놓고 시시비비를 가리려다 다툼으로 확산되기도 한다.

이 과정에서 중앙선거관리위원회 산하 각 지역의 '공정선거지원단'은 불법선거운동을 예방하기 위해 사전에 관련 사안을 안내하고, 불법행위를 감시·조정하는 역할을 한다. 파이낸셜뉴스는 2014년 5월 30일, 치열한 유세 현장에서 공정선거를 위해 활약하는 서울시선거관리위원회의 공정선거지원단을 밀착취재했다.

2인 1조로 유세 현장에 출동하다

기자가 2014년 5월 30일 오전 11시 30분 서울 노원역 롯데백화점 앞에서 만난 서울시선관위 소속 공정선거지원단 김용석 씨의 이날 임무는 당시 정몽준·박원순 서울시장 후보의 유세 현장을 찾아가 선거법에 저촉되는 일이 없는지 두루 살피는 일이었다. 다른 팀원 한 명과 함께 예정된 유세 시간(낮 12시 30분)보다 1시간 일찍 도착해 주변을 꼼꼼히 돌아보고 있었다.

유세 현장은 유동인구가 많은 장소인 데다 이날 사전투표 첫 날이어서 열기가 뜨거웠다. 정 후보가 도착하기 전 지지자들이 밀집했고 시·구의원 후보들도 줄지어 자리에 모였다.

"저 후보 현수막, 같은 동에 두 개 걸린 건 아니겠지."

옆에서 바라본 김씨의 눈은 '매의 눈'처럼 번뜩였다. 보통 사람 같으면 대수롭지 않게 여길 사안도 그냥 지나치는 일이 없었다. 후보자 현수막, 홍보물, 차량의 위치, 명함, 마이크, 앰프, 확성기 등 주변의 모든 물건이 그의 '레이더망'에 포착됐다.

유세에 활용하는 모든 물품에는 선관위가 배부한 하늘색 인증 스티커가 부착돼 있어야 한다. 그는 한 사람이 홍보물을 2개 이상 들고 있지는 않은지, 선거사무원이 신분을 알려주는 표찰을 달고 있는지 등 행동 하나하나도 놓치지 않았다.

주요 단속 포인트도 있다. 김씨는 교육감 후보가 인지도를 높이려

특정 시장 후보와 일부러 엮이려고 하는지를 유심히 살폈다. 교육감 후보는 정당을 표방하면 안 되며, 특정 후보를 지지하면 안 되기 때문이다.

김씨의 활동은 오후 신림동 중부시장에서도 이어졌다. 시간은 어느덧 오후 3시를 훌쩍 넘겼고 한여름 날씨에 땀이 흘러내렸다. 박원순 시장 후보가 시장골목으로 접어들자 주변 시민이 우르르 몰렸다. 무작정 가서 감시할 수 없기 때문에 김씨는 유세 활동과 시민의 통행에 방해되지 않게 조심스럽게 다가갔다. 김씨는 "이번에는 세월호 침몰 사고로 이렇게 현장에 뛰어다닌 지는 얼마 안 됐다"며 "하루에 많으면 4~5km씩 걸어 다닐 때도 있지만 저분들(선거사무원 및 자원봉사자)이 더 힘들지 않겠느냐"며 공을 넘겼다.

"하루 한두 건씩은 위반 사례를 적발한다"는 김씨는 이날 '특정 후보를 비방하는 내용의 홍보물' 등 선거법 저촉 사항 2~3건을 잡아냈다. 그는 선거법에 저촉되는 부분을 카메라 등으로 채증해 선관위에 보고하고 선거사무원에게 이를 알렸다. 또 의심이 드는 사안이 있으면 소셜네트워크서비스(SNS) 등으로 선관위 법제과에 문의하고 선거법령 애플리케이션을 수시로 확인했다.

김씨는 지난 18대 대통령 선거 직전에 처음 공정선거지원단과 인연을 맺었다. 그는 이번에 두 번째 활동하면서 대선과 지방선거를 모두 겪었다. 그는 "전국적으로 유세 일정이 이뤄지는 대선의 경우 지역 일정은 거의 한 번에 끝나지만 지방선거는 투표 종류가 7가지인 데다, 비례대표를 제외하고도 5명의 후보가 있어 더 고생한 것 같다"고 말했다.

제보를 듣고 출동했다가 헛걸음한 적도 부지기수다. 김씨는 "종로의 한 식당에서 기부하고 있는 것 같다는 제보가 들어와 갔더니 식당 주인이 어버이날이나 추석 같은 명절에 동네 어르신께 식사를 무료로 대접한 봉사활동이었다"며 "비록 허탕 쳤지만 좋은 일을 하는 사람을 보아 흐뭇하기도 했다"고 회고했다. 그는 "무료로 봉사하는 분도 많다"며 "활동이 미미하더라도 선거에 조금이나마 일조할 수 있다는 게 보람"이라고 덧붙였다.

알쏭달쏭 복잡한 선거법 안내

"고의가 아니라 '모르고' 선거법을 어기는 경우가 많다."

공정선거지원단원들의 한결같은 말이다. 선거 문화가 부쩍 발전했지만 선거법 조항도 많고 복잡하다 보니 의도치 않게 법을 저촉하는 경우가 잦다는 뜻이다. 물론 허리춤에 가방을 메고 명함을 아파트 현관문 밑에 다량 뿌렸거나, 후보자의 캐리커처가 그려진 배지를 다는 등 위법 사례도 있지만 드물게 일어나는 일이다. 이에 공정선거지원단은 적법한 선거 과정을 사전에 안내하는 일에 중점을 둔다.

2014년 5월 30일 오전 9시, 공정선거지원단이 현장으로 출동하기 전 회의실에서도 이 같은 논의가 이어지고 있었다. 서울 와룡동 서울시선관위 회의실에서 지도과 김기욱 주임이 사전투표소 100m 이내에서 선거운동이 제한된다는 점을 누누이 강조하고 있었다.

'그럼 101m는 괜찮으냐'라는 질문에 그는 "정확한 거리를 재는 건 현실적으로 어려운데 누가 봐도 100m 이내라는 게 확실하면 문제가 된다. 논란의 소지가 있다 싶으면 가서 안내를 해달라"고 답변했다.

이렇듯 선거법은 조항이 많아 습득하기 어렵고, 사례가 다양해 적용하기 애매한 경우도 비일비재하다.

현수막은 천 재질로 10㎡ 이내여야 하며, 한 동에 한 개씩만 부착할 수 있다. 단 현수막의 내용은 바꿀 수 있다. 휴대용 확성기는 차량에서 멀리 떨어지지 않는 선에서 사용해야 한다.

예비후보자 때 쓴 선거비용을 돌려받지 못한다는 점도 기본이지만 실제로 간과하는 출마자도 적지 않다.

이를 반영하듯 회의실 책상 위에는 '투표 질서 유지 및 위법행위 단속 대책' 유인물과 정치관계법 사례 예시집이 놓여 있었다.

공정선거지원단 김모 씨는 "홍보표지판을 한 손으로 드는 게 원칙인데 어느 선거사무원이 발 위에 걸치고 있어 선거법 위반 여부를 알아봤다"며 "표지판을 방치하지 않고 사람이 지키고 있다면 괜찮다는 답변을 들었다"고 말했다.

공정선거지원단은?

선거관리위원회 소속의 공정선거지원단은 선거법을 사전에 안내하고 예방활동과 위법행위를 단속하는 역할을 하는 '공정선거 현장 지킴이'다.

세부적으로 정치관계법 안내 및 예방활동 보조, 선거정보 수집 및 위법행위 감시·단속활동 지원, 선거·정치자금범죄 관련 행정업무 보조 등의 업무를 담당한다.

2014년 6·4 전국동시지방선거에서는 서울시선관위에서만 공정선거지원단 14명이 활약했다. 대부분 유세 현장에서 단속활동을 펼쳤고, 3명은 선거지원팀에서 선거비용 자료와 사전투표 등 관련 법을 안내하는 역할을 했다. 서울시선관위 산하 구선관위도 각각 20여 명씩 총 500명을 선발해 48개 선거구를 관리했다.

서울시가 아닌 다른 지역에서도 지원단이 꾸려졌다. 공정선거지원단은 순수 일반인으로 구성된다. 시민들을 대상으로 공모를 통해 선발하며 서류 심사와 면접을 거친다.

자격은 '선거운동을 할 수 있는 자로 정당의 당원이 아닌 중립적이고 공정한 사람'이면 지원 가능하다. 일시 활동자는 선거를 3개월여 앞두고 선발된다. 선거 60일 전부터 선거법 관련 집중교육을 받고, 예비후보자가 활동을 시작하면 교육과 단속을 병행한다. 이번 공정선거지원단은 지방선거 하루 전인 6월 3일부로 활동이 끝났다.

다만 상시 활동자도 있다. 상시 모집은 일시적 불법 기부 등 선거가 없을 때도 공직선거법상 위반 여부를 확인하는 일을 하며 지역별로 1~2명씩 선발된다. 본래 명칭은 '선거부정감시단'이다. 선관위는 명칭으로 인해 선거운동을 방해하고 위축시킬 수 있다는 의견이 나오면서 후에 이름을 '공정선거지원단'으로 바꿨다.

경북지방경찰청 독도경비대,
독도 지키는 대한의 아들들

　　국민들의 애정과 많은 역사의 사연을 간직하고 있는
대한민국 국토의 애달픈 막내섬 독도. 외관상으로만 보면 자그마한
바위섬에 불과하지만 독도는 한민족의 정신적인 지주요, 지정학적인
요충지이며, 미래 해양산업의 중심지라는 점에서 중차대한 의미를
지니고 있다. 그래서 독도 지킴이들의 숨은 공로는 더욱 조명 받아 마
땅하다.

　파이낸셜뉴스는 여름엔 따가운 햇빛 한 줄기를 막을 수 있는 그늘
을, 겨울엔 살을 에는 바람 한 가닥을 막을 수 있는 시설물 하나 없는
삭막한 바위섬에서 하루 24시간을 사명감과 자부심으로 국토 지킴
이 역할을 충실히 수행하는 경북지방경찰청 독도경비대원들의 하루
를 밀착취재했다.

　2014년 6월 18일 오전 7시 30분께 기자가 울릉도 사동항을 출발
한 지 두 시간 가까이 지나자 대한민국 국토의 막내섬 독도가 한눈

에 들어왔다. 잠시 후 선장이 "바다 날씨가 좋아 독도 접안이 가능하겠다"고 말했다.

'우리 땅' 독도로 가는 길은 순탄치 않았다. 서울에서 강릉을 거쳐 울릉도까지는 일사천리였지만 독도에 들어가는 것은 '운'에 맡겨야 할 정도다. 기자가 2014년 6월 16일 처음 독도 입도를 시도했지만 독도 앞바다에 너울성 파도가 심해 배를 선착장에 댈 수가 없었다. 이튿날에는 독도로 가는 도중 배가 고장 나 30여 분 만에 울릉도로 회항해야 했다. 그리고 삼세번 만인 18일 입도에 성공해 '독도 지킴이'인 경북지방경찰청 독도경비대를 만날 수 있었다.

'세 번 울리는' 국토의 애달픈 막내섬

독도의 선착장으로 들어서자 제일 먼저 이광섭 독도경비대장과 경비대원들이 밝은 표정으로 맞아주었다. 관광객을 맞이하는 일은 이 대장에게 독도를 지키는 것 다음으로 중요하다. 독도의 아름다움을 알리고 우리 땅의 소중함을 느끼도록 하는 일이기도 하지만, 무엇보다 통제가 잘 안 돼 안전사고 우려가 크기 때문이다. 이 대장은 "독도 방문객들은 '세 번 운다'는 말이 있다"고 전했다. "파도가 심해 뱃멀미로 울고, 독도 땅을 밟으면서 감격에 겨워서 울고, 떠날 때 자식 같은 경비대원들의 얼굴을 보고 또 한 번 운다"는 것이다.

김주원 상경은 "관광객들이 20분 남짓 짧은 시간을 머무르지만 대원들 모두가 작가와 모델로 변신해 관광객들을 대한다"며 "2013년에는 하루에 평균 8척이 들어왔는데 '세월호' 참사 때문인지 올해는 4척 정도로 크게 줄었다"고 설명했다. 김 상경은 "관광객들이 '수고한다'

'고맙다'고 격려해줄 때 자부심과 보람을 느낀다"고 덧붙였다.

선착장에서 경비대 건물이 있는 정상까지는 300여 개의 계단을 올라야 한다. 시간은 10분이 채 안 걸리지만 경사가 가팔라 다리가 뻐근하고 땀이 비 오듯 흘렀다. 정상에서 내려다보니 마음이 울컥했다. 경비대원들도 처음 독도에 와서 같은 감정을 느꼈다고 한다.

근무 여건 최악이지만 "그래도 우리 손에"

독도경비대의 경계근무는 주·야간으로 구분해 이뤄진다. 주간에는 3곳에 각 1명씩, 야간에는 2곳에 각 2명씩 24시간 근무가 이어진다. 얼핏 보면 근무 여건이 나쁘지 않은 듯 보였다. 하지만 그 생각이 틀렸다는 것을 깨닫는 데는 10분이 채 걸리지 않았다. 가만히 서 있는 데도 땀이 등줄기를 타고 흘렀다. 경계근무를 서는 대원들에게는 강렬하게 내리쬐는 햇빛을 피할 방도가 없었다. 독도에는 그늘을 만들어줄 나무가 한 그루도 없기 때문이다. 겨울도 마찬가지다. 상상을 초월할 만큼 바람이 매섭게 불어도 숨을 공간이 전무하다.

근무자 원동욱 상경은 "처음에는 선크림을 열심히 발랐는데 땀이 흘러서 금방 지워져 이제는 선크림 바르는 것을 포기했다"고 말했다. 원 상경은 "하루 8시간 경계근무를 서는데 개인적으로는 여름이 나은 것 같다"며 "겨울에는 차가운 바람을 온몸으로 맞아야 하기 때문에 옷을 여덟 겹, 아홉 겹씩 껴입어도 바람에 살이 에일 정도"라고 고충을 털어놨다.

정상에 서서 사방을 한참 동안 내려다봤지만 멀리서 어선 몇 척이 지나간 것을 제외하고 바다는 조용했다. 이 대장은 "레이더로 보면 일본 순시선이 사나흘에 한 번씩 영해선을 따라 돌기는 하는데 우리 영해를 침범하지는 않는다"며 "아무 일이 생기지 않는 게 최고로 좋은 것"이라고 말했다.

독도경비대는 자체 디젤발전기를 돌려 전기를 생산하고, 바닷물을 담수시켜 먹는 물, 씻는 물을 공급한다. 하지만 늘 부족한 전기와 물이 경비대원들을 괴롭힌다. 발전기를 책임지고 있는 김경식 상경은 "하루 6~7톤 정도의 물을 쓰는데 아껴 써야 하기 때문에 샤워는 하루에 한 번만 하도록 하고 있다"며 "특히 겨울에는 거친 파도로 인해 담수화 시스템 펌프가 고장 나 물이 안 나오는 경우가 종종 있는데, 이럴 때는 시쳇말로 애가 탄다"고 설명했다. 그는 이어 "파도가 높으면 펌프 수리작업도 엄청나게 위험하다"며 "지난겨울에는 사흘 동안 세수와 양치질만 하고 산 적도 있다"고 덧붙였다.

외로움이 최대의 적…… SNS로 해소

이 대장이 가장 신경 쓰는 것 중의 하나는 젊은 대원들과의 소통이다. '갇혀 있다'는 기분이 들어 힘들어한단다. 관광객이 들어오지 않는 겨울에는 더욱 외로울 수밖에 없다. 더구나 이곳은 가족들이 면회를 오기도 쉽지 않고, 가족이나 애인이 과자 등 간식거리를 보내도 울릉도까지만 들어올 뿐 독도로는 전달이 되지 않는다.

대구 출신인 원동욱 상경은 "거리상으로는 멀지 않지만 버스와 배를 번갈아 타야 하기 때문에 마음먹고 오지 않는 이상 힘든 여정"이라며 "한 번 면회를 오는 데 최소한 60만~70만 원이 들어 금전적인 부담도 만만치 않다"고 말했다.

이 대장은 "아침에 일어나면 가장 먼저 각종 장비의 이상 유무를 파악하고 대원들의 건강과 심리 상태를 체크한다"며 "정기적인 상담을 통해 대원들이 외로움을 느끼지 않도록 하는 데 노력하고 있다"고 설명했다. 그는 "전날에는 후임들과 수박을 먹으면서 이런저런 얘기를 나눴고, 오늘은 선임들과 참외 파티를 할 예정"이라고 덧붙였다.

이 대장은 소셜네트워크서비스(SNS)를 통해 부모님들에게 대원의 소식을 전하는 '신세대 대장'이다. 그는 스마트폰을 꺼내 보이며 "SNS에 거의 매일 사진과 글을 올리는데 대부분의 부모님이 가입돼 있다"고 말했다. 이 대장은 "2014년 7월 말이면 독도를 떠나 울릉도로 나가지만 12월에 다시 독도로 들어올 예정"이라며 "2013년에 이어 올해도 '가족과 함께'가 아닌 '독도와 함께' 연말연시를 보내게 됐다"면서 환하게 웃었다.

든든한 독도 지킴이, 독도경비대

경찰은 지난 1953년 독도순라반 운영을 시작으로 60여 년간 우리 땅의 동쪽 끝 '독도'를 지켜왔다. 1954년 경비초사를 건립해 상주 경비에 들어갔고, 1993년에는 인근 해상을 감시하기 위한 레이더기지를 만들었다. 1개 소대 규모의 병력이 독도 경비 임무를 수행하고 있으며, 일본 순시선 등 외부 세력의 침범에 대비해 첨단 과학장비를 이용, 24시간 해안경계를 하고 있다.

독도경비대는 동도와 서도 가운데 전체 면적 7만 3,297㎡, 높이 98.6m인 동도(이사부길)에 자리 잡고 있으며, 헬기장과 등대, 접안시설 등도 동도에 마련돼 있다. 총 면적 8만 8,639㎡, 높이 168.5m의 서도(안용복길)에는 어민 숙소와 함께 독도 이장인 김성도 · 김신열 부부가 1991년부터 거주하고 있다.

독도경비대의 가장 큰 매력 중 하나는 '오고 싶다고 해서 올 수 있는 곳'이 아니라는 점이다. 경비대장부터 의경까지 치열한 경쟁을 거쳐서 이곳에 배치되기 때문이다.

한 달에 한 번꼴로 전국에서 7명의 의경을 모집하는데 경쟁률이 10대 1을 훌쩍 넘는다. 미국 · 호주에서 유학을 하다 병역 의무를 다하기 위해 독도경비대를 선택한 대원도 있다. 이광섭 독도경비대장은 "서류 심사, 체력 시험, 면접을 거쳐 의경을 선발하는데, 인성과 건강을 제일 중요하게 본다"며 "사명감이나 책임감 없이는 하기 힘든 일이기 때문"이라고 설명했다.

경비대원들의 식사를 책임지고 있는 정의찬 상경은 12대 1의 경쟁을 뚫고 2013년 3월 입대했다. 건국대 사학과 1학년을 마치고 온 정 상경은 "어차피 한 번은 가야 하는 군대라면 남들이 가지 않는 특별한 곳에서, 의미 있는 땅에서 근무하고 싶다는 생각에 독도경비대에 지원했다"고 말했다. 2013년 5월에 들어온 김경식 상경은 "일본과의 마찰이 많은 곳이라 평소 독도에 관심을 갖고 있었다"며 "의경에 지원할 당시 독도경비대 지원란이 있어 '이런 기회가 아니면 언제 독도에 들어와 보겠나' 싶어 선택했다"고 설명했다.

직업경찰도 마찬가지다. 결혼 15년차인 남승호 부대장은 2010년 6월부터 2012년 12월까지 아프가니스탄에 재건지원단(PRT)으로 갔다 왔다. 이후 부산 해운대경찰서에서 근무하다 2013년 9월 독도경

비대로 자원해 옮겼다. 그는 "누군가는 해야 하는 것이고, 대한민국 국민이라면 누구나 하고 싶은 것 아니냐"며 "가족들이 응원해줘서 마음 놓고 지원할 수 있었다"고 말했다.

독도경비대는 50일을 독도에서 근무하고 150일은 울릉도에서 각종 훈련과 함께 해안경계 근무를 맡는다. 들어올 때 50일치의 먹거리를 모두 가져와야 한다. 이 대장이 이끄는 경비대는 6월 9일 임무를 시작했는데 쌀 800kg, 소·닭·돼지고기 300kg, 취사용 액화석유가스(LPG) 20통 등을 가져왔다. 이 대장은 "지난겨울에는 날씨가 좋지 않아 배가 들어오지 못하는 바람에 60일이나 머물렀다"고 말했다.

정의찬 상경은 "채소 등 상하는 것들을 먼저 먹고 고기 등은 냉동을 시켜뒀다가 천천히 먹는다"며 "겨울에는 채소를 먹을 수 있는 날이 20일 정도에 불과해 균형 잡힌 식사를 하기가 쉽지 않다"고 설명했다. 이 대장은 "예산은 한정돼 있는데 울릉도의 물가가 육지에 비해 훨씬 비싼 탓에 넉넉하게 준비하기가 힘들다"면서 "20대 초반의 한창때인 대원들에게 미안할 따름"이라고 어려움을 토로했다.

항공교통센터 항공교통관제사,
하늘길 안전 지키는 교통경찰

　　사람들은 일반적으로 '하늘이 저렇게 넓은데 왜 비행기 사고가 날까'라고 생각한다. 하지만 비행기(여객기 기준)가 일반적으로 시속 800~1,000km로 하늘을 난다는 점을 감안하면 눈 깜짝할 사이에 사고가 발생할 수 있는 게 항공교통의 현실이다. 항공 사고는 한꺼번에 수백 명이 목숨을 잃는 대형 사고로 이어진다는 점에서 사고 예방을 위한 노력이 더욱 필요하다.

　　국토교통부 항공교통센터는 우리 영공에 떠다니는 모든 비행기의 교통 전반을 관리하고 통제하는 '하늘의 교통경찰서'다. 이곳에는 365일 하루도 빠짐없이 대한민국의 하늘길을 안내하는 100여 명의 항공교통관제사가 밤낮을 잊은 채 24시간 수고를 아끼지 않고 있다.

　　2014년 6월 30일 인천 중구 운서동 인천국제공항 내 항공교통센터. 시곗바늘이 오전 8시 40분을 가리키자 주간 근무조 관제사들이 한데 모였다. 이들의 일과는 날씨 브리핑으로 시작됐다. 기상청 관계자가 직접 고도별 바람의 방향과 세기, 구름 상황 등을 자세하게 설명해준다. 비행기가 그만큼 날씨의 영향을 많이 받기 때문이다. 이어서 팀장과의 간단한 미팅이 이어졌다. 팀장이 야간 근무조로부터 전달받은 각종 정보를 다시 설명하고, 오늘 특히 신경 써야 할 사항 등을 고지한다. 그리고 음주 측정이 진행됐다. 경찰의 음주 측정 단속 기준보다 높아 혈중 알코올 농도가 0.04%를 넘으면 그날은 업무에서 배제된다. 박순건 관제기획계장은 "음주로 인한 피해가 일반 교통사고와는 비교가 안 되기 때문에 모든 관제사들이 스스로 조심한다"며 "실제 음주 단속에 걸리는 경우는 없다"고 설명했다.

실수는 곧 재난, 고도의 집중력 요구

항공교통센터의 관제사는 모두 6개 팀으로 이뤄졌다. 매일 오전 7시와 9시, 오후 2시와 6시에 각각 1개 팀씩 총 4개 팀이 투입된다. 나머지 2개 팀은 대기조다.

항공기가 뜸한 야간 시간대(오후 9시 30분~오전 7시)를 제외하고는 업무에 공백이 생기지 않도록 항상 2개 팀이 함께 근무한다. 명절이나 공휴일 등 쉬는 날이 많을수록 관제사들은 더 바쁘다. 국내외 여행객이 그만큼 늘어나고 하늘길의 정체도 심해지기 때문이다.

경력 27년의 베테랑인 윤여성 팀장은 "관제사는 비상 상황에서 순간적으로 판단해야 하기 때문에 고도의 집중력을 필요로 한다"면서 "1시간 이상 계속해서 근무하기가 힘들 정도"라고 말했다. 윤 팀장은 "세월호 침몰 사고 후 '남의 일이 아니다'는 생각에 심리적 부담이 더 커졌다"면서 "항공사들의 안전의식이 상대적으로 높아 문제가 없다고 하지만, 사고 가능성은 열려 있는 만큼 때로 섬뜩한 기분이 드는 경우도 있다"고 말했다.

오전 9시가 갓 넘은 시간이지만 윤 팀장 앞에 놓인 레이더 화면은 민간 항공기를 표시하는 '하늘색 점'과 군용기를 의미하는 '하얀색 점'으로 가득 차 있었다. 민간 항공기만 51대였다. 윤 팀장은 "그나마 위쪽 하늘의 날씨가 좋지 않아 시계비행을 하는 군용기가 평소보다 훨씬 적게 나타난다"며 "맑은 날에는 군용기의 움직임이 크게 늘어 하늘길이 말 그대로 문전성시를 이룬다"고 설명했다.

컴퓨터 모니터에는 중국·일본과 주고받은 협조 요청 내용이 나타났다. 중국 측은 우리에게 중국으로 향하는 항공기에 대해 3분 간격을 유지해줄 것을 요청했고, 우리는 일본에 우리 영공을 거쳐 중국으로 향하는 비행기에 대해 8분 간격을 지킬 것을 요구했다. 윤 팀장은 "우리나라에서 중국으로 가는 항공기가 항공로에 추가될 것을 감안해 일본 측에 간격을 크게 잡아달라고 요청했다"며 "미리 예측해서 조치를 하지 않으면 심각한 상황이 빈번하게 찾아올 수도 있다"고 말했다.

잠시 뒤 레이더상의 항공기는 63대로 늘었고 빨간색으로 깜빡거리는 것이 보였다. 충돌 위험을 알리는 신호다. 윤 팀장은 "군용기 2대가 편대비행을 하다 보니 나타나는 현상"이라며 "실제 위험 상황은 아니다"고 설명했다. 실제 항공기의 경우 자체 충돌방지 기능이 있고 레이더에도 같은 기능이 있어 하늘에서 충돌사고가 발생할 가능성은 사실상 '제로(0)'다.

윤 팀장은 지난 1987년 공군에 들어가 관제업무를 처음 맡은 뒤

1995년 지역관제가 건설교통부(현 국토교통부)로 넘어오면서 자리를 옮겼다. 그는 "부단히 노력을 하지만 관제사도 사람인지라 365일 내내 100% 철저할 수는 없다"며 "실수할 경우 수백 명의 목숨이 왔다 갔다 하기 때문에 늘 긴장을 늦출 수 없어 '오래 할 일은 못 되는구나'라는 생각이 들 때가 많다"고 어려움을 토로했다.

경력 7년의 최재문 관제사는 한국공항공사 항공기술훈련원을 거쳐 지난 2007년 10월 항공교통센터에 들어왔고, 부단한 노력 끝에 2009년 11월 남들보다 6개월가량 빨리 레이더관제사가 됐다. 그는 "어릴 적부터 비행기에 관심이 많아 조종사가 되기를 원했으나 뜻을 이루지 못했다"면서 "조금이라도 가까이에서 일하고 싶은 마음에 관제사를 선택했다"고 말했다.

하루 1,700여 대 하늘길 교통 정리

우리나라 영공에 그려져 있는 항공로는 모두 38개다. 나머지는 군의 훈련 공역이거나 비행 금지구역 등으로 채워져 있다. 이들 항공로를 따라 이동하는 항공기는 하루 평균 1,700여 대에 달한다. 2014년 5월 2일에는 1,888대로 사상 최대 기록을 세우기도 했다. 그중에서도 김포~제주를 잇는 하늘길의 정체가 가장 심하다. 윤 팀장은 "세계에서 가장 이용객이 많은 노선 가운데 하나가 김포~제주 노선"이라며 "하루에 약 400편이 이용하는데 항공안전장애의 80%가 이 노선에서 발생한다"고 설명했다.

옆에 있던 박 계장은 "같은 고도에 있는 항공기 간 거리는 최소 9km, 같은 항공로상에서는 고도가 330m 이상 차이가 나지 않으면

항공안전장애로 분류된다"고 거들었다. 대형 항공기가 지나간 뒤 발생하는 후방 난기류(웨이크 터뷸런스) 탓에 최고 간격을 정해놓은 것이라는 설명이다.

휴가철에는 오전 4시 30분~6시 30분에도 하늘길이 붐빈다. 동남아에서 들어오는 항공기 70~80대가 몰리기 때문이다. 최 관제사는 "붐빌 때는 혼자서 20여 대의 관제를 감당해야 할 때도 있다"면서 "항공기에 지시를 내리고 그들의 요구를 들어주다 보면 입에서 단내가 날 정도"라고 고충을 털어놨다.

윤 팀장은 "항상 정해진 항공로를 다닐 수는 없고 간격 유지를 위해 항공로에서 살짝 이탈시켰다가 제자리로 돌려놓기도 한다"며 "조종사 모두가 꺼리는 구름을 만나는 상황에서 15대가 서로 이를 피해 가려고 하는 바람에 교통 정리에 애를 먹은 적도 있다"고 전했다.

꾸준히 증가하던 항공기는 10시 40분이 되자 78대가 됐고 레이더에는 빈자리가 보이지 않을 만큼 하늘색, 하얀색 점으로 빼곡히 들어찼다. 윤 팀장은 "관제사를 처음 시작할 때만 해도 하늘길의 하루 교통량은 500~600대에 불과했으나 지금은 3배가 됐다"며 "특히 저가 항공사가 늘면서 항공기 편명이 다양해지고 정찰기 등 군용기도 증가함에 따라 관제사들의 머릿속이 훨씬 복잡해졌다"고 말했다.

우리 하늘에 떠 있는 항공기(군용기 제외)가 95대를 넘으면 경계단계, 105대가 넘으면 심각단계다. 심각단계에는 대기 관제사들이 소집된다. 실제로 박 계장도 24년을 관제사로 일하다 지금은 지원업무를 맡고 있는데 여전히 관제사 자격을 유지하고 있어 급할 때면 직접 관제업무를 돕기도 한다. 윤 팀장은 "관제사의 일이라는 게 잘한 것은 당연히 해야 할 일로 취급받고 표시도 안 나지만, 잘못하면 '재난'이 된다"면서 "아무리 잘해도 칭찬받는 일은 없고 우리끼리 '수고했다'고 격려하는 정도"라고 아쉬움을 나타냈다.

농촌진흥청
국립원예특작과학원 연구원,
종자독립국의 씨앗을 뿌린다

세계 각국이 치열한 종자 개발 전쟁을 펼치고 있다. 금을 캐는 것에 비유되는 종자 개발과 관련해 작물의 모든 정보를 담고 있는 씨앗 한 알을 놓고 '삼성 vs 애플' 못지않은 특허 전쟁을 벌이기도 한다. 기후변화와 그에 따른 식량 전쟁으로 종자 산업이 무한한 성장 가능성을 갖고 있기 때문이다.

우리나라는 수박, 참외, 배추 등 대부분의 품종을 비싼 로열티를 지불하고 외국에서 들여오고 있다. 종자 산업에서는 변방인 셈이다. 이런 가운데서도 20여 년에 걸쳐 진행해온 종자 개발 작업으로 참다래(키위), 딸기, 버섯 등의 신품종 개발이 성공을 거두면서 희망의 빛을 발하고 있다. 서울에서 자동차로 4시간 거리인 경남 남해의 농촌진흥청 국립원예특작과학원 남해출장소에서는 오늘도 참다래 신품종 개발이 한창이다.

우리나라 '참다래 박사' 1호인 김성철 박사의 하루는 참다래로 시작해서 참다래로 마무리된다. 2014년 1월 가족을 남겨둔 채 제주에서 남해로 홀로 건너온 터라 남해출장소 내 관사에서 지내기 때문이다.

"출근 시간, 퇴근 시간이 따로 없어 하루 24시간 참다래 연구에 매달려 산다 해도 과언이 아닙니다. 처음 2~3개월 동안은 일과 생활의 구분이 모호해서 무척 힘들었어요. 그래서 아침마다 운동 삼아 가까운 금산을 오르기 시작했는데 여러모로 효과가 있는 것 같습니다. 밤늦게까지 사무실을 떠나지 못한다는 사실은 변함이 없지만요."

기자가 남해군 이동면에 위치한 국립원예특작과학원 남해출장소를 찾은 지난 2014년 7월 3일에도 마찬가지였다. 전날 밤 11시가 넘어서야 관사로 돌아갔다는 김 박사는 오전 8시가 되기도 전에 이미 사무실에서 참다래 육종 과정을 담은 자료를 살펴보고 있었다. 비가 부슬부슬 내리는 바람에 운동을 포기하고 사무실로 나왔단다.

'사양 산업' 참다래 살려내

남해출장소에서 연구개발 중인 과수 품종은 참다래와 블루베리 2가지다. 전체 약 12만㎡ 부지 가운데 4만 5천여㎡에는 방울토마토 크기로 껍질째 먹는 '스키니그린'과 붉은색의 '홍양OP' 등 70여 종 총 2만 그루의 참다래 묘목이 심어져 있다.

육종시험장으로 가는 길에 김목종 남해출장소장이 "참다래의 최초 원산지가 이웃나라 중국"이라는 사실을 알려줬다. 지난 1900년대 초 중국이 서구 열강의 침략을 받는 과정에서 참다래 종자가 외국으로 넘어갔다는 것이다. 김 소장에 따르면 지금도 중국은 재배 면적이나 생산량에서 세계 최대를 자랑하며, 우리나라는 생산량 기준으로 중국, 이탈리아, 뉴질랜드, 칠레 등에 이어 세계 11위다.

우리나라에서 참다래 연구는 지난 1978년 시작됐다. 뉴질랜드로 유학을 간 농촌진흥청 직원이 외교 행낭을 통해 참다래 나뭇가지를 보내왔고, 이를 꺾꽂이 방식으로 재배해 묘목을 만들었다. 이 직원은 '참다래판 문익점'인 셈이다. 김 박사는 "당시에는 전 세계가 과수 등의 품종을 보호하는 데 안간힘을 쓰던 때라 상대적으로 감시가 덜한 외교 행낭을 이용한 것으로 안다"며 "남해출장소와 제주 시험장에 각각 묘목이 전달됐는데, 과수 전공자가 있던 남해출장소에서만 연구가 이뤄졌다"고 설명했다.

김 박사가 참다래와 인연을 맺은 것은 제주 시험장에서 일하던 1996년이다. 그는 "참다래가 비타민C 등 영양소가 풍부하고 변비에도 효과가 있는 기능성 과일이라 시장성이 좋을 것으로 예측했다"며 "중국에서 유전자원을 들여와 1997년 첫 교배를 통해 새 품종 개발에 매진했다"고 말했다. 하지만 2004년 칠레와의 자유무역협정(FTA)이 체결되면서 참다래는 끝났다는 분위기가 팽배해졌다. 이듬해인 2005년에는 10년 가까이 참다래 개발에 함께 매달렸던 선임자가 손을 뗐고 김 박사는 이때부터 '나 홀로' 연구에 들어갔다.

"주변의 눈총이 엄청 따가웠어요. 이미 사양 산업이고 '혼자 해봐야 얼마나 하겠나'라는 비난도 받았습니다. 참다래도 1980년대 말 시장 개방으로 초토화되다시피 한 제주 바나나농업의 전철을 밟을 것이라는 얘기도 들었습니다. 그렇다고 포기할 수는 없었어요. 실적을 내야 하는 게 현실이라 다른 연구도 했지만 참다래에서 손을 떼

지는 못하겠더라고요."

김 박사는 국내 시장을 휩쓸고 있던 '비교평가'라는 마지막 카드를 꺼내들었다. 뉴질랜드 '제스프리골드(Hort16A)'와 국내 개발품종인 '제시골드'를 같이 키워서 소비자의 평가를 받겠다는 것이었다.

골드키위는 제주에서 감귤 대체작물로 계약 재배가 대거 이뤄지고 있었는데, 김 박사는 그 가운데 농가 7곳에 제시골드를 보급했다. 결과는 모든 면에서 제시골드의 압도적인 승리였다. 2006년 첫 열매를 맺었는데 블라인드 테스트에서 월등히 높은 점수를 받은 것이다.

김 박사는 "시험장에서 재배했을 때는 열매가 70g으로 아주 작았는데 일반 농가에 심어보니 120~150g이 됐다"며 "특히 같이 심어서 키웠는데 뉴질랜드 품종에는 깍지벌레가 하얗게 붙었지만 국산 품종에는 전혀 없어 손이 적게 간다는 사실도 입증됐다"고 강조했다.

새 품종 개발에 20년은 기본

이후 뉴질랜드와 계약 재배를 하려던 농가 상당수가 제시골드로 발길을 돌렸다. 김 박사가 개발한 품종은 국내 1호 제시골드와 조생종인 '한라골드', 단감처럼 딱딱한 '스위트골드' 등 7개다. 제시골드는 전국적으로 83ha에서 440톤, 한라골드는 54ha에서 300톤이 생산돼 참다래 자급률 향상에 지대한 공헌을 했다. 2002년 10%였던 자급률이 2012년 29%로 10년 새 약 3배로 늘었다.

특히 뉴질랜드 품종보다 값이 비싸 농가의 소득 증대에도 크게 기여하고 있다. 1만 8천여㎡의 땅에 참다래를 재배하고 있는 장영길 한국골드키위생산자연합회 회장은 "지난 2008년 묘목 보급 사업을 통해 국산 품종을 주당 1만 원에 심었는데 뉴질랜드 품종보다 수확량이 50% 많고 가격도 1.5배가량 비싸게 받는다"며 "유기농으로 키운 제품은 2013년 kg당 8천 원으로 평균 가격보다 4배 높게 팔았다"고 설명했다. 김목종 소장은 "어느 나라 품종이든 좋은 품종이 들어와 국민의 입맛을 사로잡는다면 긍정적으로 볼 필요가 있다"며 "다만 로열티를 지급해야 한다면 가능한 한 국산 품종을 개발하는 것이 바람직하다"고 강조했다.

참다래는 로열티가 매출액 대비 15%가량이다. 우리 농가의 로열티 지급액은 2007년 10억 원에서 계약 재배 면적 확대와 함께 2012년에는 25억 원으로 증가했다. 김 박사는 "국산 품종 보급으로 현재 연간 10억 원의 로열티 절감 효과를 거두고 있고, 재배 면적이 늘어나면서 2017년 이후에는 해마다 30억 원을 넘을 것"이라고 내다봤다.

제시골드와 한라골드는 국산 과수 가운데 처음으로 지난 2010년 참다래 원산지인 중국에 수출됐다. 이를 계기로 우리나라가 로열티를 주는 나라에서 받는 나라가 됐다. 매출액의 5%를 받기로 했는데 성목(나무가 다 자람) 시 연간 7억 원씩 모두 140억 원의 로열티 수입이 기대된다.

하지만 다른 과수와 마찬가지로 참다래 새 품종을 개발하는 길은 멀고도 험하다. 김 소장은 "운이 억세게 좋아 이른 시간 안에 개발한다 해도 10년이 걸리고, 그렇지 않으면 15~20년은 걸린다"며 "아무나 할 수 있는 일이 아니다"라고 말했다.

김 박사의 제시골드 개발 과정을 보면 그 고생을 짐작할 수 있다. 먼저 소비자의 기호와 세계적인 육종 방향 등을 연구해 '어떤 과일이 필요한가'를 살핀다. 국내 유전자원 가운데 찾아보고 없으면 외국에서 도입해야 한다. 5월께 암나무와 수나무를 교배해 11월께 수확하고 씨를 분리해 다시 일 년을 키우면 20~30cm로 자란다. 화분에서 추가로 일 년을 재배하면 키가 1m를 넘고 이를 일반 토양에 옮겨 심어 3년이 지나면 꽃이 핀다. 이어 꽃을 수정해 열매를 만든다. 색과 당도를 조사한 후 3~4년을 지켜보면서 당초 목표로 했던 품종이 될 것인지를 확인한다. 가능성이 엿보이면 2년간의 추가 조사가 필요하다. 그리고 3년째 되는 해 국가품종심의위원회에 새 품종으로 상정하고, 국립종자원에 품종보호 출원을 하게 된다.

김 박사는 "종자(품종) 개발은 자신과의 싸움이며 무엇보다 '맷집'이 좋아야 성공할 수 있다"고 강조했다. 한마디로 인내와 끈기가 필요하다는 얘기다. 그는 "보통 품종 개발에만 15년, 농가에서 키워 결실을 보는 데 5년 등 20년은 족히 걸린다"며 "주위 사람들로부터 '도

대체 하는 일이 뭐냐'고 10년 넘게 욕먹을 각오가 돼 있어야 한다"며
웃었다.

국선전담변호사,
법률 소외지대 밝히는
헌법 수호자

"사회적으로 아픈 사람들이잖아요. 피해의식도 있고요. 담당 사건이 하루에 10건 이상으로 많을 때는 사건 기록 서류를 캐리어에 싣고 다녀야 할 정도입니다. 법조인으로서의 초심, 순수함이 없으면 버티기 힘듭니다. 정년이 보장되는 것도 아니고 안정적이지도 않거든요."

2014년 7월 9일 오전 9시, 서울 서초동에 위치한 국선전담법률사무소 '프로보노'에서 기자가 만난 김영운 변호사는 10시부터 시작되는 오전 재판을 앞두고 변론 정리에 한창이었다. 이곳에는 서울고등법원 소속 12명, 서울중앙지법 소속 31명 등 43명의 국선전담변호사가 활동 중이다. 김 변호사의 하루 일과를 통해 힘들지만 보람찬 국선전담변호사의 일상을 살펴본다.

김 변호사의 고된 일과

올해로 5년째 국선전담변호사로 활동하고 있는 김 변호사는 서울고법의 형사사건 항소심을 담당하고 있다. 그는 "담당 재판장이 피고인에게 많은 걸 물어보는 스타일이어서 불리한 진술이 나오지 않도록 신경 써야 한다"며 "돌발 상황에 대비해 예상 질문을 틈틈이 떠올린다"고 말했

다. 사물함 전면에는 재판 일정이 빽빽이 적힌 종이가 붙어 있었고, 책상 위에는 사건 기록이 수북이 쌓여 있었다. 주제별 판례공보, 인권보고서, 사법연수원 실무수습기록, 학교폭력 예방교육사 등 관련 서적들로 인해 5㎡ 남짓한 사무실은 더 비좁아 보였다.

오전 9시 24분 전화 한 통이 걸려왔다. 한 피고인의 아버지였다. 김 변호사는 "피해 금액이 얼마인지 정해지지 않아서 사실상 합의하는 데 별 의미가 없다고 말씀드렸다. 재판에서 뵙겠다"며 전화를 끊었다. 그는 오전 9시 40분에 족히 15kg은 돼 보이는 서류뭉치가 든 가방과 노란 백팩을 메고 법원으로 향했다.

월평균 담당 사건 30건

오전 10시 20분 항소심 결심공판이 열리던 서울고법 302호 법정

안은 침묵이 흘렀다. 김 변호사가 변론을 맡은 피고인에게 판사가 "마지막으로 바라는 게 있나요"라고 물었다. 60대 피고인 A씨는 최후변론 내내 옆자리에 앉은 김 변호사를 바라보며 무언가를 말하려 했지만 뇌경색을 앓고 있는 탓에 제대로 말을 이어가지 못했다.

이를 간파한 김 변호사는 "피고인은 교육을 제대로 받지 못했고 당시 피해자를 죽게 한 게 죄가 된다는 인식이 없었다"며 선처를 호소했다. 지병으로 괴로워하는 아내의 부탁으로 아내를 살해하고 본인 역시 흉기로 자신의 손목을 그어 생을 마감하려 했지만 때마침 찾아온 딸에게 발견돼 목숨을 건진 A씨는 촉탁살인 혐의로 기소돼 1심에서 징역 2년을 선고받았다.

곧이어 오전 11시, 같은 법정에서 김 변호사는 공갈·횡령 등의 혐의로 재판에 넘겨진 20대 B씨의 옆에 앉았다. B씨와의 인연은 이번이 처음이 아니다. 어릴 적 부모의 이혼으로 방황기를 보낸 B씨는 3년 전 특수강도 혐의로 한 차례 기소돼 집행유예를 선고받았는데 그 당시 김 변호사가 국선변호를 맡았다.

"1년 6개월 전에 우연히 변론을 담당했던 피고인입니다. 부모님이 이혼하고 할머니 손에 자란 어린 시절이 사건의 원인이 아니었나 싶습니다. 범죄 가담 정도도 비교적 낮고, 피고인 아버지가 피해자들을 찾아가 일일이 용서를 구했습니다. 많이 반성하고 잘못을 뉘우치면서 구치소에서 나와 법무부 취업패키지 프로그램에도 참여하는 등 노력했습니다. 하지만 나쁜 친구들과 어울리면서 무언가 같이 하지 않으면 따돌림 당하지 않을까 하는 생각에……."

김 변호사는 이날 오전에 4건, 오후에 2건의 재판을 들어갔다. 김 변호사가 맡는 사건은 한 달 평균 30건이며, 많을 때는 하루에만 16건의 재판에 들어갈 때도 있다. 그래서 이날은 비교적 여유로운 날이란다. 그는 보통 수요일과 금요일에 재판을 들어가고 나머지는 서울·수원·안양·남부 구치소를 돌아다니며 피고인을 접견하는 것으로 시간을 보낸다. 피해자와 합의하는 것도 또 다른 주요 업무다. 이전에는 사건 기록에 피해자 연락처가 기재됐지만 개인정보 보호가 강화되면서 재판부에 요청해야만 피해자와 연락이 가능해 일이 많아졌단다.

김 변호사는 "항소심이다 보니 기각률이 60~70%로 높다"면서 "해줄 수 있는 건 많지 않지만 그들의 이야기를 많이 듣는다"고 했다. "'절도 한 번에 왜 징역 3년, 6년형이 나오느냐'고 묻지만 최후변론 때 막상 떨려서 제대로 말 못 하는 피고인이 많다. 왜 항소하는지 이야기를 쭉 들은 뒤 항소이유서를 쓴다"며 "다 만족시킬 순 없겠지만 '이 정도 죄명으로는 이 정도 형이 나올 수밖에 없다'고만 설명해도 도움이 되지 않을까 생각한다"고 덧붙였다.

대부분 경제적 약자를 대리하다 보니 김 변호사는 접견 시 피고인에게 기운을 불어줘야 하기 때문에 늘 활력을 유지하려 노력한다고 했다. 자신보다 어린 피고인을 만나면 처음에는 존댓말로 하다가 '이제부터 변호인이 아닌 누나, 언니'라며 '합의가 중요한 게 아니고 정신 차리고 출소해야 된다'는 쓴소리도 마다 않는다. 그는 "가끔은 정신과 의사 같다는 생각도 든다. 심리치료 책도 종종 보고 기력이 빠지는 '번아웃 증후군'에 걸리지 않게 틈틈이 여행을 간다"고 말했다.

계약 종료 후 일자리 고민 많아

종종 드라마 등을 통해 '국선변호사'라는 직업이 소개되기도 하지만 구체적으로 무슨 일을 하는지 아는 사람은 드물다.

우선 국선전담변호사는 '묻지도 따지지도 않고' 사건을 맡는다. 재판부 임의로 형사사건이 배당된다. 법원별로 신청하고 사건 사임도 가능한 일반 국선변호인과의 차이점이다. 김 변호사는 "다른 변호사들은 금융처럼 멋져 보이는 걸 하지만 우리는 기록이 복잡하거나 부담스러운 대형 사건, 살인 등 이른바 '골치 아픈' 사건들을 맡는다"고 말했다.

좋은 옷을 입지 못하고 배낭 메고 구치소에 찾아가는 게 그의 일상이다. 김 변호사는 5년째 경기 수원구치소 법률 상담을 하고 있다. 가끔 커피를 타주는 교도관이 있을 만큼 친분도 쌓았다. 월급은 국가에서 나오지만 개인사업자이다 보니 4대 보험과 사무소 관리비를 스스로 내야 한다. 출산휴가나 퇴직금도 없다.

"취업정보 올라온 거 있나 확인도 해요."

의외적인 말이지만 국선전담변호사 중 김 변호사와 같은 청년 변호사들은 장래 고민이 많다. 계약직 신분에 정년 보장이 안 되는 데다 경쟁률이 높아지면서 재계약 기회도 점차 줄고 있다.

국선전담변호사는 2년 임기 후에도 재위촉 심사를 거쳐 2회까지 재위촉이 가능해 최장 6년간 활동할 수 있다. 다만 6년의 임기를 마친 후에는 다른 신규 지원자와 함께 경쟁을 벌여야 한다. 김 변호사는 "여자 형사 변호사가 되면 '나만큼 형사사건을 다뤄본 사람이 없다'는 자신감이 있지만 형사사건 변호사는 전관 출신이 많아 불안감도 든다"며 "변호사는 영업력이 중요한데 과연 영업으로 연결될까 하는 고민도 한다"고 했다.

김 변호사는 계약이 만료되는 내년이 '마지막'이라는 생각으로 임하고 있다. 최근 국선전담변호인 경쟁률이 높아진 데다 로스쿨 연수생 등 지원자가 늘면서 "양보해야 한다"는 말도 나오기 때문이다. 그는 "2010년 사법연수원을 수료한 뒤 곧바로 국선변호인에 지원했을 때 '거기 왜 가니'란 말을 들었다"며 "초반에는 면접에서 공익을 위해 일하려는 건지, 오래 할 수 있는지 물었다면 지금은 마치 큰 혜택을 받는 것처럼 인식되는 것 같다"고 덧붙였다.

경쟁률 8.1대 1, 월 급여 800만 원 수입 보장으로 인기 상승

한때 법조계 안팎에서 국선변호인은 사선 변호인에 비해 무성의한 변호를 한다는 비판이 이어졌다. 급기야는 피고인 신문을 하는데 국선변호사가 1분가량만 할애한다는 의미에서 '1분 변론'이라는 비아냥 섞인 말이 돌기도 했다. 하지만 국선전담변호사 제도 도입으로 이 같은 불만이 크게 줄었다는 게 법조인들의 전언이다.

대법원은 국선변호의 질이 상대적으로 떨어진다는 지적이 계속되자 2년간의 시범 사업을 거쳐 지난 2006년 국선전담변호사 제도를 정식으로 도입했다. 국선전담변호사에게 매월 정액의 급여를 지급하고 그 대신 다른 사건을 수임하지 않고 국선변호 사건에만 전념토록 해 성실한 변호를 가능하게 만들자는 취지에서였다.

국선전담변호사는 2006년 전국 18개 지방법원에서 41명이 활동을 시작한 이래 매년 그 수가 꾸준히 증가해 2014년 전국 5개 고등법원과

18개 지방법원, 14개 지방법원 지원에서 229명이 활동 중이다. 해마다 경쟁률도 높아지는 추세다. 도입 초기인 2007년에는 21명 선발에 39명만 지원, 경쟁률은 1.9대 1에 미쳤지만, 2013년 9.2대 1에 이어 2014년에도 8.1대 1의 경쟁률을 기록하며 높은 인기를 실감하고 있다.

법조계에서는 그 원인을 금전적인 데서 찾는다. 2009년 로스쿨 도입에 따라 매년 2천여 명의 변호사가 배출되며 변호사 '몸값'이 낮아진 상황에서 실상은 개인사업자이지만 2년의 계약 기간에 정부 예산으로 매월 800만 원(세전, 2년 경력 미만은 600만 원)의 급여가 지원되기 때문에 안정적인 사건 수임이 가능하다는 것이다. 다만 사무실 임대료가 지원되는 데 반해 직원 월급과 사무실 관리비는 국선변호사 개인 부담이다. 퇴직금과 4대 보험 등도 없지만 대기업 차장과 비슷한 급여 수준은 무시하지 못한다는 것이 요즘 시장 분위기다.

사명감 높아 판사들도 만족

국선전담변호사를 바라보는 사회적 인식의 변화도 이 같은 인기 몰이에 한몫했다는 평가다. 또 다른 국선전담변호사는 "최근 드라마 등을 통해 국선변호사들이 치열하게 사건을 분석하고 피고인과 소통하는 모습 등이 알려지면서 국선변호인에 대한 편견도 조금씩 바뀌고 있는 것 같다"며 "특히 피고인이 아닌 국가에서 월급을 받다 보니 수임 부담이 없어 사건을 객관적으로 볼 수 있는 시간이 많고 공익활동을 한다는 사명감과 자부심도 크다"고 말했다.

실제 2013년 서울중앙지법이 형사 피고인과 피의자 134명을 상대로 실시한 설문조사 결과 응답자 10명 중 8명(77.6%)이 '국선전담변호사가 크게 도움이 됐다'고 답했다. 판사들의 평가도 크게 다르지 않다. 수도권 법원의 한 판사는 "오로지 국선 사건만 전담하게 되면서 사건에 대한 집중도가 높아진 것 같다"며 "일선 재판장들도 국선전담변호사들이 무죄를 주장하는 피고인의 입장을 충실히 대변해 유리한 양형자료를 풍부하게 수집해 재판부에 제출하는 등 성실한 변호를 하고 있다고 생각한다"고 분위기를 전했다.

서울시어린이병원 간호사,
43병동을 돌보는 처녀 엄마들

2014년 5월 2일 오전, 서울 내곡동 서울시어린이병원. 기자가 찾은 43병동에서는 5명의 간호사가 바쁘게 움직이고 있었다. 이곳에는 생후 1~2년 된 아기들이 각종 의료기구에 의지한 채 침대에 누워 있다. 생후 일주일도 채 안 된 신생아 2명은 인큐베이터 안에서 곤히 자고 있었다. 간호사들은 아기에게 분유도 먹이고 의료기기를 체크하면서 아기들의 건강 상태를 관찰하는 데 여념이 없다. 언뜻 보기에는 여느 병원 산부인과 신생아실과 별반 다르지 않은 풍경이다. 하지만 이곳에 입원해 있는 아기들의 사정은 남다르다. 부모에게서 버려졌거나, 부모는 있지만 뇌질환 등 장애로 입원 치료를 받고 있는 아기들이다. 특히 유기된 아기들은 모두 건강에 이상이 있어 가슴을 아프게 했다. 이곳의 간호사들은 시간대별로 분유를 먹이고, 기저귀를 채우는 등 엄마 역할을 하고 있다. 아기의 건강 상태를 체크할 때는 더 능숙했다. 호흡기에 의지하고 있는 아기의 가래를 빼주고, 전자장비를 통해 건강을 체크해 보고할 때는 영락없는 간호사 모습이다.

엄마이자 간호사 '1인 2역'

이날 주간 근무를 맡은 '백의의 천사'는 김남식 수간호사를 비롯해 송봉주, 이희진, 이월, 이혜진 간호사 등 5명이다. 43병동에는 13명의 간호사가 배치돼 있는데 이들은 3교대로 20여 명의 아기를 24시간 돌보고 있다. 이들의 본업은 간호사이지만 일반 병원의 간호사와는 다르다. 공공 병원인 만큼 이들도 공무원 신분이다. 이들은 자신을 아기들의 엄마라고 소개했다. 30년 경력의 김남식 수간호사는 "부모에게서 버려진 데다 몸도 성치 않은 아기를 볼 때마다 가슴이 아프

다"며 "아기가 크면서 웃어 주기도 하고, 미소 지을 때면 힘든 것도 잊어버리는데, 이럴 때 정말 아기 엄마가 된 것 같다"고 말했다.

이 병동은 일반 병원의 개방형 병동과도 좀 다르다. 몸이 아픈 신생아들이 있다 보니 병원 내 복도에서 문을 열고 들어가면 강당과 같은 넓은 공간이 나오는데 이곳에서 간호사와

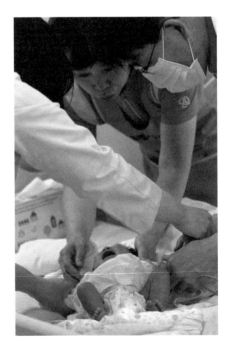

아기들이 함께 생활하고 있다.

간호사들은 출근 후 퇴근 때까지 이 병동에 머무르면서 아기들을 돌봐야 하기 때문에 사실상 외부와는 차단된 생활을 한다. 간호사들의 업무 공간은 물론 화장실도 병동 내부에 있다. 구내식당을 이용하는 점심 시간을 제외하고는 병동을 벗어날 수 없다. 때문에 이곳에 근무하는 간호사들은 자신이 일하는 병동 외 다른 병동 간호사나 직원들과 교류 없이 지낼 정도다.

엄마 자처한 '백의의 천사'

간호사들이 아기에게 분유를 먹이고 의료기기를 체크하고 있는 사이 43병동 한쪽 귀퉁이에서 아기 울음소리가 들렸다. 울음소리를 따라가 보니 신생아실이 나왔다.

이곳은 서울 관악구 주사랑공동체 교회의 베이비박스에 유기된 아기들이 가장 먼저 오는 곳이다. 매주 월요일과 목요일 두 차례에 걸쳐 버려진 아기들이 복지시설로 보내지기 전 진찰받기 위해 온다.

진찰 결과 건강에 이상이 있으면 이곳에서 간호사들의 보살핌 속에 치료를 받게 되고, 건강에 이상이 없으면 복지시설로 보내진다.

이날은 2014년 4월 15일 주사랑공동체 교회에서 보내온 5명의 아기가 입원치료 중이었다. 아기들은 저체중이거나 황달 등 크고 작은 질환을 갖고 있었다. 세상과 인연을 맺자마자 부모에게서 버려지고 몸까지 성치 않아 가쁜 숨을 몰아쉬는 아기들의 모습이 애처로웠다.

김남식 수간호사는 "유기된 아기들은 정상적인 가정에서 태어난 것이 아니라 대부분 미혼모이거나 가정 불화 때문에 유기된 아기"라며 "아기는 세 살까지는 부모와의 스킨십이 가장 중요하기 때문에 간호사들 모두 애착심을 갖고 간호하면서 돌보고 있다"고 말했다.

아이들의 든든한 '버팀목'

43병동에서 치료받고 있는 유기된 아기는 건강을 되찾으면 복지시설로 보내진다. 하지만 그렇지 못한 아기는 병원에 남아 계속 치료받으면서 생활하게 된다. 인근 51병동으로 옮겨져 간호사의 치료와 보살핌을 동시에 받게 되는 것이다. 51병동에는 아기부터 청소년까지 장애아들이 치료를 병행하면서 생활하고 있다.

이곳에서도 간호사들이 교대 근무로 24시간 동안 이들을 보살피면서 재활 치료를 돕고 있다. 생후 7개월의 김모 양도 이곳에서 생활하면서 재활 치료를 받고 있는 아기 중 한 명이다.

이 아기는 매일 한 차례 병원 내 재활치료센터에서 물리치료사인 윤주영 씨에게 30분씩 재활 치료를 받는다. 아기는 오른손에 장애가 있어 생후 3개월부터 윤 치료사에게 치료를 받아왔다. 현재는 처음보다 상태가 많이 호전됐다고 한다.

윤씨는 감각 유발점을 자극하는 보이타 치료와 물을 이용한 수 치료를 통해 아기 환자들을 치료한다. 입원 중인 장애아와 외래환자 등 하루 평균 10여 명의 장애 아동을 치료하고 있다.

이처럼 서울시어린이병원은 복지시설에서도 꺼리는 유기된 장애 아이들을 24시간 보호하면서 치료한다. 아이들 역시 평범한 아이들의 시간보다 조금 느리지만 천천히 한 발, 한 발 힘차게 나아가고 있다. 그 중심에는 이들의 엄마를 자처하고 있는 간호사와 치료사들이 있다. 혼자서 세상을 항해할 아이의 든든한 '버팀목'인 것이다.

우리나라에 하나밖에 없는 공공부문 어린이 전문병원

1948년 설립된 서울시어린이병원은 우리나라에 단 하나밖에 없는 공공부문 어린이 전문병원이다. 서울시의 지원을 받는 시 산하 공공병원으로 주로 일상생활이 힘든 장애 아동의 재활 치료를 한다. 또 장애가 있는 유기된 아이들을 보호하면서 치료한다. 진료 과목으로 소아청소년과, 정신건강의학과, 재활의학과, 영상의학과, 치과 등을 운영하면서 물리치료, 작업치료, 언어치료, 인지학습치료, 행동치료, 음악치료, 미술치료 및 수치료실 등 다양한 치료시설을 갖추고 있다.

병동은 일반, 집중치료, 재활, 정신병동 등이 있다. 의사 17명과 치료사 43명, 간호사 118명 등 252명이 근무한다. 진료비가 민간 병원보다 60~70% 정도 저렴해 생계를 뒤로한 채 여러 병원을 찾아다니는 부모들의 희망이 되기도 한다. 특히 전 병실이 보호자 없는 병실을 운영하고 있다. 보호자가 없거나 간병하기 힘든 무연고 및 저소득계층의 장애 아이들을 보호하고 있다.

이곳에서는 간호사들이 3교대로 24시간 환아들을 보살핀다. 아이가 다른 시설에 갈 수 있을 때까지 간호사들이 치료해주고 엄마처럼 돌봐준다. 재활치료센터에는 장애를 갖고 있는 아이에게 재활의 꿈을 키워준다. 서울시어린이병원은 설립 이후 수많은 장애 아이의 재활과 치료를 위해 힘써왔다. 복지시설도 장애가 있는 아이는 받지 않으려 하지만 이곳에서는 이들을 보호하고 재활의 희망까지 함께 키워준다.

특허청 특허심사관,
1인 3역으로 연간 228건 처리

우리나라의 특허심사 처리 기간은 13.2개월(2013년 말 기준)로 세계 최단 기간을 자랑한다. 2위인 일본(14.1개월)보다는 약 1개월, 3위인 미국(18.2개월)에 비해서는 5개월이나 빠르다. 특허심사 처리 기간이 지연되면 특허기술의 생명력이 단축되고 막대한 경제 비용이 발생, 경제에 마이너스 요인으로 작용하게 된다. 이러한 부작용을 줄이기 위해 특허청은 그간 심사 기간 단축을 최대 과제로 설정하고 목표 달성에 매달려 세계 최고 수준의 능력을 보유하게 됐다.

이 같은 성과 뒤에는 특허심사관 개개인의 헌신적인 노력이 숨어 있다. 심사관들은 밤샘 근무는 물론이고, 주말도 잊은 채 아이디어 권리화의 '산파' 역할을 묵묵히 해내고 있다. 우리나라 특허심사관 1명당 심사 처리 건수는 연평균 228건(2012년 기준)에 달한다. 미국의 72건, 유럽의 47건과 비교하면 엄청난 업무량을 소화하고 있다. 심사 건수가 상대적으로 많은 일본(159건)에 비해서도 43.3%나 많다.

2014년 7월 29일 오전 7시 40분, 기자가 찾은 정부 대전청사 3동의 4층 특허청 심사3국 차세대수송심사과 사무실. 마치 도서관 열람실처럼 개인별 칸막이가 있는 책상 너머로 군데군데 직원들이 일하는 모습이 눈에 띄었다. 출근 시간 훨씬 전인데도 제법 많은 수의 심사관들이 업무에 열중이었다. 아침 일찍이라 차 한잔에 여유로운 담소를 나누며 본격적인 일과에 앞서 '워밍업'을 할 법도 하지만 오히려 분위기는 사뭇 진지하다.

폭주하는 업무에 야간·주말 근무 기본

심사관들이 앉아 있는 창가 위쪽 자리에 한 심사관이 심각한 표정으로 컴퓨터 화면을 주시하고 있다. 조선항공시스템 심사 부문 파트장인 박성우 사무관. 박 사무관은 이달 안에 처리해야 하는 심사 업무가 많이 쌓여 있어 마음이 급하다. 책상 위에 가득 쌓인 서류들이 업무량을 가늠케 한다.

대부분의 심사관들은 매월 일정 건수 이상의 목표량을 채워야 하기 때문에 월말이면 그간 처리하지 못한 심사에 매달려야 하는 상황이 반복된다.

박 사무관도 이번 달에는 심사 외의 업무 등으로 출장이 잦아지면서 목표 건수를 채우지 못했다. 조선업계에서 16년 동안 근무한 뒤 특허청에 들어와 11년 동안 자신의 전문 분야에서 심사관 생활을 한 베테랑 박 사무관도 업무 부하가 벅차게 와 닿기는 다른 심사관들과 마찬가지다.

심사관 한 사람이 한 달 동안 마무리해야 하는 심사 건수는 모두

60건. 새로운 특허출원 40건과 진행 중인 특허출원 20건의 심사를 마쳐야 한다.

한 달 30일 가운데 주말인 토·일요일 8일을 제외하고 정상 근무일이 22일인 점을 감안하면 하루에 2.7건 이상의 심사를 처리해야 한다는 계산이다. 목표치를 채우지 못하면 심사관 개인은 물론이고 해당 과와 국에도 연대해서 인사와 성과급에서 불이익을 받게 된다.

박 사무관은 "심사를 하다 보면 하루에 한 건도 처리 못 하는 경우가 자주 발생한다"면서 "이렇게 되면 연쇄적으로 업무가 쌓이기 때문에 일을 덜어내기 위해 밤샘을 하게 되고 월말이면 더욱 바쁘다"고 귀띔했다.

특허심사는 출원인이 제출한 출원명세서 검토를 통해 해당 특허가 어떤 기술인지를 파악한 뒤 선행 기술 조사 절차를 거쳐 유사 기술이 있는지 여부를 찾는 과정을 밟는다. 이어 명세서와 선행 기술 조사 자료를 비교·분석하고 출원인에 통보할 통지서를 작성하는 순서로 진행되는 것이 보통이다.

출원인이 오랜 시간 연구하고 실험해 완성한 기술을 출원명세서만을 읽고 파악하는 것은 생각보다 쉽지 않은 일. 명세서의 청구사항이 많을 때는 수백 개에 달하고 분량도 100페이지가 넘는 경우도 많아 한 번 읽는 데만도 2~3시간은 족히 걸린다. 출원인이 낸 기술이 이전에 존재했던 것인지 여부를 파악하는 선행 기술 조사도 전 세계 문헌과 논문, 포털사이트 등을 전방위로 검색하는 만만치 않은 작업이다. 이러한 절차를 거치면 심사관들은 출원명세서와 검색자료 비교·분석을 통해 출원인에게 보낼 통지서를 최종적으로 작성하게 된다.

이 모든 과정은 아무리 빨리 처리한다 해도 출원 1건당 4시간 이상 걸린다는 게 심사관들의 설명이다. 결국 정상 업무 시간인 8시간 안에는 하루 목표량인 2.7건을 채울 수 없는 구조다.

심사·서비스에 기업 지원까지 '1인 3역'

최근에는 '포지티브 심사'가 강조되면서 업무 강도가 한층 더 세졌다. 이전에는 심사관들이 출원 건에 대해 특허 가능 여부만을 판단해 출원인에게 통보했지만 지금은 '이 부분을 보완하면 특허등록이 가능하다'는 자문 성격의 의견까지 제시하고 있다. 미래시장 선점과 일자리 창출로 이어지는 이른바 '강한 특허'를 만들고 대국민 서비스를 강화한다는 취지에서다.

특허청 심사관들의 업무가 특허심사에만 국한되는 것은 아니다. 산업체와 연구소, 대학 등을 대상으로 이뤄지는 지식재산지원사업도 심사관들의 주요 업무 가운데 하나다. 지난 2005년부터 시작된 이 사업은 대기업의 고품질 특허 생산을 유도하고 중소기업에는 특허의 양적 성장을 돕기 위한 것이다. 사업체를 일일이 찾아다니며 기업 현황 및 사업환경, 지적재산권 동향 등의 진단·분석 등을 컨설팅한다. 또 분석 결과에 기초해 연구개발(R&D) 단계별 지적재산권 획득 전략을 수립하고, 수립된 전략에 따라 핵심·원천특허 등 해당 기업에 필요한 지적재산권 획득 업무를 지원하고 있다.

국내 조선 분야 특허의 경우 이 사업을 통해 지난 2002년 200건에 불과하던 특허출원 건수가 2013년에는 2,700여 건을 넘어섰다.

특허청 고준호 특허심사 3국장은 "심사관들은 잠자는 시간에도 완전히 처리하지 못한 출원 건을 떠올릴 만큼 특허심사에 몰입하고 있다"면서 "개인과 가정생활을 접어두고 야간 업무나 주말 근무에 매달리는 직원들을 볼 때마다 안타까운 마음이 앞선다"고 말했다.

2014년 현재 특허청 전체 직원은 본청과 소속기관 등을 합쳐 모두 1,500여 명으로, 이 가운데 행정·기술고시 출신과 박사 및 기술사, 변호사, 변리사 등으로 구성된 심사관은 730여 명이다.

창의적 아이디어 보호 위해 심사조직 융합형 개편

특허청이 특허심사의 국제 경쟁력을 높이기 위한 작업에 착수했다. 우리나라 특허심사가 속도 면에서 세계에서 가장 빠른 반면, 심사의 품질은 주요국에 비해 아직 낮은 수준에 머물러 있다는 판단에 따른 것이다.

특허청은 이를 위해 2013년 9월 심사조직을 융합형으로 개편하고 특허심사정책을 기간 단축 위주에서 품질 향상 쪽으로 전환한다는 청사진을 마련했다. 기술의 융·복합화 추세를 반영하고 심사 전문성을 높이기 위한 것이다. 그러나 현재 세계 최고 수준의 심사 기간은 그대로 유지하기로 했다.

이러한 구상을 실현하기 위해 가장 필요한 전제 조건은 심사 인력 증원이다. 특허청은 2014년 3월 인력 증원을 위해 심사 기반 구축을 통한 '국가 특허심사 경쟁력 강화 방안'을 대통령 직속기관인 국가지식재산위원회에 보고했다.

2015년부터 오는 2017년까지 3년간 심사 인력 315명을 증원, 심사 품질을 높이고 심사 기간도 2015년까지 10개월로 단축하겠다는 게 보고안의 골자다.

영국의 정보기술(IT) 전문 매거진인 『IAM』은 한국의 특허심사 품질을 유럽과 일본, 미국 다음으로 평가했다. 특허 주요 5개국(IP5) 가운데 중국과 함께 최하위 성적이다. 이 매체가 평가한 주요 항목은 심사관들이 내준 특허가 심결을 통해 무효로 처리된 비율을 나타내는 '특허 무효율'. 우리나라의 특허 무효율은 무려 52.1%(2012년 말 기준)로 일본의 29.3%와 비교하면 턱없이 높은 수준이다. 그만큼 특허 심사의 품질이 완전하지 못하다는 방증이다.

그도 그럴 것이 우리나라 심사관의 출원 1건당 심사 투입 시간은 평균 8.8시간으로, 유럽의 42.6시간, 중국의 37시간, 미국의 27.8시간, 일본의 12.6시간에 비해 훨씬 짧다. 심사관 1명에게 할당되는 기술 분류 항목도 87개로, 유럽의 18개, 미국의 9개, 일본의 41개와 비교하면 광범위하다. 이러한 점을 모두 감안하면 당연히 심사 품질이 떨어질 수밖에 없는 상황인 것이다.

특허 심사의 품질이 낮으면 창의적 아이디어를 보호할 수 없게 되고, 부실 특허를 양산해 사회·경제적 비용이 증가하게 마련이다. 막대한 경제적 부富도 물거품처럼 사라지게 된다.

실제로 우리나라의 한 기술개발자가 음원 기술을 애플의 iPod보다 앞서 개발해 특허출원했지만 심사 시간 부족에 시달리는 심사관이 보정 방향을 적극적으로 제시하지 못하고 거절 결정을 하면서 기술 선점 기회를 놓치고 말았다.

특허청은 심사 인력을 늘리면 심사관의 업무량이 줄어들면서 출원인의 특허를 보다 적극적으로 보호하는 '포지티브' 심사가 강화될 것으로 보고 있다. 이를 통해 창의적 아이디어를 보다 적극적으로 보호하는 한편, 특허 분쟁을 사전에 막아 안정된 기업 경영을 지원할 수 있다는 것이다. 또 심사관이 감당해야 하는 기술 범위가 좁아져 보다 전문적인 심사가 가능해지는 것은 물론, 지적재산권 지원 사업 확대 및 효율화도 이룰 수 있다는 분석이다.

특허청 김연호 특허심사기획국장은 "특허청은 유일한 중앙 책임 운영 기관으로 인건비 등 소요 경비 전액을 수수료로 충당하고 있다"면서 "이런 특성을 감안해 심사 인력의 충원이 필요하다"고 말했다.

영등포구청 청소과 환경미화원,
새벽을 깨끗하게 밝힌다

열대야 때문에 잠을 제대로 이루지 못한 2014년 8월 2일 새벽 3시께 영등포구청 청소과 환경미화원 이황용 씨를 따라 영등포역 인근 거리 청소에 나섰다. 처음 들어보는 대형 플라스틱 빗자루와 쓰레받기가 묵직하게 느껴졌다. '토시를 꼭 착용하라'는 충고가 들렸다. 빗자루에 팔뚝이 쓸려 상처를 입기 쉽다는 이유였다.

12년차 고참인 이씨는 '위험하다'는 이유로 상대적으로 일하기가 쉬운 인도 청소를 맡겼다. 하지만 인도 역시 '상대적'인 것일 뿐 결코 '절대적'이지 않다는 것을 깨닫는 데는 1분이 채 걸리지 않았다. 보도블록 사이에 낀 담배꽁초는 두 번, 세 번의 비질에도 쉽사리 제 몸을 맡기지 않았다.

더욱 기자의 화를 돋운 것은 인근 나이트클럽에서 뿌린 명함이었다. 힘차게 비질을 하고 '됐다' 싶어 돌아보면 늘 제자리를 지키고 있었다. 쓰레받기 아래로 숨어버리는 탓이었다. 하다 하다 안 돼서 결국에는 손으로 명함을 주워 담았다.

고참은 씩씩거리는 기자를 보면서 "오늘은 그래도 쉬운 건데……" 라고 약을 올렸다. 알고 보니 고참에게도 가장 귀찮은 존재 가운데 하나가 명함이었다. 특히 비가 오는 날이면 바닥에 '착' 달라붙어서는 좀처럼 떨어지지 않는다는 것이다. 잠시 후 만난 물티슈는 명함을 능가하는 상대였다. 고참은 "환경미화원들에게 항상 물기를 머금고 있는 물티슈는 '공공의 적 1호'나 마찬가지"라며 "일일이 손으로 떼는 것 말고는 방법이 없다"고 조언해줬다.

시계는 오전 5시를 넘어가고 있었다. 비질은 제법 요령이 붙어 담배꽁초를 골라내는 일은 그리 어렵지 않았다. 하지만 서툰 비질에 팔뚝은 시큰거렸고 이마에는 땀방울이 송골송골 맺혔다.

이번에는 버스정류장 한쪽에 막걸리 병을 비롯해 쓰레기가 뒤엉켜 있는 것을 발견하고 분리수거에 들어갔다. 그중 음료수 병 하나는 3분의 2 가까이 채워진 상태였다. 노란색의 내용물이 음료와 비슷했는데 막상 냄새를 맡아 보니 사람의 오줌이었다. "노숙자들이 거리에서 막걸리를 마시다 화장실 가기가 귀찮아 음료수 병에다 실례를 한 것"이라는 고참의 설명이었다.

황당한 일은 금세 또 벌어졌다. 지나가는 외제차에서 누군가 담배꽁초를 '휙' 내던지고는 쏜살같이 도망을 갔다. 차 뒤꽁무니에 저주를 퍼붓고 있을 때 고참이 "원래 좋은 차 타는 사람이 담배꽁초를 더 버린다. 좋은 차를 깨끗하게 유지해야 하니까"라고 농을 건네 한참을 웃었다.

눈을 크게 뜨고 여기저기를 들여다보니 포장마차와 공중전화 부스 사이의 작은 틈, 셔터가 내려와 생긴 문의 틈새 등 쓰레기는 상상 그 이상의 장소에도 숨어 있었다. 속으로 '어쩌면 이리도 치우기 힘든 곳에다 버렸을까' '버리기가 더 힘들었겠다'며 사람들의 능력에 감탄할 수밖에 없었다.

오전 7시가 가까워서야 일이 마무리됐다. 크게 한 일은 없었음에도 구석구석 온몸이 쑤셔왔다. 고참은 "기왕 하는 거 하루 종일 해야 한다"고 주장했지만 나는 "이번 4시간의 일에 곱하기 3을 하면 하루가 된다"며 황급히 자리를 떴다.

누구에겐 불금, 우리에겐 불타버린 토요일······

각종 쓰레기로 지저분했던 도심 거리가 다음 날 아침이면 말끔하게 치워진 것을 보면서도 환경미화원들의 노고에 감사해하는 사람은 드물다. 대부분 당연하게 생각할 뿐이다.

그러나 환경미화원은 대다수 사람이 잠자리에 든 꼭두새벽부터 거리로 나와 하루 종일 '쓰레기와의 전쟁'을 벌인다. 서울 시내에서 활약하는 환경미화원은 모두 2,500여 명에 이른다. '깨끗한 거리를 보면서 피로를 모두 잊는다'는 환경미화원들의 일상 속으로 들어가 봤다.

태풍 '나크리'가 북상하고 있다는 소식이 전해진 2014년 8월 2일 새벽 2시 30분께 서울 영등포구청 청소과 소속의 환경미화원 이황용 씨를 문래동 도로가에 컨테이너 박스로 지어진 쉼터에서 만났다. 이곳은 영등포구청 소속 환경미화원 149명 가운데 영등포역 일대와 경인고속도로, 경인로를 청소하는 18명이 식사를 하고 휴식을 취하는 공간이다.

이씨는 연두색 야광작업복에 장화, 안전모, 토시, 장갑을 착용한 다음 대나무와 플라스틱으로 만들어진 커다란 빗자루 각각 1개, 쓰레받기, 쓰레기봉투를 실은 손수레를 끌고 일을 나섰다.

쉼터에서 담당 구역까지 손수레를 끌고 이동하는 데만 10분 가까이 걸렸다. 이씨가 청소를 맡은 구역은 영등포쇼핑센터 7번 출구에서 영등포역 앞까지 영중로 약 500m다. 유흥가이고 유동 인구가 워낙 많기 때문에 쓰레기도 그만큼 많이 배출되는 이른바 '취약지역'이다.

이씨는 "영등포역 앞 중앙차로 버스정류장까지 포함해도 거리상으로는 다른 동료들에 비해 짧은 편"이라며 "일부 지역은 혼자서 2km 넘는 구역을 담당하는 경우도 있다"고 설명했다. 원칙적으로 담당 구역이나 업무는 2년에 한 번씩 바뀐다. 그는 "영등포역 앞에서 대림동이나 여의도로 구역이 변경될 수도 있고, 거리 청소를 하다 재활용 담당으로 옮기기도 한다"며 "그래야 다른 업무를 이해할 수도 있고 여러 동료와 어울릴 기회를 가질 수 있기 때문"이라고 말했다.

새벽 3시가 조금 넘은 시각, 횡단보도에서 본격적으로 청소 작업이 시작됐다. 여기저기에 담배꽁초가 어지럽게 널려 있었다. 대부분이 보도블록 틈에 끼어 있어 작업을 더욱 힘들게 했다. 플라스틱 빗자루를 일자로 세워 능숙하게 빼내는 그의 모습은 〈생활의 달인〉에서나 봄직한 장인匠人처럼 느껴졌다. 식당 건물 앞 계단에는 행인들이 버린 일회용 커피잔, 음료수 캔 등이 수북이 쌓여 있었다.

"여름에는 음료수 캔이나 병을 제일 많이 치워요. 편의점 이외에 24시간 영업하는 커피전문점 등이 늘어나면서 쓰레기가 넘쳐납니다. 그나마 다 마신 병이나 캔은 사정이 나은 편이에요. 반쯤 남은 캔이나 병에 담배꽁초까지 뒤섞여 있으면 악취에 치우기도 더 힘들어요. 그래서 우리 환경미화원들은 여름보다는 겨울이 좋습니다. 아무래도 추워서 사람들이 덜 돌아다니니까 쓰레기 양도 그만큼 줄어듭니다."

쓰레기는 이씨가 허리를 펴고 5m를 걸어가도록 허락하지 않았다. 그만큼 '불타는 금요일'을 보낸 이들의 흔적이 강렬하게 남아 있었다는 얘기다. 한 상가 앞에는 계단 여기저기에 취객들이 누워 잠을 자고 있어 청소를 하기조차 쉽지 않았다. 이씨는 특히 노숙자를 보면 가급적 피하려고 애쓴다. 괜히 부딪혔다가는 불편한 경험만 할 것이 뻔하기 때문이다. 가장 난처할 때는 일부 노숙자가 아무 데서나 큰일(?)을 볼 때다. 그는 "누가 지나가건 말건 길거리에서 바지를 내린 채 대놓고 용변을 보는 이들이 가끔 있다"며 "아무 겁날 것 없는 술에 취한 노숙자와 시비가 붙어봐야 손해 보는 건 우리라서 아무 말 하지 않고 묵묵히 청소만 한다"고 말했다.

100L 봉투 하루 20~30개 소요

어느덧 시곗바늘이 오전 4시 45분을 가리키고 있었다. 일을 시작한 후 2시간 가까이 지났지만 종착지인 영등포역은 멀게만 느껴졌다. 이씨의 상의는 이미 땀으로 흠뻑 젖었고 간간이 손을 닦는 수건은 까매졌다. 휴대용 온도계를 꺼내 보니 온도는 30.7도, 습도 50%였다. 그런데도 이씨는 "어제는 더위에 땀이 비 오듯 쏟아져 일을 제대로 못 할 정도였는데 태풍이 온다고 해서 그런지 오늘은 바람도 살살 불고 일하기가 훨씬 수월한 것 같다"고 말했다.

재활용 쓰레기는 모아서 마대자루에 담고 폐기물은 도로 한쪽에 따로 쌓았다. 이런 쓰레기를 차로 실어가는 팀이 따로 있단다. 그새 이씨가 준비해온 100L짜리 쓰레기봉투 10장은 동이 났다. 그는 "대림시장 쪽에서는 하루 40~50장을 쓰는 경우도 있다"며 "이곳도 평소에는 쓰레기가 3배는 더 나오는데 이번 주가 확실히 휴가 절정기인 것은 분명한가 보다"며 너털웃음을 지었다.

그때였다. 환경미화원이 가장 얄밉게 생각한다는 행인들이 등 뒤에 나타났다. 방금 청소한 자리에 쓰레기를 버리는 사람이다. 20대로 보이는 남성 두 명이 담배를 피우며 서 있다가 택시가 오자 담배 꽁초를 바닥에 내팽개치고는 택시와 함께 사라져버렸다.

'치우고, 더럽혀지고, 또 치우는' 일상이 반복되니 화가 날 법도 하건만 이씨는 12년차 베테랑답게 여유를 보였다. 그는 "'이거 언제 해' '또 더러워지네' 등등으로 스트레스를 받으면 이 일을 못 한다"며 "금세 다시 더러워지더라도 청소하고 뒤를 돌아봤을 때 길이 깨끗해진 걸 보면 기분이 좋아진다"고 설명했다.

이씨가 이 일을 처음 시작할 당시 각각 초등학교 4학년이던 딸과 1학년이던 아들은 벌써 20대로 성장했다. 이씨는 "아버지가 환경미화원임을 숨기지 않고 친구들과 길거리를 지나가도 반갑게 인사해

쥐서 고마울 따름"이라며 "아들 녀석은 새벽에 나와서 직접 청소를 해보기도 했다"고 칭찬을 아끼지 않았다.

실제로 조기 퇴직과 취업난 등이 겹치면서 환경미화원의 인기도 과거에 비해 매우 높아졌다. 정년(60세)이 보장되는 안정성 덕분이다. 이씨는 "내가 입사할 무렵 영등포구청에서는 지원자 46명 중 13명이 선발됐는데 최근에는 6~9명을 뽑는 데 200여 명이 몰렸다고 들었다"고 말했다.

환경미화원에 대한 인식이 예전보다 나아졌다고 하지만 '작업복'을 입었을 때는 여전히 홀대를 받기 일쑤다. 이씨는 "한번은 작업복을 입은 채로 시장 상인에게 '이렇게 쓰레기를 함부로 버리면 안 된다'고 한 적이 있는데 그 상인이 노발대발하더라"라며 "정장을 차려 입고 가서 환경미화원에게도 쓰레기 무단투기를 단속할 권한이 있다면서 얘기를 하니까 '죄송하다'는 말만 반복하더라"라며 씁쓸한 웃음을 지었다.

하루 세 번 담당 구역 반복 청소

오전 6시가 넘어가자 날이 완전히 밝아졌고 거리를 지나는 사람도 눈에 띄게 늘었다. 마지막 고지는 다시 교차로다. 역시나 신호를 기다리던 사람들이 피우다 버린 담배꽁초가 수북하다. 청소를 하면서 지나온 길을 돌아보니 담배꽁초가 하얀 점처럼 수를 놓고 있었다. 이씨는 "돌아갈 때 다시 치우면 된다"고 말했지만 씁쓸한 기분을 감추지는 못했다.

잠시 후 이씨의 손수레와 똑같은 모양의 손수레를 만났다. 길 건너 영등포역광장을 맡은 이씨의 동료가 일을 일찍 끝내는 바람에 버스정류장을 대신 청소하고 왔단다. 이로써 오늘의 첫 임무는 마무리를 지은 셈이다. 이씨는 "일요일을 제외하고는 비가 오나 눈이 오나 새벽에 한 번, 오전에 한 번, 오후에 한 번, 하루 세 차례 같은 일을 반복한다"고 설명했다.

오전 7시가 가까운 시간, 평소 같으면 아침 식사를 위해 쉼터로 돌아갈 시간이다. 하지만 오늘은 일이 더 남았다. 휴가를 간 동료의 구역을 다른 동료들과 함께 청소하러 가야 한단다. 이씨는 50L짜리 쓰레기봉투를 꺼내 손수레에 싣고는 비질을 하면서 온 길을 되짚어갔다.

고용노동부 근로감독관, 사회적 비용을 줄이는 갈등 조정자

민족 최대의 명절인 추석이 다가왔다. 해마다 설이나 추석이 가까워지면 언론 등에서 임금체불이 주요 뉴스로 등장할 정도다. 얼마 전에는 서울 시내 한 아파트 건설현장 근로자 30여 명이 회사 측에 밀린 임금을 달라며 옥상에서 농성을 벌이기도 했다. 경기 상황에 따라 약간의 변동은 있지만 우리나라의 임금체불 규모는 연간 약 1조 2천억 원이며, 피해 근로자는 27만 명에 달한다. 1인당 연 450만 원의 임금체불이 발생하는 셈이다. 2014년 들어서도 6월까지 6,500억 원가량의 임금체불이 발생했다. 제때 임금을 받지 못한 임금체불 근로자들은 웃음을 잃은 지 오래다. 이들에게 풍성한 한가위는 남의 얘기일 수밖에 없다. 텅 빈 주머니가 고향 가는 발걸음마저 무겁게 만들기 때문이다.

고용노동부 근로감독관은 임금체불 해결을 핵심 업무로 삼고 있다. 추석을 앞두고 임금체불 해소를 위해 주말도 없이 하루를 48시간처럼 뛰고 있는 근로감독관의 활약상을 들여다봤다.

밀린 임금 해결이 가장 큰 보람

2014년 8월 9일, 기자가 만난 대치동 서울강남고용노동지청의 이호익 근로감독관은 면담이 잡혀 있는 진정인들에 대한 서류를 검토하는 것으로 하루를 시작했다. 어깨너머로 흘깃 보니 모두 임금체불에 관한 내용이었다.

오전 10시에 약속한 30대 여성이 10여 분 일찍 도착했다. 진정인은 유통업체에서 일했는데 2개월치 임금을 받지 못했다고 한다. 무거운 분위기에서 30분 이상 상담이 이어졌다. 상담이 끝나자 이 감독관은 피진정인에게 전화를 걸어 출석 일자를 조율했다.

이런 상황에 처한 근로자들을 보면 모두 안타깝지만 상대적으로 더 약자인 여성 근로자들에게 마음이 쓰인다. 이 감독관에게는 지난 2006년 서울북부고용노동지청 근무 당시 면담한 외국인 여성의 안타까운 사연이 아직도 진한 아쉬움으로 남아 있다. 그는 "베트남 출신의 20대 여성 미싱공이 밀린 월급 200만 원 정도를 받지 못한 것으로, 사업주가 도망을 다니는 바람에 밀린 임금을 받을 수도 없었고, 민사소송을 제기하는 것도 사실상 불가능했다"면서 "상담을 하면서 그의 눈을 봤는데 안타까운 생각에 마음이 아팠다"고 회고했다. 그러면서 "누구에겐 큰돈이 아닐지 몰라도 그에게는 '정말 필요하구나' 하는 절실함이 묻어났다"고 덧붙였다.

이어 오전 11시에 찾아온 40대 남성은 작은 건설업체에서 근무하던 2012년에 월급을 다 받지 못했고, 오후 2시에 상담하러 온 30대 남성도 부동산 컨설팅업체에 다니다 두 달치 월급과 퇴직금을 받지 못한 근로자였다. 오후 4시에 찾아온 30대 간호사 역시 모 성형외과에서 3년 가까이 일했으나 퇴직금을 받지 못한 것은 물론, 사업주와 근무 기간에 대한 이견이 있다고 이 감독관에게 하소연했다.

이 감독관은 "이들 근로자 모두가 받지 못한 임금을 받았으면 좋겠다"고 했다. 그는 "특히 건설현장 일용직 노동자의 경우 하루하루 받는 임금이 사실상 생명줄이나 마찬가지"라며 "고액의 임금체불보다는 힘든 사람들이 체불 임금을 받았을 때가 더 뿌듯하다"고 설명했다.

신고 사건의 90% 이상이 임금체불이고 가장 보람 있는 일이기는 하지만 근로감독관들이 임금체불 청산에만 주력하는 것은 아니다. 대표적인 것이 도산 기업의 밀린 임금을 국가가 대신 지급해주는 체당금 업무다. 이 감독관은 "2013년 9건 정도 맡았는데 업체별로 적게는 5~7명에서 많게는 100명이 넘는 경우도 있었다"며 "주고 싶다고 함부로 퍼줄 수 있는 돈이 아니기 때문에 근로자의 통장 거래 내용 등을 일일이 확인해야 한다"고 밝혔다. 여성 및 연소 근로자의 야간 근로나 휴일 근로에 대한 인허가, 퇴직연금 규약에 대한 심사도 근로감독관의 일이다.

사회적 비용 줄이는 '조정자' 역할

이 감독관은 "회사는 밀린 임금을 주려고 노력하는데 종업원들이 이를 믿지 못할 때 마음이 답답하다"고 말한다. 최근 수사를 끝낸 한 어학원의 경우가 그렇다. 이 감독관에게는 회사가 어떻게든 밀린 임금을 주려고 노력하는 게 보였다. 하지만 직원들 입장에서는 약속했

던 돈의 일부가 지급되지 않으니 회사를 그대로 믿을 수도 없는 노릇이다. "다 같이 살 수 있다"며 직원들에게 희망을 불어넣어 보지만 이미 신뢰가 무너진 상황이라 손 쓸 도리가 없다.

"법적 절차까지 가기 전에 협의를 통해 사업주가 자발적으로 체불된 임금을 해소하도록 하는 게 최선이죠. 어차피 임금체불로 형사처벌을 받더라도 징역 3년 이하, 벌금 2천만 원 이하의 형인데 벌금 낼 거면 차라리 그 돈으로 직원들 밀린 월급을 조금이라도 더 주는 게 낫다고 생각합니다. 그래서 근로자들이 회사를 믿을 수 있게끔

감독관들이 조정자 역할을 합니다."

이 감독관은 사회적 조정자로서의 역할을 강조했다. 그는 "근로자와 사용자가 임금 사건으로 소송을 벌이게 되면 얼마나 많은 사회적 비용이 들어가겠느냐"며 "이러한 사회적 비용을 줄이기 위해 갈등 조정자 역할을 하는 데 보람을 많이 느낀다"고 설명했다.

근로감독관들을 힘들게 만드는 것은 '악성민원'이다. 민원인들이 욕을 하고 반말에 삿대질을 하는 것은 그래도 '양반' 수준이다. 경기 의정부지청에서 일할 때는 한 사업주가 사무실을 찾아와 윗옷을 모두 벗은 채 집기를 마구 집어 던진 적도 있다.

이 감독관은 "사용자의 주장을 확인하는 질문을 사용자를 편드는 것으로 오해하거나 위법한 부분이 아닌데도 피해를 봤다고 주장하는 사람들이 더러 있다"며 "일부는 '사업자와 한통속'이라는 등 어깃장을 놓기도 하는데 그렇다고 사업주에게 피해가 가도록 할 수도 없어 스트레스를 많이 받는다"고 말했다.

이 감독관의 책상 위에 놓인 일정표에 '20일 춘천교도소'라고 적힌 것이 이채로웠다. 그는 "피의자(체임 사업주) 접견 신청을 통해 사업주의 위반사항에 대해 조사하는 것"이라며 "한 번 가는데 적잖은 시간이 소요되기 때문에 한꺼번에 몰아서 가는 경우가 많다"고 설명했다.

'불리한 근로 조건' 감독 임무도 맡아

기자는 그리고 2014년 8월 12일 오전 10시께 강남구청역 인근에서 이 감독관을 다시 만났다. 프랜차이즈 커피전문점에 대한 사업장 감독을 나온 그와 20여 년 경력의 윤영숙 근로감독관이 동행했다.

이 감독관은 "통상 2인 1조 또는 3인 1조로 팀을 이뤄 점검을 벌이는데 직원 수가 4~5명인 소규모 단순사업장의 경우 2~3시간이면 충분하지만 며칠씩 걸리는 경우도 있다"면서 "실제로 모 생명보험사의 경우 들여다볼 내용이 많아 3명이 함께 점검을 나갔는데도 매일 오전 9시부터 오후 8시까지 무려 5일이나 소요됐다"고 말했다. 2013년 이 감독관이 점검을 벌인 사업장은 모두 411개에 달한다.

이날 해당 사업장에는 종업원 혼자 일하고 있었다. '투잡족'인 사업주는 한참 후에나 도착할 거라는 연락이 왔다. 윤 감독관은 "아르바이트를 고용하는 사업장에 대해서는 주로 불시점검을 하는데 늘 이렇게 변수가 있다"며 "운이 좋아 사업주를 바로 만나기도 하지만 한두 시간 기다리는 것은 예사고, 낮에 만나지 못해 저녁에 다시 방문하는 경우도 종종 있다"고 말했다.

사업주는 1시간 가까이 지나서야 나타났다. 직원 2명과 아르바이트 1명을 쓰는데 근로감독을 받는 것은 처음이란다.

사업주는 2014년 5월 매장을 인수해 장사를 하고 있는데 "매상이 신통치가 않아 아내가 나와 거들고 있는 데도 임대료 내기조차 빠듯하다"며 하소연부터 했다. 근로감독관들이 제일 난감한 순간이다. 이 감독관과 윤 감독관은 임금대장, 근로계약서 등을 꼼꼼히 살피면서 사업주를 상대로 주휴 수당과 시간외 근로수당은 제대로 주는지, 최저임금 위반은 없는지 등을 확인했다. 윤 감독관은 직원을 따로 불러 이를 재차 확인했다.

낮 12시가 다 돼서야 사업장 감독이 끝났다. 해당 사업주는 "어렵다고 해도 직원들 월급을 적게 주거나 떼먹을 수는 없는 노릇 아니냐"며 웃었다.

이 감독관과 윤 감독관은 "사무실로 돌아가 간단하게 점심 식사한 후 오후에 다시 민원인들을 만나야 한다"며 지하철역으로 발걸음을 재촉했다.

근로감독관의 평소 일상은 어떨까?

서울 대치동 서울강남고용노동지청 이호익 근로감독관의 하루는 거의 매일 밤 11시가 넘어서야 마무리된다. 토요일 근무가 일상이 된 것도 오래전 일이다.

이 감독관은 "명절에는 돈이 들어가는 곳이 많은 만큼 가급적 명절 이전에 밀린 임금을 해결해주려고 노력한다"며 "평소에도 야근을 자주 하지만 명절을 앞두고 한 달 정도는 더 늦게까지 일할 수밖에 없다"고 말했다.

함께 근무하는 윤영숙 감독관은 주부여서 주말에는 일손을 놓으려고 한다. 직장과 가정을 동시에 만족시키기 위해 노력하지만 제대로 챙겨주지 못하는 대학생 딸에게는 늘 미안한 마음이다. 윤 감독관은 "'주말에는 쉬어보자' 싶어서 평일에 매일 같이 밤 11시까지 일을 하지만 제때를 못 맞추는 경우가 더러 있다"며 "민원인이 기다리고 있다고 생각하면 마음이 조급해져 집으로까지 일을 가져가기 일쑤"라고 푸념했다. 그는 "올해는 추석 연휴가 일러 여름휴가도 미뤘다"며 "3~4일이라도 휴가를 가기 위해서는 2주 전부터 야근을 더 해야 맘 편하게 다녀올 수 있다"고 덧붙였다.

이 감독관은 "업무 범위가 확대되면서 10년 전에 비해 업무량이 2배

정도 되는 것 같다"고 말했다. 윤 감독관이 옆에서 "여성 감독관이 늘어난 것도 큰 이유"라고 거들었다. 그는 "지금은 여성 근로감독관이 40~50%를 차지하는데 출산 및 육아 휴직 등으로 상당 기간 자리를 비우는 경우가 많다"며 "그러나 바로바로 그 자리를 충원하는 것은 불가능해 다른 감독관의 업무량이 그만큼 늘어날 수밖에 없다"고 설명했다.

투명사회를 위한 정보공개센터가 고용노동부로부터 받은 '근로감독관 현황'에 따르면 2014년 6월 기준으로 근로감독관 1명이 맡은 사업장은 1,736개에 달한다.

담당 사업장이 많을수록 노동법의 실효성을 확보하려는 근로감독관 제도의 취지가 퇴색해 증원이 시급하다는 지적이다. 근로감독관은 근로기준법에 따라 근로 조건 준수 여부를 감독하고, 관련 법규 위반 사례에 대해서는 사법경찰관의 직무를 수행한다. 하지만 근로감독관들의 근무 여건이 최악으로 치닫고 있는 것이 대한민국의 현실이다.

강원 영월우체국 집배원,
빨간 오토바이가
배달하는 것은 '情'

예전에는 주로 편지를 통해 소식을 전하고 서로의 안부를 물었다. 그 당시만 해도 편지 한 통을 들고 대문을 두드리는 집배원이 그렇게 반가울 수 없었다. 지금은 정보기술(IT)의 발달과 함께 전화나 e메일, 더 나아가 소셜네트워크서비스(SNS) 등이 대신하면서 집배원의 편지 배달 업무는 크게 줄었지만 사회복지서비스와 택배 등 새로운 영역을 개척하며 존재감을 높이고 있다. 특히 시골에서 근무하는 집배원들은 사회복지서비스와 연계해 고유 업무 외에도 어려운 이웃을 돕는 '도우미' 역할을 톡톡히 하고 있다. 전국에서 활약하는 집배원은 모두 1만 2천여 명이며, 2013년 기준으로 약 44억 2,800만 통의 우편물을 배달했다.

비가 오락가락하던 2014년 8월 19일 아침, 강원 영월우체국에서 김민규 집배원을 만났다. 4년차 집배원인 그의 하루는 오전 7시 50분에 시작됐다. 제일 먼저 하는 일은 신문을 일반 우편물 사이에 끼워 넣는 것이다. 이어 택배와 등기우편물에 대한 분류 작업을 하고 나서야 커피 한 잔 즐길 여유가 주어졌다.

하루 취급 우편물만 최대 1,600통

기자가 오토바이 뒷자리에 실린 빨간통을 가리키자 "대략 900통의 우편물이 들어 있다"는 대답이 돌아왔다. 평상시보다 배 가까이 많은 것이라고 했다. 그는 "매달 10일이 넘어가면서 각종 고지서 발송이 증가해 23~25일에 절정을 이룬다"며 "주민세 고지서와 전화요금 고지서가 겹쳤을 때는 하루 1,500~1,600통까지 배달해야 한다"고 설명했다.

김 집배원은 "요즘에는 손편지가 하루에 1~2통 있을까 말까 한다"며 "그나마 군대 간 아들과 주고받는 편지이거나 관할구역에 포함된 교도소 재소자들의 편지"라고 설명했다. 나머지는 세금 및 각종 요금 고지서, 홈쇼핑 카탈로그, 신문 등이다.

영월우체국에서는 집배원이 택배 업무까지 처리해야 한다. 이상호 영월우체국장은 "시골에서 택배 사업은 적자를 볼 수밖에 없는 구조"라며 "그나마 우체국은 국가기관이라 손익을 안 따지니까 그렇지 돈으로 계산할라치면 다 없애든지, 줄여야 한다"고 설명했다. 이 국장은 "다른 택배업체들이 손해를 감수하면서까지 우체국에 와서 택배를 다시 맡기는 광경도 흔히 볼 수 있다"며 "택배업체 입장에서는 시골 구석구석으로 일일이 배달하려니까 기름값이나 인건비가 훨씬 더 나오기 때문"이라고 덧붙였다.

영월우체국의 경우 전체 집배원 12명 가운데 2명이 각각 트럭을 몰고 다니면서 택배 업무를 전담하고 있다. 하지만 차가 들어가기 힘든 곳은 다른 집배원들이 오토바이를 이용해 배달하는 수밖에 없다.

실제로 영월우체국 집배원들에게는 추석을 앞둔 열흘 정도가 일 년 중에 제일 바쁘다. 김 집배원은 "택배 대여섯 개만 실어도 오토바이가 꽉 찬다"며 "이럴 때는 열 번, 스무 번이라도 반복해 오가면서 배달해야지 별 도리가 없다"고 말했다. 그는 "아침에 택배 물량이 가득 쌓인 것을 보고는 '언제 다 배달하나' 하고 탄식을 하지만 그날 저녁 때가 되면 모두 없어지는 것을 보고는 '역시 사람의 능력이 참 대단하구나' 하는 생각이 든다"고 덧붙였다.

엘리베이터 없는 6층 오르락내리락

오전 9시 30분께 '부르릉' 하는 빨간 오토바이 소리와 함께 김 집배원의 배달 업무가 시작됐다. 오전에 먼저 배달할 지역은 영월 읍내다. 읍내는 어느 정도 도시의 모습을 갖추고 있어 우편물 배달도 쉬울 것이라 생각했다.

하지만 그것은 기자의 순진한 '착각'이었다. 사실은 읍내가 더 힘들다. 김 집배원은 "시골집은 웬만하면 집 마당까지 오토바이가 들어가지만 읍내 주택가는 골목이 좁아 들어갈 수 없는 경우가 많다"며 "걸어서 가져다줄 수밖에 없다"고 말했다.

읍내가 힘든 점은 또 있다. 읍내 상당수의 주택이 엘리베이터가 없는 4~6층 연립주택이라는 사실이다. 특히 오늘처럼 후텁지근하고 비까지 내리는 날이면 더 힘들다. 서너 번만 오르락내리락하면 우의 밖은 비로, 안은 땀으로 흠뻑 젖는다. 그제야 오토바이 앞에 장

화와 우의가 실려 있는 것이 눈에 띄었다. 그는 눈 오는 날보다 비가 오는 날이 더 싫다고 했다. 비가 오면 시야 확보가 잘 안 돼 더 위험하기 때문이다.

김 집배원의 오토바이가 지나가자 여기저기서 개 짖는 소리가 들렸다. 실제로 우편 배달을 하다 보면 큰 개는 요주의 대상이다. 김 집배원과 같이 일하는 집배실장은 개가 무서워서 집주인에게 우편물을 전달하지 못하고 있었는데 '순해서 절대 물지 않는다'는 말에 선뜻 다가갔다가 물려서 병원 신세를 진 적도 있다. 김 집배원은 "개들이 유난히 오토바이 소리와 빨간색을 싫어하는 것 같다"며 "오토바이를 타고 지나가면 십중팔구는 엄청나게 짖어댄다"고 말했다.

인터넷의 발달로 집배원들이 일하기는 더 힘들어졌다. 고객들이 택배 등의 위치를 인터넷으로 확인하고는 '몇 시에 오냐'고 몇 번씩 전화하는 것은 물론, 예정된 시간을 10분이라도 넘기면 항의 전화가 쏟아지기 때문이다.

이날도 그랬다. 불과 30분 전 방문 시 부재중이라 '내일 다시 찾아오겠다'는 스티커를 붙여놓았는데 고객은 '있었다'고 우기며 '당장 갖고 오라'고 고래고래 소리를 질렀다. 1일 1회 배송이 원칙인데 안 해줄 수도 없고 이럴 때는 참 난감하다. 이 한 사람 때문에 줄줄이 배송 일정이 늦춰지기 때문이다.

게다가 하필 '엘리베이터 없는 연립주택 6층'이다. 그는 "아까 봐서 알겠지만 방문 시 벨 두 번, 노크 한 번에 이어 '계세요'라고 소리친다"며 답답해하는 표정을 지었다. 잠시 고민하던 김 집배원은 결국 다시 발길을 돌렸다. 다행히 택배의 수취인과 타협을 통해 1층에서 만나 전달해주기로 했다.

산길 2시간 올라 전화요금 고지서 배달

20여 차례 오토바이를 탔다가 내렸다가 하면서 우편물을 전달하다 보니 어느새 2시간이 훌쩍 지났다. 그는 "시골집에는 어떻게 배달하는지 보여주겠다"며 평소보다 이르게 읍내 바깥으로 방향을 잡았다. 동강 건너편에 있는 팔괴리가 목적지였다.

맨 먼저 이모 할머니의 집에 들러 전화요금 고지서 등 2통의 우편물을 전달하더니 이내 골목으로 사라져버렸다. 20여 분이 지나 김 집배원을 다시 만난 곳은 400m가량 떨어진 경로당 앞이었다. 영월 교도소와 여러 집에 배달을 하고 왔다는데 그새 그의 상의는 땀으로 흠뻑 젖어 있었다.

편지 하나를 배달하기 위해 10~15분이나 오토바이를 타고 좁은 시골길을 가야 할 때도, 1~2시간씩 산길을 올라가야 할 때도 있고,

심지어 배를 타고 들어가야 하는 곳도 있다. TV에 가끔 나오는 것처럼 산 속에 홀로 사는 사람들이 영월우체국 관내에도 꽤 있다는 것이다. 배달지가 지나치게 먼 산 속에 위치한 경우 입구에 우체통을 만들어두기도 하고, 급한 우편물은 미리 전화로 연락해서 약속된 장소에 맡겨두기도 한다.

김 집배원은 "'어떤 이는 중간에 수취함을 만들어서 보관해두면 찾아갈 수 없겠냐'라고 했더니 '우편물 받으면서 집배원을 만나는 게 유일한 즐거움인데 그냥 집에서 받을 수 있도록 해달라'고 해서 그렇게 하고 있는 곳도 있다"고 말했다.

2~3분을 달렸을까, 김 집배원이 김모 할아버지를 보더니 오토바이를 멈췄다. 치매에 걸린 할머니, 지적장애를 가진 손녀딸과 함께 사는데 할아버지도 장애 2급에 귀도 잘 안 들리신다고 전했다.

김 집배원은 "아들 딸이 6명이나 있지만 모두 어려워 도와줄 형편이 안 된다"며 "이 집 어르신들이 밤새 안녕하셨는지 확인하는 것이 중요한 일과가 됐다"고 귀띔했다.

시계가 벌써 오후 2시를 가리키고 있었다. '식사는 어떻게 할까' 물어보려는 순간 김 집배원이 먼저 말을 꺼냈다. 읍내에서는 사 먹을 데라도 있지만 오늘처럼 외곽에 있으면 참을 수밖에 없다. 그는 "그래도 시골은 아직 정이 남아 있다"며 "어르신들 중에는 밥 먹고 가라는 분도 있고, 손수 삶은 감자나 옥수수를 건네주는 분도 있어 일할 맛이 난다"고 말했다.

김 집배원은 '몇 시까지 배달한다'고 시간을 정해두지는 않는다. 우편물이 모두 주인의 손으로 넘어가야 끝이 난다. 다만 시골길이 좁고 위험한 탓에 해가 저물면 안전사고에 대한 우려로 중단할 수밖에 없다.

그는 "오늘 할 일을 내일로 미루면 내일 할 일이 그만큼 늘어나기 때문에 '그만하고 가자'라고 할 수도 없다"고 어려움을 털어놨다.

시골 집배원 "공과금도 내주고 때론 범인도 잡아요"

집배원 중에서도 시골 근무 집배원은 '만능 멀티플레이어'다. 우편 배달을 하면서 파출소를 대신해 순찰하고 소방서를 대신해 산불 감시도 한다. 전선이 끊어지거나 산사태로 도로가 막힌 것을 신고해서 처리하고, 도움의 손길이 필요한 이웃은 군청 등을 찾아 지원을 요청하기도 한다.

강원 영월우체국 김민규 집배원은 "우편물을 배달하다 이상한 손님을 보게 되면 본능적으로 차 번호를 외우고 '어떻게 오셨느냐'고 말을 걸기도 한다"면서 "동네를 속속들이 아니까 가능한 일"이라고 설명했다.

이상호 영월우체국장에 따르면 "어느 아주머니가 읍내 농협 현금자동인출기(ATM)에서 20만 원을 인출한 뒤 깜빡 잊고 돈을 놔둔 채 카드만 챙겨갔는데 나중에 아주머니가 경찰과 다시 찾았을 때는 이미 돈은 사라진 뒤였다"면서 "경찰을 통해 CCTV를 확인한 결과 뒷사람이 가져간 걸로 확인됐지만 신원을 알 길이 없자 주민들을 많이 접촉하는 집배원들에게 '도와달라'는 요청이 들어왔고 단박에 '어디 사는 누구'라고 확인했다"고 말했다. 이 국장은 "다행히 집배원이 그 집을 찾아가 중재를 해서 원만하게 해결했다"면서 "같은 동네에 사는 사람들이고 실수로 그런 것인데 서로 얼굴 붉히거나 한 사람을 전과자로 만들 순 없지 않으냐"고 반문했다. 또 이동 수단이 없어 읍내로 나오기 힘든 어르신들을 위해 은행 업무를 대신해주기도 한다.

한편 영월우체국은 영월군과 협약을 맺고 고유 업무 외에 보호가 필요한 복지 대상자를 발굴하는 '행복배달 빨간자전거' 사업을 진행하고 있다. 올해 들어서도 소외계층 9가구를 찾아내 생필품 및 돌봄 서비스 등을 지원했다.

김 집배원은 "올해 초 우편물을 배달하러 방문할 때마다 방이 얼음장처럼 차가워 여쭤보니 '돈이 없어서 보일러를 켜지 못한다'는 어르신이 계셨다"며 "지역사회복지협의회를 통해 생필품을 지원했다"고 말했다.

김 집배원은 "처음엔 '이렇게까지 해야 하나'라는 생각도 들었지만 막상 해보니 어려운 일도 아니고 오히려 보람을 느낄 수 있어 좋다"며 "요즘은 슈퍼마켓이나 부동산중개업소 등에 물어서 어려운 분들을 찾아내는 등 더욱 적극적으로 임하고 있다"고 강조했다.

인천 팔미도 등대 항로표지관리원,
외로운 등대를 지킨다

우리나라의 등대 역사는 인천해양항만청 소속 팔미도 등대부터 시작됐다. 인천에서 약 14km 거리에 있는 팔미도 등대는 지난 1903년 6월 90W짜리 석유등에 첫 불을 밝힌 이후 110년이 넘도록 서해의 밤바다를 비추고 있다.

사실 팔미도 등대는 1800년대 말 우리 땅을 엿보던 서구 열강들의 욕심에 의해 세워졌다. 당시 한양(서울)으로 가기 위해 앞다퉈 배를 몰고 와서는 인천을 선점하려 했다. 특히 일본은 1883년에 맺은 '조일통상장정'을 근거로 1901년부터 등대 건설을 강요했다. 우리 앞바다에 익숙하지 않은 일본 배들이 암초에 부딪히는 사고가 자주 발생했기 때문이다. 결국 우리나라(조선)는 1902년 해관등대국을 설치하고, 그해 5월부터 팔미도 등대를 짓기 시작했다.

이후 1903년 12월 경북 포항 호미곶, 이듬해 4월에는 인천 부도에 등대가 각각 들어섰고, 전남 여수 거문도(1905년 4월), 경남 통영 홍도·제주 우도·울산 울기(1906년 3월), 부산 영도(1906년 12월), 충남 태안 옹도(1907년 1월) 등 서·남해안을 중심으로 연이어 등대가 설치됐다.

우리 바다의 최남단을 비추는 마라도 등대(1915년 3월)를 비롯해 동쪽 끝은 독도 등대(1998년 12월), 서쪽 끝은 격렬비도 등대(1909년 6월), 서해 최북단은 소청도 등대(1908년 1월), 동해 최북단은 대진 등대(1993년 4월)가 비추고 있다.

이 가운데 팔미도 등대는 한국전쟁 때는 불리한 전세를 일거에 바꾸는 데 결정적인 역할을 했다.

당시 유엔군사령관이던 더글라스 맥아더 장군이 1950년 9월 15일 '등대에 불을 밝히라'는 명령을 미국 켈로(KLO)부대(대북첩보부대)에 내렸다. 등대 불빛을 신호로 인천상륙작전을 감행한다는 작전이었다. 6명의 특공대원은 사투 끝에 섬에 상륙해 약속된 시간에 등대의 불을 밝혔고 인천상륙작전은 성공을 거뒀다.

등대지기는 사양, 등대관리원으로

'얼어붙은 달 그림자 물결 위에 비치며/한겨울에 거센 파도 모으는 작은 섬/생각하라 저 등대를 지키는 사람에/거룩하고 아름다운 사랑의 마음을.'

초등학교 때 자주 부르던 동요 '등대지기'다. 이 노래에 등대지기의 역할이 담겨 있다. 이후로 등대지기라는 말을 들으면 왠지 외롭고 쓸쓸한 느낌이 든다. 우리나라에는 모두 37개의 유인 등대가 있고, 114명이 하루도 빠짐없이 24시간 돌보고 있다. 2014년 8월 27일

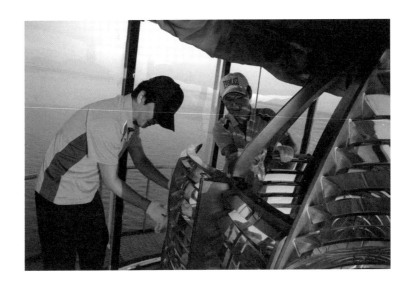

오후, 기자가 인천에서 여객선을 타고 4시간을 달려 찾은 서해 백령도 인근의 소청도 등대에서는 14년차 정운섭 주무관과 2년차 김진호 주무관이 등대를 지키고 있었다.

선착장에서 등대까지는 약 4km로, 자동차로 10분 이내 거리다. 날씨도 좋은데 소청도의 경치를 구경할 겸 해서 걸어가 볼까 하는 생각이 들었다. 하지만 그것이 '어리석은 치기'였음을 깨닫는 데는 5분이 채 걸리지 않았다. 등대로 가는 길이 가파른 언덕에 이은 언덕, 그리고 또 언덕으로 이어져 있었기 때문이다.

등대는 사람을 위해 세워진 것이 아니라 깜깜한 밤바다를 떠다니는 배들을 위해 존재한다. 먼 바다에서도 빛을 잘 볼 수 있는 곳에 있어야 하기 때문에 대부분이 섬의 끝자락, 그중에서도 가장 높은 절벽 위에 자리 잡고 있다.

정 주무관은 "'등대지기'라는 호칭 대신 항로표지관리원이나 등대

관리원으로 불러줬으면 한다"고 주문했다. '등대'라는 단어도 잘 쓰지 않는 데다 엄연히 전문자격증을 보유한 전문직이기 때문이란다. 실제로 정 주무관과 김 주무관은 항로표지관리사 자격증 이외에 전기·무선설비 등의 자격증을 보유하고 있다. 그러면서도 김 주무관은 "'등대지기'라는 동요가 없어지지 않는 한 등대지기라는 단어는 사람들의 머릿속에서 지워지지 않을 것"이라며 씁쓸해했다.

오후 6시가 가까워오자 정 주무관과 김 주무관이 사무실 안으로 연결된 64개의 계단을 이용해 등명기(빛을 뿜어내는 기기) 쪽으로 올라갔다. 청소를 하기 위해서다. '파리판'으로 불리는 외부 유리는 각종 새들이 날아드는 탓에 자주 청소해줘야 한다. 지난 밤 등명기의 밝은 불빛을 보고 달려들다 죽은 새가 20여 마리에 달했다. 대청도 방향으로 고개를 돌려보니 북한 땅이 손에 잡힐 듯 가까웠다. 파리판 안의 '프리즘렌즈'는 지난 1908년 소청도 등대가 생기면서부터 사용해온 것이다. 이 프리즘렌즈 내부에 타조알만한 400W짜리 메탈헬라이트전구가 들어 있다. 소청도 등대의 밝기(광도)는 150만 칸델라(cd)다. 촛불 150만 개를 켜놓은 것과 같은 밝기로 30km 떨어진 곳에서도 볼 수 있다.

정 주무관은 "4개의 볼록렌즈로 이뤄진 프리즘렌즈가 회전을 하면서 20초 동안 네 번 같은 곳을 비추게 되고 20초는 깜깜한 상태(40초 4섬광)가 된다"며 "가까이서는 빛이 기둥처럼 보이지만 멀리서는 깜빡거리는 것으로 보인다"고 설명했다. 그는 "등대마다 불빛이 깜빡이는 간격이 달라 그것만으로도 어느 등대인지 알 수 있다"고 덧붙였다.

외로움과의 싸움이 쉽지 않다

이날 야간 근무는 김 주무관이 맡았다. 어둠이 내리기 시작한 오후 7시께 김 주무관이 등명기에 불을 켰다. 지금부터는 외로움과의 싸움이다. 김 주무관은 "등명기에 문제가 생기지 않으면 근무 자체가 힘들지는 않다"며 "다만 늘 혼자서 밤을 새워야 하는 일이라 성격에 맞지 않으면 버티기가 쉽지는 않다"고 강조했다.

사무실을 둘러보니 한편에 '관계자외 출입금지'라는 푯말이 붙은 별도의 방이 있다. 내부에는 안개로 등대가 제 기능을 발휘하지 못할 때 사용하는 무신호기와 배의 위치를 알려주는 위성항법보정시스템(DGPS)이 설치돼 있다.

무신호기는 세 방향으로 각각 200W짜리 스피커 4개가 달려 있다. 5초 동안 음파를 내고 40초 쉬기를 반복하는데 5km 밖에서도 들을 수 있다. 김 주무관은 "소청도는 일 년 중 3분의 1은 안개가 낄 정도여서 무신호기가 꼭 필요하다"며 "등대에서 바다의 상황을 가늠하기 힘든 경우가 있는데 이럴 때는 마을 주민들이 '안개가 심하다'고 알려준다"고 말했다.

DGPS는 자동차에 달린 GPS처럼 날씨에 상관없이 위치, 속도 등을 측정하는 데 필요하다. GPS보다 한층 정확한 정보를 얻을 수 있다는 설명이다. 'DGPS가 있는데 등대가 왜 필요할까'라고 물었다. 김 주무관은 "북한에서 방해전파를 쏠 경우 배들이 길을 찾을 수 있는 유일한 방법은 등대"라며 "무인등대는 고장 여부를 판단하기 어려워 날씨가 안 좋을 경우 고장난 상태가 며칠이나 유지될 수 있다"고 답했다.

김 주무관은 1시간에 한 번꼴로 사무실 밖으로 나갔다. 그리고 등대가 정상적으로 작동하는지, 대청도에 설치된 등표는 이상이 없는지를 확인했다. 다행히 이날도 아무런 문제 없이 시간이 흘러갔다. 그는 "사무실 안에서는 등댓불이 잘 돌아가는지 알 길이 없다"며 "원래는 등명기도 자동으로 켰다 껐다 할 수 있는 타이머가 있지만 그마저도 안 하면 지나치게 나태해질 것 같아 없애버렸다"고 설명했다.

어느덧 바깥이 밝아왔다. 시곗바늘이 오전 6시 50분을 가리키자 김 주무관이 등명기의 불을 껐다. 그는 "원래 해가 지기 5~10분 전에 켜고 해가 뜬 후 5~10분이 지나서 끈다"며 "겨울에는 오전 7~8시까지 켜놓는 경우도 많다"고 말했다. 근무일지를 살펴보니 2014년 들어 가장 길게 켠 날은 1월 초로 14시간 40분(오후 5시 15분~오전 7시 55분), 가장 짧게 켠 날은 7월 초로 9시간 25분(오후 7시 55분~오전 5시 20분)이었다.

제초 작업, 차량 수리 등 생활이 업무

소청도 등대를 관리하는 인원은 모두 3명이다. 2명이 근무하는 동안 나머지 1명은 휴식을 취한다. 통상 한 달에 22일을 일하고 최대 9일을 쉰다. 토·일요일을 한꺼번에 몰아서 보내는 셈이다. 항로표지관리소 내에 가족들과 함께 살 수 있도록 숙소가 마련돼 있지만 너무 외진 곳이어서 가족들과 떨어져 살 수밖에 없다. 게다가 소청도에는 구멍가게조차 없다. 그래서 육지에 사는 가족의 품으로 갔다가 돌아올 때면 20여 일분의 먹을거리를 준비해와야 한다.

등대에서는 생활 자체가 업무의 연속이다. 먹는 것은 물론 등대와 사무실 청소, 진입로 보수 및 제초 작업, 업무용 차량 수리까지 등대 관리원들이 자체적으로 해야 한다. 진입로라고 해봐야 차 한 대가 겨우 지나다닐 정도지만 풀이 워낙 잘 자라기 때문에 일 년에 두 번 하는 제초 작업도 여간 고되지 않다.

정 주무관은 "겨울에는 눈이 많이 오는데 바람까지 더해져서 '치우면 또 쌓이고'를 하루에도 몇 번씩 반복한다"며 "지난 2012년 겨울에는 눈이 무릎 높이까지 쌓여 1m를 치우는 데 서너 시간이 걸리기도 했다"고 설명했다.

등대가 마을에서 많이 떨어져 있는 탓에 웃지 못할 해프닝도 발생한다. 2013년 북한이 미사일 사격 연습을 한 적이 있었는데 주민들은 대피 방송을 듣고 모두 방공호로 대피했다. 하지만 등대까지는 대피 방송이 들리지 않아서 다음 날 마을에 들러서야 그 사실을 알게 됐다. 정 주무관은 "정말 다급한 경우에는 마을 주민들이 전화를 주는데 그렇지 않으면 모르고 지나갈 때가 많다"고 전했다.

등대관리원들은 2년마다 순환 근무를 한다. 인천해양항만관리청에는 소청도와 팔미도, 부도, 선미도에 유인 등대가 있고 등대관리원들은 등·부표를 관리하는 부서 등을 포함해 총 6곳을 돌아가며 근무한다. 정 주무관은 이번 추석이 지나면 부도 등대로, 김 주무관은 팔미도 등대로 자리를 옮길 예정이다.

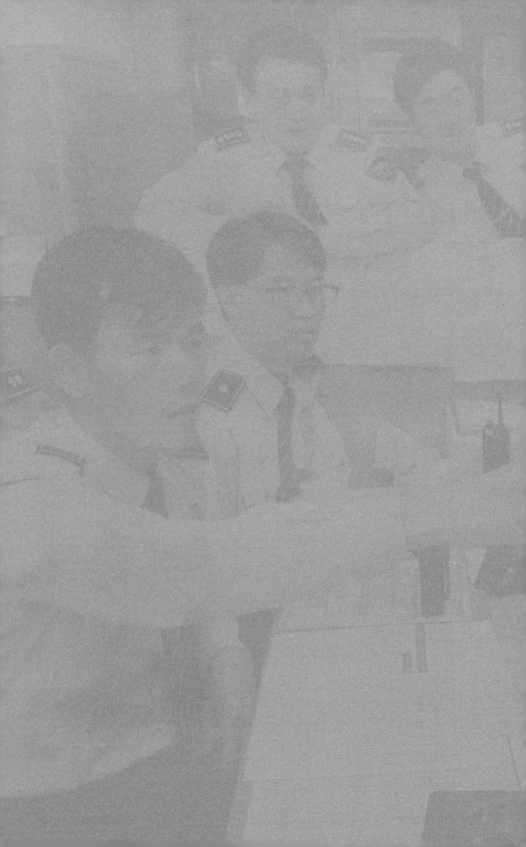

3장

/

자부심과
보람으로
삽니다

한국거래소 시장감시위원회, 불공정거래를 사전에 차단한다

한국거래소 시장감시위원회는 불공정거래를 막기 위한 전방위적인 감시 활동을 하고 있다. 요즘 시장감시위원회는 위법 행위를 사전에 차단하는 데 주력하고 있다. 발생한 위법행위를 신속하게 적발해 바람직한 시장 질서를 만들어가고 금융투자를 활성화하기 위해서다. 특히 최근 금융 당국의 투자자 보호 정책과 맞물려 이를 위한 다양한 장치를 작동시켜 운영 중이다.

실시간 사이버 감시

오전 9시, 주식시장이 열리자 권혁준 한국거래소 시장감시본부 사이버감시팀장의 움직임도 분주해진다. 사이버감시센터의 한쪽 벽을 가득 메운 전광판에는 주가 그래프와 수치가 가득하다. 전광판 한쪽에는 주식 관련 포털사이트, 증권 카페 등 인터넷에서 올라오는 게시물들이 쉴 새 없이 실시간으로 올라온다. 하나도 소홀히 넘어갈 수는 없다. 잘못된 정보가 담긴 게시물로 인해 특정 종목의 주가가 이유 없이 올라가고 일반 투자자들이 따라서 매수에 나서는 순간 불공정 행위가 발생해 투자자 피해로 이어질 수 있다는 우려 때문이다.

아니나 다를까 불과 몇 분 지나지 않아 권 팀장 자리 옆 모니터에서 특정 종목에 대한 게시물 조회 수가 급증하고 있는 것으로 나타났다. 해당 종목의 주가가 급격히 올라가고 있다.

권 팀장은 사이버 자동수집 시스템을 통해 게시물을 조회하다 원인을 찾을 수 있었다. 동일한 아이디로 하루에 수백 건의 게시물이 작성되고 있었다. 그리고 해당 아이디로 게시물이 올라온 시점을 전후해 대량으로 주식을 매수한 계좌도 3개 발견했다. 해당 계좌는 주가가 오른 시점에 동시에 매도해 차익을 남겼고 그 이후로 아이디 사용자는 게시물을 삭제하고 사라졌다.

권 팀장은 팀원들과 함께 이 같은 내용을 정리하고 시장감시부에 관련 내용을 통보했다. 그리고 다시 팀원들과 전광판을 샅샅이 바라보기 시작했다.

거래소 사이버감시팀은 사이버 공간을 이용한 풍문·허위사실 유포, 부당종목 추천, 의도적 테마 형성 등 이상 시장 행위를 예방하는 부서다. 과거에는 부정 거래라는 개념이 크게 도입이 안 됐지만 지금은 법정 감시가 중요시되고 있다. 인터넷, 사이버 공간에서 게시물을 올리고 붐을 일으키는 부분들이 있어 확인하고, 바로 적출되면 심리로 넘기는 것이다. 사이버 불공정거래 특징이라는 게 장기간에 대규모를 거래하는 것이 아니다. 주로 인터넷 증권 카페나 사이트 운영자가 허위 과장된 종목을 게시한 다음 게시물을 보고 투자자가 매입하면 선취매하고 주가가 오르면 처분해서 이득을 편취한다. 이를 반복적으로 종목을 돌려가면서 1~3개월 정도 하게 되면 수천만 원에서 몇억 원까지 가져가는 방식이다.

이 때문에 지속적으로 모니터링을 하면서 매매 종목이나 다른 게시물을 보게 된다. 어떤 종목에 이상 거래가 나오면 분석에 들어가야 하는데 당일 공시 등을 분석하기는 어렵다. 권 팀장은 "사이버 감시에서는 게시물과 연계계좌 등을 봐야 한다. 며칠 동안 주시해서 심리 의뢰 자료를 만들려면 시간이 소요된다"며 "계속 지켜보고 있다가 어느 정도 이익을 극대화시킨다고 보면 그때를 종료시점으로 누적해서 적발하게 된다"고 설명했다.

불공정거래 사전 차단 예방감시

"불건전 개연성이 있는 주문 적출!"

예방감시부 김종은 팀장의 모니터에 불건전 주문 내역이 떴다. 예방감시부 직원들이 분주하게 주문 내역을 알아보기 시작한다. 시장 건전성을 저해할 우려가 있는 시간대와 주문들을 분리해내기 위해서다.

해당 거래는 장 개시 직전 상한가에 대량의 매수 주문을 내고 체결 직전 상한가 주문을 취소했다. 이후에도 체결 의사가 없는 듯한 대량 매수 주문을 내는 행위를 반복하면서 투자 판단을 오인시킬 우려가 있는 주문을 반복했다는 판단이 섰다.

잠시 후 대량 매수 주문이 계속되고 있어 투자자 피해가 속출할 수 있다는 민원 전화까지 예방감시부에 접수됐다. 시장 건전성을 저해

할 우려가 있는 주문이라는 판단이 내려지고 예방 조치 승인이 내려진다. 김 팀장은 팀원에게 해당 계좌 거래 증권사에 예방 조치 요구문을 자동 전송하도록 했다. 증권사 직원은 해당 계좌가 이전에도 유사한 불건전 주문으로 사전 경고를 받은 내역이 있다는 것을 확인하고 더 이상의 피해를 방지하기 위해 해당 계좌의 수탁을 거부했다.

오후 들어 김 팀장은 최근 수탁 거부됐던 다른 계좌들이 움직이고 있다는 보고를 받았다. 1개월의 수탁 거부 조치 이후 하루 만에 다시 활동하고 있다는 것이다. 일단은 지켜보기로 했지만 긴장감은 풀어지지 않는다. 이런 와중에 12개 계좌의 주문 장소가 한 곳인 것으로 파악됐다. 장 시작부터 고가 주문을 계속하면서 주가가 급등하고 있다.

김 팀장은 12개 계좌에 대해 예방 조치 요구를 하고 투자주의 지정 요건이 되는지 확인하기로 했다. 다행히 해당 계좌들은 예방 조치 받은 내역이 일정 횟수를 초과해 투자주의 종목으로 지정이 됐고 3개월간 주식시장에서 주문 제출이 불가능하게 됐다.

예방감시부는 매매 거래상 불공정거래 징후가 있는 계좌에 대해 해당 증권사에 수탁 관리 강화 등 필요한 조치를 요구해 불건전 주문을 사전에 차단하는 업무를 한다. 이 때문에 예방감시 업무는 오전에는 검토 업무가 많다. 오후에 장이 끝나면 조회공시 요구하는 게 많아지고 시장경보도 같이 검토하게 된다.

김 팀장은 "조회공시는 보통 주식시장이 끝나고 나서 일정 적출 기준에 따라 주가가 과도하게 상승하거나 하락하면 하게 된다"며 "조회공시를 받은 회사는 다음 날 오후 6시까지 답변을 내놔야 한다"고 말했다.

시장경보는 투자자가 잘못된 정보를 통해 투자하는 것을 막기 위해 낸다. 그럼에도 주가가 지속적으로 오르면 매매 거래 정지가 나갈 수 있다. 일별로 정리를 해서 내보내고 그 외에는 예방조치 요구를 내보낸다.

다만 투자자들과 회원사들이 모두 불만을 토로하는 게 힘들다. 궁극적으로는 시장 질서를 마련하고 투명한 거래를 통해 시장을 활성화하는 긍정적인 역할을 하는데, 이런 부분을 잘 모르기 때문이다.

투자자 보호 분쟁 조정

"연간 500건에 달하는 분쟁 조정 상담 전화를 7명의 직원이 나눠서 처리하고 있습니다. 여기에 법원 조정과 피해자 소송 지원 업무 상담까지 하면 하루가 어떻게 가는지도 모릅니다."

분쟁조정센터는 증권사와 투자자 간 발생하는 분쟁을 해결하는 가교 역할을 하고 있다. 단순히 피해액을 산정하는 게 아니라 투자자가 받은 상처를 보듬어준다. 하지만 아직도 거래소 분쟁조정센터를 잘 모르는 투자자가 많다는 점이 아쉽다고 한다.

김영로 분쟁조정팀장은 "금융 유관기관별로 많은 조정 기능이 있지만 증권 조정 기능이 많이 선진화되고 기법이 잘 마련돼 있어서 조정이 합리적으로 나온다"며 "조정기구를 이용하면 피해를 신속하게 구제받을 수 있고, 이렇게 투자자 목소리가 높아야 증권사도 정화될 수 있다"고 설명했다. 특히 분쟁조정센터는 변호사 3명 등으로 구성돼 있어 전문성도 있다는 것이다.

다만 아무래도 사람을 상대하는 감정노동이다 보니 힘들 때도 많다. 한번은 흉기를 들고 센터를 찾아와 사연을 하소연하는 사람도 있었다. 억울한 마음에서 그랬다고 생각은 하지만 그때를 생각하면 서늘한 기분을 지울 수 없다. 김 팀장은 "투자 피해를 입은 사람들은 많은 얘기를 들어주다 보면 기분이 풀린다"며 "최대한 세심하게 들어주고 싶지만 3시간이 넘는 경우도 있어 상담이 끝나면 힘이 빠질 때가 많다"고 말했다. 수년간의 거래와 인간관계 등을 하나하나 다 들어야 하기 때문이다.

요즘 분쟁센터는 기존 업무에서 더 나아가 과실상계에 있어서 손해액 감정을 중점적으로 진행하고 있다. 최근에는 9개 소송이 연관된 수백억 원대의 법원 소송에서 손해액 감정을 맡기도 했다. 그는 "불공정거래를 적발해 검찰에서 기소를 하게 되면 소송 과정에서 무죄로 끝나거나 책임 없음으로 끝나는 경우가 있는데 시세조종 등 행위에 대한 손해금액을 계산하는 게 쉽지 않기 때문"이라며 "실비 수준에서 감정수수료를 받고 있고, 원고나 피고 한쪽에 치우치지 않는 객관적인 감정액을 산정하고 있어 법원 요청이 많다"고 설명했다.

돈이 없어도 소송을 진행할 수 있고, 소송이 합리적으로 나올 수 있게 하고 있다는 것이다. 그는 "법에서는 투자자 피해에 대한 입증 책임을 증권사가 져야 하지만 현실에서는 투자자가 해야 한다"며 "대부분의 경우는 포기하게 되는데 이럴 때 많은 사람들이 분쟁조정센터를 이용하면 도움을 받을 수 있다"고 강조했다.

기상청 국가지진센터,
10초가 생명을 살린다

2014년 9월 23일 경북 경주 인근에서 규모 3.5의 지진이, 같은 달 25일과 28일에는 울산 동남쪽 해상과 인천 옹진군 인근에서 각각 규모 3.8, 3.2의 지진이 연이어 발생했다. 이처럼 지진 소식이 꾸준히 전해지면서 '우리나라도 더 이상 지진의 안전지대가 아니다'라는 우려가 제기되고 있다. 하지만 강한 지진이 흔하지 않은 탓에 태풍 등 다른 재난에 비해 국민의 경각심은 여전히 크지 않은 것이 현실이다.

이웃 일본의 사례에서 보듯 지진은 엄청난 피해를 유발한다. 특히 우리나라는 인구가 집중돼 있고 지진다발 국가인 일본이 곁에 있어 한시도 마음을 놓을 수 없다. 추석 연휴를 앞두고 있던 2014년 9월 4일 밤, 지진 대비의 '선봉장'인 기상청 국가지진센터를 찾았다.

일 년 365일, 24시간 감시체제

지진센터는 서울 여의대방로 보라매공원 내 기상청 건물 2층에 국가기상센터와 나란히 자리잡고 있다. 오후 8시가 가까운 시간이라 사무실은 조용했다. 전면에 설치된 대형 모니터에는 전국 각지의 지진관측망에서 들어오는 자료가 그대로 나타났다.

이날 야근은 6년차 박종수 주무관과 2년차 조현겸 주무관이 맡았다. 조 주무관은 "주·야간을 넘나들며 4일을 일하고 4일을 쉬는데 휴일이나 명절이 따로 없고 야근이 많아 힘들다"며 "친한 친구의 결혼식에도 참석하지 못해 사이가 멀어졌다"며 고충을 털어놨다.

규모 3.5 이상의 지진이 발생하면 휴무인 직원들까지 모두 복귀해야 한다. 특히 지진센터를 총괄하는 임용한 과장의 경우 휴대전화를 자기 몸처럼 여긴다. 항시 전화를 받을 수 있어야 하기 때문에 목욕탕에 갈 때도 비닐봉지에 휴대전화를 넣어 간단다.

함께 일하는 두 사람이 동시에 자리를 비워서도 안 된다. 조 주무관은 "처음 왔을 때는 혼자 자리를 지키는 게 두려워 도시락 2개를 싸왔다"고 털어놨다. 파트너인 박 주무관이 자리를 비울 수 없도록 하기 위한 조치였다. 그는 "초를 다투는 일이라 머뭇거리는 몇 초 사이에 '골든타임'이 지나간다"며 "한 사람은 분석하고, 다른 사람은 통보하는 '호흡'이 잘 맞아야 한다"고 말했다.

박 주무관과 조 주무관이 업무를 보는 책상 위에는 미국지질조사소(USGS)와 일본기상청의 자료가 들어오는 모니터, 일본과 중국의 지진 감시 자료를 볼 수 있는 모니터 등 8개의 모니터가 놓여 있었다. 조 주무관은 "백두산의 화산활동을 감지하는 것도 중요한 일이

지만 당장은 중국 측 자료에 의존할 수밖에 없다"며 "중국 측은 보안
사항이라는 이유로 30~40분이 지난 자료를 넘겨준다"고 아쉬움을
토로했다.

그중에서도 눈에 띄는 것은 지진상황표출 시스템과 지진통보 시
스템이다. 지진 발생 상황을 알려주는 지진상황표출 시스템은 지진
이 감지될 경우 즉시 알람을 울린다. 또 지진통보 시스템은 휴대전
화, 팩스, e메일 등을 통해 청와대와 군·경찰·발전소·언론사 등
3천여 곳에 자동으로 이를 알려준다.

다른 한쪽에는 올해 한반도에서 발생한 지진 현황이 적혀 있었다.
이날 현재까지 규모 2.0 이하의 미소微小 지진이 144회, 2.0 이상은
31회가 감지됐다. 그중에서도 사람이 느낄 수 있는 유감 지진은 7회
였는데, 2014년 4월 1일 서해 격렬비도 해역에서 발생한 규모 5.1의
지진이 가장 강력한 것이었고 나머지는 규모 2.0~4.0이었다.

오랜 기다림 끝에 10초와의 '싸움'

박 주무관이 하는 일은 전국에 깔려 있는 관측망을 통해 수집된 지진 관련 자료를 분석, '어디서 얼마나 세게 지진이 났는지'를 정확하게 짚어내고 이를 국민에게 알리는 것이다. 그는 "지진은 사실상 예측이 불가능하다"며 "그래서 지진 발생 후 이를 빠르게 전파하는 것이 중요하다"고 강조했다.

"문제는 지진의 속도가 매우 빠르다는 겁니다. 종으로 영향을 주는 P파가 초속 7~8km의 속도로 먼저 오고 횡으로 작용하는 S파는 초당 3~4km로 뒤따라옵니다. 지진의 피해는 주로 S파에 의해서 발생합니다. 따라서 S파가 도착하기 전에 도달 시간과 규모를 예측해 경보를 발령하게 되면 어느 정도 피해를 줄일 수 있습니다. 우리나라는 좁은 면적을 감안하면 지진 관측 후 2분 이내에 전국으로 퍼져 심각한 재난을 일으킬 수 있습니다."

현재 우리나라에 설치돼 있는 지진관측망은 모두 127개로 관측 격차가 30km를 넘는다. 관측망 하나가 감당해야 할 면적이 넓어 이를 감지하는 데 시간이 걸릴 수밖에 없다. 박 주무관은 관측격차가 18km(320개)는 돼야 10초 안에 조기경보를 울릴 수 있다고 지적했다.

미국, 일본, 대만 등 지진 피해가 잦은 나라들은 이미 '지진조기경보 시스템'을 갖추고 있다. 덕분에 일본기상청은 지난 2011년 규모 9.0의 대지진 발생 시 관측 후 8.6초 만에 지진 속보를 냈고, 미국도 2014년 8월 캘리포니아에서 규모 6.0의 지진이 발생했을 때 한 대학의 지진조기경보 시스템이 지진파 도착 10초 전에 경보를 발표한 바 있다.

우리나라도 일본 대지진을 계기로 조기경보 시스템 구축을 추진하고 있으며, 오는 2020년에는 완성될 전망이다. 박 주무관은 "조기경보 시스템이 구축되면 1~2초 안에 지진파를 잡아낼 수 있고, 분석해서 발표하는 데까지 10초가량 걸릴 것"이라고 설명했다.

그는 "진앙 가까이에 있는 사람은 어쩔 수 없겠지만 어느 정도 떨어진 경우에는 대비할 시간을 벌 수 있다"며 "일본의 연구에 따르면 조기경보 시스템이 없을 경우 사망 확률이 100%이지만 10초의 여유가 주어지면 생존 확률이 90%나 된다"고 강조했다. 이어 "원자력 발전소와 같은 위험시설은 물론 삼성전자 등 초정밀산업을 영위하는 기업들의 경우 작은 지진에도 민감하다"고 덧붙였다.

우리나라의 경우 20여 년 전만 해도 지진 발생 1시간이 지나서야 이를 공표하기도 했다. 콤파스와 자를 이용해 손으로 그려서 하는 '아날로그식' 분석이었기 때문이다. 지난 2000년 디지털화가 이뤄진 후에야 시간을 크게 단축할 수 있었다.

박 주무관은 "지진이 발생하면 2분 안에 속보를 발표하고 파형을 분석해 정확한 위치, 규모, 시간 등을 파악한다"며 "매뉴얼에는 5분 내에 통보를 하도록 돼 있으나 우리나라의 평균 지진 통보 시간은 이보다 2분이나 이른 3분 1.2초"라고 설명했다.

예측 불가…… 항상 긴장 상태 유지

모니터를 자세히 들여다보니 청주기상대에 설치한 관측망의 파형이 노란색으로 굵게 나타났다. 큰 길가에 위치해 잡음과 진동이 심한 탓이란다. 경북 칠곡은 둥그런 모양의 파형이었는데 이곳도 잡음이 원인이라고 설명했다.

오후 11시 34분께 지진상황표출 시스템 모니터 상에 강원·경북 지역이 진분홍색 점들로 가득 찼다. 지진이었다. 백배 긴장한 기자와 달리 박 주무관은 태연하게 "해상에서 무슨 훈련이라도 하나"라고 툭 던졌을 뿐이다. 잠시 뒤 박 주무관은 "캄차카반도 인근에서 발생한 지진으로 확인됐다"고 알려줬다.

가장 힘든 일 중 하나는 자연 지진과 인공 지진을 분간하는 것이다. 북한의 핵실험 가능성이 언제나 열려 있기 때문이다. 박 주무관은 "아주 강한 지진은 구별하기가 쉽지만 멀리서 작은 진동이 넘어올 경우 여간 힘든 게 아니다"라며 "경험적 판단에 맡기는 수밖에 없다"고 말했다.

폭뢰는 규모 1.5 정도로 잡히지만 파형이 달라 금방 알아챈다. 그는 "한 번은 1시간마다 같은 해역에서 6시간 동안 신호가 들어오길래 전쟁이라도 났나 싶었는데 합동참모본부에 확인해보니 훈련 중이라는 답변이었다"면서 "오히려 그쪽에서 '어떻게 알았느냐'며 반문을 하더라"고 웃었다.

박 주무관은 "'틀리면 안 된다'는 오보에 대한 두려움이 크다"고 했다.

"땅속에서 벌어지는 일이라 정답이 없어요. 들어가 보지 않는 한 아무도 몰라요. 분석하는 사람에 따라서 오차가 발생할 가능성도 있죠. 자칫 실수할 경우 청와대나 국방부 등 안보기관의 판단을 흐릴 수도 있어 항상 조심스럽습니다."

지진이 발생한 데서 가까운 지점을 위주로 발표하는 것이 사람들의 이해를 돕는 것이지만 그렇지 못할 때도 간혹 있다. 2013년 여름 군산 어청도 앞바다에서 30회의 지진이 발생했는데 모두 해역이 아닌 육상 위주로 발표했다는 것이다. 조 주무관은 "처음에는 해역을 중심으로 발표했으나 해당 지방자치단체와 주민들의 항의 전화가 쏟아졌다"며 "휴가철이고, 사람들이 놀러올 시기인데 지진이 났다고 하면 지장이 많다는 이유였다"고 설명했다.

　여러 시간이 흘러도 모니터의 모습에는 변화가 없다. 박 주무관과 조 주무관은 "이렇게 조용한 날은 일 년에 며칠 있을까 말까 하는 수준"이라고 했다. 시곗바늘이 새벽 5시에 가까워지자 눈꺼풀이 한층 무거워졌다. 조 주무관은 "4월의 서격렬비도 지진도 이 시간 즈음에 발생했다"며 "잠시도 긴장의 끈을 늦춰서는 안 된다"고 말했다.

서울스마일센터,
상처 입은 사람들이
다시 웃을 수 있게

 사건이 발생한 '그날'은 지나갔지만 범죄 피해자의 아픔은 여전하다. 사건 재경험, 악몽, 과민 등 외상 후 스트레스 장애와 우울 장애로 시달리곤 한다. 작은 소리에도 깜짝 놀라고, 방 안에 틀어박혀 일상생활을 이어가지 못하거나 극단적인 경우 자살을 시도하기도 한다. 범죄 피해의 대표적인 증상들이다.

 피해자를 지켜보며 재판이라는 긴 싸움을 준비하는 가족의 고통도 마찬가지다. 사건 수사와 공판 과정에서 진술하다가 사건을 재경험하고 가해자 처벌이 부족하다고 생각될 때 분노를 느끼기도 한다.

 2014년 10월 15일 대검찰청에 따르면 2013년 접수된 5대 강력범죄(살인 및 강도, 폭력, 성폭력, 약취유인(유괴), 방화)는 41만 2천여 건으로 2012년(22만 4,200여 건)에 비해 배 가까이 늘었다. 하지만 범죄 피해자에 대한 일반의 인식이나 대응 방안은 여전히 제자리걸음이다. 범죄 피해자들의 심리를 치료하는 법무부 산하 서울스마일센터를 찾아 우리가 어떻게 범죄 피해자들을 감싸 안아야 하는지를 들어봤다.

'그날'의 아픔을 치료한다

"영화 〈해적〉이 재밌다면서요? 폭력적이진 않죠?"

2014년 10월 1일, 서울 풍납동 스마일센터에서 만난 이명희 사례지원팀장은 "좀 이따가 스마일센터를 찾은 피해자분들과 함께 영화를 보러 가기로 했다"며 이렇게 물었다.

모두가 범죄 피해자들이라 영화를 고르는 데도 신중할 수밖에 없단다. 이 팀장은 "영화 한 편을 보더라도 선정적이거나 피가 보인다거나 총을 쏘는 등 자극적인 장면이 나오는 영화는 꼭 제외한다"며 "인터넷으로 영화 정보를 얻고 사전 모니터링을 일일이 하기도 한다"고 말했다.

때마침 개천절 황금연휴를 앞두고 있었다. 추석이 보름여 지난 때였다. 범죄 피해자들로서는 명절이나 연휴가 더욱 힘들 터였다. 이씨는 "명절이나 기념일에 가족의 빈 자리를 많이 느끼고 친척으로부터 '좀 어떠냐'와 같은 말을 듣는 자체를 힘들어하더라"며 "지난 명절에는 '아무도 만나고 싶지 않고 모든 것을 내려놓고 싶다'며 멀리 여행을 떠난 사람도 있다"고 말했다.

피해자와의 접촉을 피해 조심스레 들어간 센터는 교회를 개조한 지상 3층 건물이었다. 상담실, 어린이를 위한 놀이치료실, 집단심리치료실, 세미나실, 대강당, 주방 등으로 이뤄져 있었다. 3층에는 최대 2주까지 머무를 수 있는 생활공간도 마련됐다. 아기자기한 장식

물로 꾸며진 이 건물은 아파트 단지와 가깝지만 잘 알려지지 않아 동네 주민이 지나가다가 '어떤 곳이냐'고 묻는 경우도 있다고 했다.

2층 복도 벽에는 검정 도화지에 큰 나무가 그려져 있었다. 제목은 '동행'이다. 범죄 피해자 6명이 각자 한 부분씩을 맡아 하나의 커다란 나무 그림을 완성한 것이었다. 윤성우 부센터장은 "일상생활을 하다가 외상을 받으면 한없이 무너진다고 해야 하나, 피해자분들이 '다시 예전으로 돌아갈 수 있을까'라는 이야기를 상당히 많이 한다"며 "'여기 아니면 이야기를 할 곳이 없다'는 이들을 보면 도움이 된다는 생각에 보람을 느낀다"고 말했다.

트라우마의 언어화가 필수

센터 관계자들은 "같은 사건이라도 범죄 피해자의 증상과 치료 방법, 회복 기간이 모두 다르다"고 입을 모았다. 종교에 의지하는 사람이 있는가 하면, 교회나 성당 등에 나가다 중단한 사람도 있다. 또 증상이 롤러코스터처럼 좋아졌다 나빠졌다 반복되기도 하고, 범죄 충격으로 기억을 일부 잃었다가 우연히 피의자와 닮은 사람과 마주쳐 증상이 재발되기도 한다. 10년 전 겪은 사건으로 치료를 받으러 오는 것도 이 같은 이유에서다.

이 때문에 센터는 상담치료를 대부분 일대일로 진행한다. 이 과정에서 피해자가 범죄 트라우마와 맞닥뜨리고 이를 '언어화'하는 것은 필수다. 김태경 센터장은 "트라우마를 처리하지 않고 그냥 넘어가면 치료는 겉돌게 돼 있다"며 "치료 과정에서 사건을 떠올려야 하는데 이를 준비하는 데만 2년 정도 걸리는 사람도 있다"고 말했다.

그는 이어 "사건을 말로 조금씩 풀어가는 언어화가 반드시 필요하다"며 "전문가들은 피해자의 트라우마에 대해서 무엇을 이야기하고 무엇을 이야기하지 말아야 할지를 훈련받은 사람"이라고 덧붙였다.

"원인(기인)을 찾으려고 하는 것이 한편으로는 더 건강한 것"이라는 게 김 센터장의 말이다. 피해자들은 '거길 가지 말았어야 돼, 하지 말았어야 해, 내가 뭘 잘못했지, 거길 왜 갔지'라며 자신을 탓하다가도 원인을 생각하다 보면 대안을 발견한다는 것이다.

다만 때와 장소에 상관없이 불특정 다수를 상대로 하는 '묻지 마 범죄'의 경우 별다른 원인이 없어 '조심해도 어떤 일이 생길 수 있다'는 불안감을 일으키기도 한단다.

백 마디 말보다 옆에 있어주기

"피해자들이 '선생님이 알아요?'라고 물을 때면 '당신만큼 아는 사람은 이 세상에 아무도 없다'고 이야기해줍니다. 피해자에게 '괜찮아?'라고 묻거나 '네 마음을 이해한다'라는 말은 금기어예요."

김 센터장은 일반인의 경우 범죄 피해자 옆에서 묵묵히 있어주는

것이 가장 좋다고 했다. '이제 괜찮다' '죽지 않은 게 얼마나 다행이
니' 등등 '섣부른 위로'는 안 하느니만 못한 만큼 자제해달라는 얘기
다. 그는 "'괜찮아'라며 등을 두드리는 것보다 옆에서 그와 함께 호
흡하면서 '세상에는 좋은 사람, 진심으로 소통하고 싶어하는 사람도
있다'는 메시지를 자연스레 전달해달라"고 당부했다. 곁에 머물면서
밥을 먹었는지 살피고 주변을 청소하는 등 '조용한 관심'도 매우 중
요하다.

김 센터장은 "가끔 피해자의 불운이 나에게 옮을까 걱정하는 경우
가 있더라"며 "피해자 자신도 '나는 운 없는 사람' '내가 운 없는 사람
이라는 걸 사람들이 알면 피하거나 비난하진 않을까' 걱정하는 등 오
해가 많다"고 말했다.

이어 "범죄 피해의 가장 큰 원인은 가해자가 범행할 마음을 먹었다
는 점인데 이를 피해자에게 전가하는 것은 문제가 있다"면서 "강력범
죄 피해가 왜 발생하며 어떤 후유증을 낳는지, 피해자를 어떻게 대해

야 하는지 성교육처럼 교육이 절대적으로 필요하다"고 지적했다.

김 센터장은 또 "피해자 가족들은 기사를 일부러 보지 않고 궁금해하면서도 막상 언론에 나오면 '얼마나 아팠을까'라며 머릿속에서 재구성하며 2차 피해를 입기도 한다"면서 "진정한 관심은 필요하지만 '어쩌다 저런 일을 당했대'와 같이 사람들의 가십거리가 되어선 안 된다"고 강조했다.

사건 초기에 적절한 대응을 하는 것도 중요하다. 사건 직후 주변 정리를 하다가 정작 피해자에게 소홀히 대할 수 있다는 것이다. 김 센터장은 "온통 혈흔이 묻어있는 옷을 비닐에 넣은 채로 유품을 돌려주면 가족들은 두고두고 고통스러워할 수 있다"며 "경찰이 살인이나 유괴 등 사건 사진을 보여주려면 심리학자를 대동해 상태를 미리 파악하는 것이 바람직하다"고 제언했다.

스마일센터는 강력범죄 피해자 심리지원 전문기관

지난 2008년 A씨는 성폭력으로 악몽의 시간을 한동안 겪었다. 한때 유망한 디자이너였던 그는 대인기피증으로 회사생활을 접은 채 방 안에만 틀어박혔다. 고통에 시달리는 건 그를 지켜보는 가족도 마찬가지였다. 가족들은 "밤마다 무슨 꿈을 꾸는지 비명을 지르곤 한다"며 "해줄 수 있는 게 없어서 지켜보는 내 가슴이 무너진다"고 털어났다.

법무부 산하 스마일센터는 A씨와 같은 강력범죄 피해자들을 위한 심리지원 전문기관이다. 법무부가 전국범죄피해자지원연합회와 부산백병원 등에 위탁해 운영하고 있으며 서비스는 모두 무료로 제공

된다. 비슷한 외국 사례로는 일본 도쿄 범죄피해자지원센터가 운영하는 '자조自助그룹'이 있다. 범죄 피해자와 가족들이 서로의 고민을 들어주고 전문 심리상담가가 참여해 심리를 지원하는 자리다.

센터는 범죄피해자보호법 제7조 2항에 따라 설치됐고, 주로 범죄피해자 지원법인, 경찰, 검찰 등의 의뢰를 받아 서비스를 제공한다. 강력범죄로 고통을 겪는 피해자와 가족의 심리치료를 담당하며, 필요할 경우 이들이 2주까지 머물 수 있도록 주거공간도 제공한다.

보통 접수가 완료되면 피해자가 사건 이후 어떻게 지내왔는지, 필요한 서비스는 구체적으로 무엇인지 스케줄을 짜는 사례 관리를 토대로 심리상담이 이뤄진다. 일주일에 1번씩 50~60분간 심리상담을 하고, 경우에 따라 약물치료 및 요리, 난타 등 집단 프로그램도 병행한다. 가족의 빈자리를 채워주려 '피해자 자조모임'을 운영하며 유가족들과 합동 추모제를 열기도 한다.

법무부에 따르면 현재 서울, 인천, 광주, 부산 스마일센터 등 4곳이 운영 중이며, 각각 8~10명씩 근무하고 있다. 법무부는 매년 1곳당 4억 2,300만~4억 3,800만 원의 보조금을 지원하고 있다.

전국 스마일센터는 2014년 7월까지 4년간 총 2만 1,763건의 서비스를 제공했다. 심리지원이 2만여 건으로 가장 많았고, 임시주거 1천건, 법률지원이 그 뒤를 이었다. 서울스마일센터가 2010년 7월 처음 개소한 이후 인천, 광주, 부산 센터가 연이어 문을 열면서 전체 지원 건수는 2011년 2,087건에서 2012년 3,599건, 2013년 6,772건, 2014년 7월까지 8,787건 등으로 꾸준히 증가하는 추세다.

2014년 들어 7월 말까지 범죄 피해자 538명(여성 423명, 남성 115명)

이 스마일센터의 문을 두드렸다. 폭행 피해를 입은 의뢰인이 291명으로 가장 많았고, 살인(146명), 강도(24명), 방화(9명)가 뒤를 이었다. 법무부 관계자는 "오는 11월께 대전과 대구에 스마일센터가 새로 문을 열 예정"이라며 "센터를 점진적으로 확대 설치해 2017년에는 12곳으로 확대할 계획"이라고 설명했다.

한국항공우주연구원
정지궤도복합위성 체계팀,
우주개발의 희망을 쏜다

       우주가 인류에게 희망을 주는 공간으로 재탄생하고 있다. 인공위성 개발을 비롯한 우주기술들이 통신방송 서비스, 재해·재난 정보 제공 등 다양한 분야로 확산돼 과거에는 상상조차 할 수 없었던 일을 가능하게 해준다. 아폴로 우주비행선의 디지털영상 처리 기술은 자기공명영상(MRI)과 컴퓨터단층촬영(CT) 장치를 개발하는 데 사용됐고, 우주비행선의 자동 랑데부와 도킹 기술, 인공위성 원격탐사 기술은 라식 수술기와 엑시머레이저 시술 시스템을 만드는 데 이용됐다.

   우주기술 개발은 수입 대체, 연관 산업 활성화, 신규 서비스 시장 창출 등 국가 경제에도 크게 기여한다. 다목적실용위성(아리랑)의 경우 1호에 이어 2호를 개발하면서 위성영상 및 지상국 수출 등에 따른 수출 증가 효과는 37.2배, 고용 창출 효과는 3배가량 높아졌다.

우리나라에서 인공위성을 만드는 곳은 한국항공우주연구원이다. 지난 2011년 7월부터 총사업비 6,697억 원을 들여 기상·해양·환경관측용 정지궤도위성 2기를 개발 중이다. 오는 2018년 상·하반기 각각 1기를 쏘아 올리는 것이 목표다. 2014년 10월 15일 오전, 대전 대덕연구단지에 위치한 항공우주연구원에서 최재동 정지궤도복합위성 체계팀장을 만났다.

2년 반 동안 설계에 매달려

인사를 마치기가 무섭게 "체계팀이 뭐하는 곳이냐"는 질문을 던졌다. 취재 약속을 하면서도 '체계'라는 단어가 내내 궁금했던 터였다. 최 팀장은 "집 전체의 그림을 그리는 일과 같은 것"이라고 설명했다. 한마디로 기획, 설계 등을 뭉뚱그린 부서다. 부품의 규격이나 외국산 부품과 국산 부품이 잘 맞는지를 검토·확인하는 것도 체계팀의 업무다. 설계가 최종 확정될 때까지는 시험과 수정의 무한반복이다.

"지상에 있는 물건은 언제든 고칠 수 있잖아요. 그러니 마음 편하게 만들 수 있습니다. 하지만 우주에 올라가는 위성은 한 번 보내면 말 그대로 '끝'이에요. 검증 절차가 까다롭고 복잡할 수밖에 없습니다. 발사 날짜를 정해놓고 문제가 생기면 손해가 이만저만 아닙니다."

최 팀장과 함께 체계팀에서 일하는 인원은 모두 23명. 이들이 3년 가까운 시간 하루 12시간씩 땀 흘리며 일궈낸 결과물은 설계도 한 장이 전부다. 모르는 사람들이 보면 비웃을 법도 하지만 최 팀장은 "당초 계획된 시간표에서 크게 벗어나지 않았다"며 "급하게 마음먹으면 지쳐서 할 수 없는 일"이라고 말했다.

그만큼 어렵고 인내와 끈기가 필요하다는 얘기다. 그는 "낮에는 회의가 많아 주로 밤에 일하게 된다"며 "야근 수당은 따로 없지만 늦게까지 열심히 일하라고 저녁은 배불리 먹여준다"며 쓴웃음을 지었다.

최 팀장이 만들고 있는 위성은 2010년 발사된 '천리안'에 이은 우리나라 두 번째 정지궤도위성이다. 들어가는 부품은 어림잡아 10만 개, 부품의 집합체인 모듈만 따져도 수백 개에 달한다. 온전히 우리 힘으로 만들려니 어려움이 많은 것은 당연지사다. 더구나 사용자인 미래창조과학부, 해양수산부, 환경부, 기상청의 눈높이도 높다. 한마디로 '나사(미국 항공우주국)는 하는데 우리는 왜 못 하느냐'는 식이다.

"천리안은 외국의 도움을 받아 만들었습니다. 당시 저도 2년이나 프랑스 툴루즈에 있는 아스트리움 사에서 일을 했어요. 하지만 기술 보안을 이유로 우리는 철조망 바깥에 있는 컨테이너에서 머물렀습니다. 정작 주요 설계는 철조망 안쪽에서 이뤄지고 있는데 말이죠.

말이 공동개발이지 견제가 상당히 심했습니다. 실제로 '한국은 한 번만 같이 만들면 다음에는 국산화를 한다'면서 도면을 보여주지 않는 것은 물론 화상 회의마저 거부하는 외국 기업도 있습니다."

탑재체의 성능이 높아지면서 대규모 설계 변경이 두 차례나 이뤄졌다. 몸체의 무게도 당초 2.5톤에서 3.5톤으로 늘었다. 최 팀장은 "무게와 부피가 커지면 몸체도 커져야 한다"며 "팀원들이 '또 설계를 바꾸자는 사람 있으면 가만 안 둔다'고 할 정도로 민감해져 있다"고 말했다.

고도 600~800km에 떠 있는 저궤도위성은 발사 후 5~10분이면 발사체가 분리되지만 정지궤도위성은 30분이 지나야 분리된다. 고도 200~300km 정도에 올려놓으면 약 1개월에 걸쳐 지상 3만 6천km에 있는 제자리를 찾아간다. 위성 전체 무게의 60%를 연료가 차지한단다. 최 팀장은 "그래서 정지궤도위성은 발사 비용이 많이 들어간다"며 "이 사업도 발사비가 1,500억 원 안팎에 이를 것으로 예상된다"고 설명했다.

하늘 위 영토 전쟁이 가장 치열

최 팀장이 지구 상공에 떠 있는 정지궤도위성들의 위치가 그려진 그림을 꺼냈다. 대부분이 빈자리가 보이지 않을 정도로 빽빽하게 채워져 있었다. 하늘 위의 영토 전쟁을 생생하게 보여주는 일종의 지도다. 반대로 태평양 바다 위에 해당하는 서경 142도에서 174도 사이는 텅 비었다. 사용하려는 사람이 거의 없는 탓이다.

정지궤도는 둘레가 26만 4,790km나 되지만 정지위성이 사용할 수 있는 궤도의 수용 능력은 약 300기에 불과하다. 다른 위성과 충돌하지 않고 통신 간섭을 피하기 위한 최적의 수용 상태로, 위성 1기당 0.1도(가로 72km, 세로 72km)는 확보돼야 한다.

최 팀장은 "소위 '강남땅'이라 불리는 인구밀집지역은 자리 잡기가 치열하다"며 "우리 주변의 일본, 중국, 러시아는 이미 수십 개씩 확보한 상태"라고 말했다. 이어 "먼저 위성을 올린 나라에 기득권이 있어 그 옆자리를 차지하려면 허락을 받아야 한다"며 "빈자리가 생기면 반드시 6개월 내에 채워야 기득권을 유지할 수가 있는 탓에 다른 나라에서 임무가 종료된 위성을 사서 그 자리를 채우기도 한다"고 덧붙였다.

이 같은 위성궤도의 교통 정리를 하는 자리가 국제전기통신연합(ITU) 전권회의다. 최 팀장은 "정지궤도위성은 궤도와 주파수 확보가 무엇보다 중요하다"며 "발사하기 7년 전에 위성을 올리겠다고 신청해야 한다"고 설명했다.

정지궤도라고 하나 모든 것이 멈춰 서 있는 것은 아니다. 초속 3km의 초고속으로 움직여야 궤도를 유지할 수 있다. 지구가 완전 둥근 모양이 아니기 때문에 위성은 지구 중력에 따라 동이나 서로 조금씩 이동하게 된다. 정지궤도위성이 제자리에 머물기 위해서는 끊임없이 움직여야 하는 셈이다.

특히 모터와 태양전지판 등이 작동하고 카메라의 셔터 노출 시간이 4.5초나 되는 탓에 위성의 떨림을 보정하는 기술이 매우 중요하다. 최 팀장은 "지상 3만 6천여km에서 보면 한반도는 아주 작은 점에 불과하다"며 "위성이 0.06~0.07도만 틀어져도 지상에서는 약

40km의 오차가 발생한다"고 말했다.

위성의 몸체는 대부분 국산화가 가능하다. 하지만 필요 유무에 따라 60%만 국산을 쓰고 나머지는 해외에서 구입한다. 그러다 보니 부품에 설계를 맞춰야 한다. 그나마도 외국 업체들은 "살려면 사고 말려면 말아라"는 식의 고자세여서 가격을 깎는 일도 쉽지 않다.

최 팀장은 "누군가 '국산화를 왜 안 하느냐'고 물으면 답답하고 안타깝다"고 했다. 그는 "핵심 부품은 국산화가 바람직하지만 국내에서는 일부 부품에 대한 수요가 거의 없다"며 "자칫 외국에서 100원이면 살 부품을 국산은 200∼300원을 줘야 하는 경우가 발생할 수 있다"고 지적했다.

앞으로는 부품을 납품받아 조립 시험에 들어가게 된다. 내년 상반기 지상모델이 나오면 문제점을 수정하고 하반기에는 설계를 최종 확정하게 된다. 이후 제작과 시험, 발사 후 궤도상 시험까지 체계팀

의 임무는 계속된다. 최 팀장은 "진짜 고생은 지금부터"라고 말했다.

오후 3시가 되자 체계팀 일부가 회의실에 모였다. 시스템 관련 회의를 한다고 했다. 10분여를 참관했지만 모두 외계에서 쓰는 용어들이라 비전문가로서는 도저히 이해가 되질 않았다. 결국 '수고하시라'는 인사말을 남기고 서울로 발걸음을 돌렸다.

나로호 성공 발사로 중대 전환점

1990년대 초 우주개발 사업에 본격적으로 뛰어든 우리나라는 짧은 우주개발 역사에도 위성체, 발사체 기반기술이 선진국과 견줘 상당한 수준에 도달했다는 평가를 받고 있다. 특히 위성체 분야는 과학기술위성, 다목적실용위성(아리랑), 통신해양기상위성(천리안) 등 다양한 개발 경험을 쌓고 있다.

우리나라는 1992년 8월 소형 인공위성 '우리별 1호'를 발사하면서 세계 22번째 인공위성 보유 국가가 됐다. 그로부터 3년이 지난 1995년 8월에는 국내 최초의 통신방송위성인 '무궁화 1호'를 발사했다. 위성방송, 케이블TV 중계, 비상재해 통신 등 첨단 위성통신과 방송 서비스가 제공된 것도 이때부터다. 무궁화 위성은 6호(2010년 12월)까지 발사됐으며 2014년 10월 현재 3·5·6호가 지상 3만 5,786km에서 지구궤도를 돌며 임무를 수행하고 있다.

2006년 7월 발사된 아리랑 2호는 1m급 해상도를 갖춘 800kg급 저궤도용 정밀 실용위성이다. 아리랑 2호가 고도 685km에서 촬영한 영상들은 해양오염, 자원탐사, 농업재해 모니터링, 해양 적조 감시, 정밀지도 제작 등에 활용되고 있다.

2010년 6월 발사된 천리안은 국내 처음으로 개발된 정지궤도위성이다. 천리안으로 우리나라는 세계 최초 정지궤도 해양위성 보유국, 세계 7번째 독자 기상위성 보유국, 세계 10번째 통신위성 자체 개발국 등의 타이틀을 얻게 됐다. 같은 해 8월 쏘아올린 아리랑 5호는 국내 최초로 영상레이더(SAR)를 탑재해 야간은 물론 악천후에도 고해상도로 지구를 관측할 수 있다. 지상 550km 상공에서 공공안전, 국토·자원 관리, 재난 감시 등에 활용되는 영상정보를 수집하며 수명은 5년이다.

발사체 분야에서도 큰 성과를 거뒀다. 2009년 6월 전남 고흥에 나로우주센터를 완공, 세계 13번째로 우주센터를 보유하게 됐다. 또 2009년 8월, 2010년 6월 연이어 실패의 쓴 맛을 봤던 나로호 과학위성이 2013년 1월 발사에 성공, 우리의 우주개발 사업은 중대한 전환점을 맞았다.

비록 1단 액체로켓엔진을 러시아에서 들여오긴 했지만 우리가 개발한 2단 로켓 및 페어링, 위성, 각종 전자장비 등으로 구성된 상단에 대한 비행 검증을 성공리에 수행함으로써 자력 발사체 개발을 위한 교두보를 마련했다는 평가다.

국민의 비상벨 112,
울리면 반드시 출동한다

　　　　　최근 서울 도봉경찰서는 걸핏하면 112에 허위신고를
한 혐의(위계에 의한 공무집행방해)로 40대 여성을 구속했다. 그가 지난
2010년 1월부터 2014년 7월까지 4년 반 동안 112에 걸어온 허위신고
는 무려 4,654건에 이르렀다.

　식당 종업원으로 일하는 이 여성은 주로 만취 상태에서 허위신고
를 했다. 2010년 37건의 허위신고를 한 그는 해를 거듭할수록 점차
대담해져 2014년에는 7개월간 2,431차례에 달했다. 하루 200회 이
상 신고한 날도 있었다. 112가 무료인 데다 항상 받아주니까 계속
걸었단다. 112 신고 이후에는 전화를 받지 않거나 휴대전화를 끄는
방법으로 경찰의 추적을 따돌렸다. 주로 "지금 자살하러 간다" "누
가 죽었으니 치워달라"는 심각한 내용이었다.

　긴박한 상황에서만 사용돼야 할 '국민의 비상벨' 112가 허위신고
로 골머리를 앓고 있다. 이에 따라 '정작 필요한 상황에서는 경찰력

이 투입되지 못하는 불상사가 생기지 않을까' 우려가 높다.

경찰청에 따르면 지난 2010년 1만 919건이었던 112 허위신고는 2014년 7월까지 3만 9,324건이 발생했다. 연평균 1만 건에 가까운 수치다. 허위신고로 인한 출동 건수는 3만 9,030건이었다. 현장에 출동하지 않고서는 신고 전화의 진위를 파악할 수 없기 때문에 그대로 경찰력이 낭비되는 셈이다.

형법(위계에 의한 공무집행방해), 경범죄처벌법(거짓신고) 규정에 따라 112에 허위신고를 할 경우 5년 이하의 징역 또는 1천만 원 이하의 벌금, 60만 원 이하의 벌금 또는 구류 등으로 처벌할 수 있다. 같은 기간 허위신고로 처벌을 받은 사람은 모두 7,956명으로, 전체 허위신고자의 약 20% 수준이다. 이 가운데 형사 입건은 565건(구속 40명)에 불과하다.

일 년 365일 국민을 지킨다

'112'는 어린아이부터 팔순이 넘은 어르신들까지 우리 국민 모두가 외우고 있는 국번 없는 세 자리 전화번호다. 언제, 어떤 위험이 닥칠지 모르는 험난한 세상에서 머릿속 한쪽에 기억하는 것만으로도 마음이 든든해진다. 그래서 112는 '국민의 비상벨'로 불린다. 일 년 365일 하루도 빠짐없이 국민의 생명과 재산을 지키기 위해 24시간 대기 모드다. 112 신고가 상대적으로 많은 금요일인 2014년 9월 24일, 경기 부천원미경찰서 112 종합상황실을 찾았다.

부천원미서는 전국에서 112 신고가 가장 많이 들어오는 경찰서 가운데 하나다. 2013년 한 해 동안 무려 9만 5,666건(하루 평균 354건)

의 신고가 접수됐다. 2014년은 9월 말 현재 10만 1,708건으로 하루 평균 367건을 기록하고 있다. 그중에서도 금요일(1만 5,180건)과 토요일(1만 7,427건)에 30% 이상 집중되고 있다. 여름에는 하루 600건까지 신고가 늘어났지만 요즘은 날씨가 쌀쌀해지면서 상당폭 줄어 340건 안팎으로 내려왔단다. 장대균 112 상황실장은 "범죄와 관련 없는 단순 불편 해소를 위한 '코드3' 신고가 많다"면서도 "부천원미서는 살인·강도·강간·절도·폭력 등 5대 범죄 발생률이 전국 최상위권에 속하기 때문에 한순간도 방심해서는 안 된다"고 말했다.

하룻밤 신고 접수 300건 넘어

상황실 문을 여는 순간 적잖이 당황했다. TV에서 보던 112 상황실의 모습이 아니었기 때문이다. 대형 화면에 현재 상황을 알리는 관내 지도가 표출되는 '근사한' 상황실은 온데간데없었다. 책상 몇 개와 그 위에 놓인 컴퓨터 모니터, 무전기가 전부였다. 장 실장은 "112 신고 시스템이 워낙 잘돼 있어 컴퓨터와 무전기만 있으면 충분하다"며 "다른 경찰서에 비해 사무실 자체는 볼품없어 보일지 몰라도 '일은 어느 경찰서 못지않게 잘한다'는 자부심을 갖고 있다"고 말했다.

부천원미서 112 상황실은 3교대로 돌아간다. 오후 6시 30분부터 다음 날 오전 8시 30분까지가 야근조의 근무 시간이다. 이날 야간 근무는 최동열 팀장과 조정희 경위, 김동호 경사, 안기준 경사, 이건식 경사가 함께 일하는 상황3팀이 맡았다.

근무를 시작한 지 20여 분이 지난 오후 6시 52분 '한 남자가 여자를 강제로 차에 태우는 걸 봤다'는 신고가 들어왔다. 최 팀장은 즉시 역대파출소 순찰차 2대와 강력7팀에 출동 지시를 내렸다. 안 경사가 차적을 조회하는 사이 최 팀장은 인근 오정서에 공조를 요청했다. 6분이 지난 오후 6시 58분 이 경사는 폐쇄회로 TV 관제센터에 차량번호를 통보하고 당직 형사들에게 휴대전화 문자 메시지로 사건 내용을 알렸다.

오후 7시가 되자 강력2·3팀이 추가로 현장에 투입됐다. 10분 뒤 오정서로부터 "차적 조회로 나온 주소지에 가보니 아무도 없더라"는 답이 돌아왔다. 오후 7시 15분 안 경사가 차량 소유자의 휴대전화 번호를 알아내기 위해 이동통신사에 통신 수사를 의뢰했다. 20분이 지난 후 통신사에서는 "차량 소유주와 동거인 3명이 일본 여행 중"이라는 사실을 전해왔다. 최 팀장은 곧바로 일본에 있는 차량 소유주에 전화를 걸었고 "해당 차량은 공장에서 쓴다"는 답변을 받았다.

오후 7시 50분 공장 관계자로부터 차량을 누가 운행했는지 확인

했다. 즉시 운전자는 "애인과 다투면서 벌어진 일"이라는 설명을 들었다. 최 팀장은 "해당 여성이 안전한지를 확인해야 한다"며 순찰차에 다시 지시를 했고, 오후 8시 30분 이를 최종적으로 확인하면서 사건은 마무리됐다.

이 경사는 "별일 아닌 경우가 대부분이기는 하지만 흔히 말하는 '만의 하나'가 중요하다"며 "어느 사건도 '만의 하나'가 될 수 있기 때문이다. 마음속으로는 '별거 아니겠지' 하면서도 마치 살인사건을 다루는 것처럼 철저히 하지 않을 수 없다"고 강조했다.

곁에 있던 최 팀장은 "강력사건이 발생하면 짧은 시간 내에 조치가 이뤄져야 하기 때문에 신고를 받는 순간 머릿속에 길을 하나하나 그릴 수 있어야 한다"고 말했다. 실제로 이들은 부천의 골목골목을 손바닥 보듯 훤히 꿰뚫고 있다. 관할 지구대·파출소 근무를 수년씩 경험한 베테랑들이다. 최 팀장을 제외하고는 모두 인근에 거주하고 있었다. 최 팀장은 부천원미서에서만 15년을 근무하며 여러 지구대를 거쳤다. 막내 이 경사도 지난 2007년 부천원미서로 옮겨와 6년가량 계남파출소와 중동·중앙지구대 등에서 일했다.

'알 만큼 아는' 이들이지만 그 자리에 멈춰 서는 법이 없다. 상황실 근무자 모두가 한 달에 최소한 서너 번은 '길찾기 학습'을 한다. 중요 사건이 발생한 경우 팀 전체가 가서 현장을 답사하고 범죄 수법에 따라 범인의 도주로 등에 대해 공부하는 것이다. 추후 유사한 상황이 발생했을 때 더욱 빠르고 효율적으로 대응하기 위해서라는 설명이다.

위치 추적 따라 여관 200개 뒤져

새벽 1시가 훌쩍 지났지만 112 신고는 끊이지 않았다. 전날 오후 6시 이후 접수된 신고 건수가 이미 300건에 육박했다. 새벽 1시 35분, 이번에는 고등학교 2학년 학생이 담임선생에게 '자살하겠다'는 카카오톡 메시지를 보냈다는 신고가 들어왔다. 5분 후 해당 학생의 휴대전화를 조회, 정확한 위치를 알아낸 후 1시 44분에 학생을 발견했다.

이 경사는 "위성위치확인시스템(GPS)을 켜놓은 것은 사실 '날 찾아달라'는 것과 마찬가지"라며 "위치 추적을 했음에도 정확한 위치가 나오지 않으면 찾는 데 어려움이 많다"고 말했다.

"한번은 새벽 1시쯤 여자의 다급한 비명이 들리고 휴대전화는 끊겼어요. 위치 추적을 했는데 하필이면 부천역 인근이었습니다. 숙박업소가 무려 200개 가까이 몰려 있거든요. 객실 하나하나를 확인한다는 게 여간 어려운 일이 아닙니다. 자고 있는데 문 두드리고 수색할 수도 없는 노릇이잖아요. 1시간여 동안 뒤져서 겨우 신고자를 찾아냈더니 남자 친구와 말다툼하다가 벌어진 해프닝이랍니다. 요즘은 특히 자살사건이 많아 안타까워요. 자살 직전 가족이나 지인에게 문자를 보내는데 이렇게 오래 걸리는 바람에 생명을 구하지 못하는 경우가 종종 있습니다."

상황3팀은 대다수가 2012년 4월 112 상황실이 탄생하는 순간부터 함께 손발을 맞춰온 사이다. 눈빛만 봐도 마음을 읽을 수 있다. 최팀장과 팀원들은 "현장과의 소통이 가장 중요하다"고 입을 모았다. 최 팀장은 "혼자 판단하는 것보다는 둘, 셋이 머리를 모아서 하는 게 낫지 않겠느냐"며 "현장에 출동하는 경찰이 더 잘 알기 때문에 커뮤니케이션이 잘 이뤄져야 한다"고 말했다.

112 상황실은 2014년 10월 13~19일 지역경찰과 교류 현장체험을 실시했다. 매일 밤 8시부터 10시까지 112 상황실 경찰들이 112 신고에 출동, 사건을 처리하고 지역경찰들은 112 상황실에서 신고접수와 지령을 내리는 상황이 연출됐다. 이를 통해 서로의 고충을 이해하고 소통과 협력을 강화하자는 취지였다.

하지만 허위신고는 현장에 출동하는 지구대·파출소의 경찰관뿐만 아니라 112 상황실 근무자의 힘을 쭉 빼놓는다. 부천원미서는 올해 들어 16건의 허위신고를 처벌했다. 15건은 경범죄처벌법에 따른 벌금을, 1건은 42만 원짜리 민사소송을 제기했다. 장 실장은 "소송 건은 50대 남성이 '아이를 죽였다'고 신고한 내용"이라며 "당시 순찰차 4대와 형사 2개 팀이 출동했는데 알고 보니 10년 전 가출한 아들을 찾기 위한 '쇼'에 불과했다"고 설명했다.

최 팀장은 "허위신고라도 최종적으로 확인하기 전까지는 출동해야 하는 것이 경찰"이라며 "특히 112 상황실의 경우 한 번의 실수가 엄청난 비극을 초래할 수 있어 실수를 최대한 줄이기 위해 항상 긴장한다"고 말했다.

"미귀가자는 며칠이 걸려서 찾을 때도 있어요. 미귀가 사건은 보통 긴급하지 않은 사건인 '코드2'에 해당합니다. 하지만 무심코 넘겼다가는 큰 사건으로 연결될 수 있어서 잘 판단해야 합니다. 가끔 경험으로만 알 수 있는 것들이 있어요. 2013년 '아이가 실종됐다'는 신고가 접수된 적이 있는데 우리 경찰서 자체 병력을 다 쓰고도 모자라 지방청에 요청해 1개 중대를 추가로 동원한 적도 있습니다."

112 상황실은 사건·사고가 났을 때 컨트롤타워 역할을 하지만 아무리 잘해도 빛이 나지 않는 곳이다. 순수하게 현장을 뒷받침하는 위치에 있기 때문이다. 최 팀장은 "현장에서 일하는 사람들이 더 고생하니까 공을 더 인정받는 게 당연하다"며 웃었다.

서울시설공단 도로관리처, 서울시의 원활한 흐름을 관리한다

서울에는 12개의 자동차 전용도로가 있다. 그 길이는 173.5km다. 하루 평균 자동차 130만 대가 지나가는 이 도로는 누군가가 주기적으로 관리를 해야 한다. 갈라지고 팬 도로면을 방치할 경우 사고를 유발할 수 있기 때문이다. 손길이 필요한 곳은 도로면만이 아니다. 도로 근처 곳곳에 내걸린 각종 불법 현수막, 계절에 따라 찾아오는 눈과 비 등 신경 써야 할 것은 차고도 넘친다. 이 모든 일을 도맡아 하는 곳이 바로 서울시설공단이다.

불법 현수막과의 숨바꼭질

2014년 10월 30일 오전, 서울 마장동에 자리 잡은 서울시설공단 본사를 찾았다. 도로관리처 소속의 이성림 과장과 정재부 대리는 맨 꼭대기(20층)에 자리 잡은 서울도시고속도로 교통관리센터에서 무전기를 들고 연신 무언가 지시를 내리고 있었다.

전면에 설치된 대형 스크린에는 서울시 전역의 도로 상황이 한눈에 들어왔다. 초록(원활), 노랑(지체), 빨강(정체)이 도로 위에 표시되는 익숙한 그 지도다. 이 과장은 "서울지방경찰청 등과 함께 일하는 곳"이라며 "서울 전역의 차량검지기 1,153개와 폐쇄회로 TV 153대가 수집한 차량 통행 정보는 자동으로 시각화 과정을 거쳐 지도 위에 교통 상황을 색깔로 나타낸다"고 말했다.

차량 흐름을 점검하는 것 외에 교통관리센터가 하는 중요한 작업이 하나 더 있다. 서울의 자동차 전용도로 관리를 총괄하는 '컨트롤타워' 역할이다. 이 과장은 긴급성이나 민원 등을 종합적으로 판단해 시설팀 근무자에게 보수·보강 등의 업무를 지시한다. "현수막 제거 요청 등 이곳 상황실로 들어오는 전화만 하루 30건가량"이라는 정 대리의 설명이다.

오전 9시 30분께 이 과장, 정 대리와 함께 거리로 나섰다. 30여 분이 지나 동서울터미널 인근 강변북로에서 이흥표 반장이 이끄는 1구간정비반 차량 2대와 합류했다. 정비반은 불법 현수막 제거 작업을 벌이고 있었다. 과거에는 차량 한 대씩 따로 작업을 했으나 사고가 빈번하게 발생하는 탓에 5년 전부터 2대가 같이 움직이고 있단다. 말하자면 뒤따르는 차량은 보호장치 역할을 하는 셈이다.

강변북로를 따라 천천히 이동하던 정비반 차량이 잠실대교 북단에서 멈춰 섰다. 교차로 녹지대 빈 공간 여기저기에 현수막이 바람에 펄럭거리고 있었다. 10여 분 사이 제거한 현수막이 8개였다. 모두 같은 아파트의 미분양 광고물이었다. 이 과장은 "요즘 제일 많이 걸리는 현수막은 미분양 아파트와 수입차 광고"라며 "한곳에 3~4 개씩 걸어놓는 것은 예사이고 숨바꼭질하듯이 오늘 떼면 내일 또 걸 어놓는다"고 하소연했다.

지나는 한강 다리마다 불법 현수막이 3~4개씩은 꼭 붙어 있다. 이 과장은 "저것들은 날을 따로 잡아서 떼야 한다"며 "상황실에서 우 선순위를 정해줄 것"이라고 말했다.

도로 관리는 '물과의 전쟁'

정비반은 영동대교를 건너 올림픽대로로 이동했다. 이번에는 청 담대교 아래 포트홀(노면홈)을 메우는 일이란다. '도로 위의 지뢰'로 불리는 포트홀은 여름철 집중호우나 겨울철 폭설로 도로가 파여 생 기는 것으로 별다른 표시를 해놓지 않는 한 운전자들이 주행 중 쉽 사리 발견하기 어려워 신속한 복구가 중요하다.

'차를 타고 빠른 속도로 지나가면서 어떻게 이걸 발견했을까'라는 생각을 하고 있을 때 이 과장이 눈치를 챘는지 "시민의 민원이나 제 보도 많이 들어오지만 하루 300km를 이동하면서 불법 현수막이나 도로 상태를 살피고 다니는 순찰대의 역할이 크다"고 설명했다.

공사 지점은 3차로였다. 교통 흐름을 방해하지 않기 위해 별도의 차단 시설도 하지 않았다. 양옆으로 차들이 시속 60~80km로 쌩쌩 달리는 것이 위험천만하기 그지없는 모습이다. 이 반장은 "안전사고 위험이 크기 때문에 솔직히 이럴 때는 '차라리 교통 정체 상황이었으 면 좋겠다'는 생각을 한다"고 털어놨다.

다행히 아스팔트(아스콘)를 포트홀에 부은 뒤 석회 가루를 뿌리는 간단한 작업이었다. 차들이 지나면서 아스팔트를 다져줄 것이었다. 포트홀 4개를 메우는 데 걸린 시간은 10분이 채 되지 않았다. 그 해답은 정 대리가 알려줬다.

"한마디로 아스팔트를 끓여서 주전자로 부어놓은 것이라고 보면 됩니다. 아스팔트 사이로 물이 새어 들어가지 않도록 땜질하는 거죠. 교통량이 워낙 많아 지금처럼 임시 조치를 할 수밖에 없습니다. 5분만 차량을 통제해도 1km 이상 정체가 발생하니까요. 그러면 상황실로 항의 전화가 빗발칩니다. 현장 근무자에게 욕설과 함께 침을 뱉고, 차 안에 있던 병이나 기저귀를 던지는 경우도 있어요. 이번처럼 작은 포트홀은 임시 조치를 하고 규모가 있는 경우에만 포장정비팀이 시간을 들여 보수합니다."

이 과장은 "그래도 올여름은 비가 적게 와서 비교적 편하게 넘어갔다"며 "2013년만 해도 포트홀 신고가 하루에도 300~400건씩 들어와 말 그대로 '포트홀과의 전쟁'을 벌였다"고 말했다. 하루 100개가 넘는 포트홀을 보수하려니 베테랑만 모인 정비반이 "두 손 두 발 다 들었다"고 할 정도였단다.

이 반장이 무전기를 통해 "정비반이 보통 하루에 120km, 많을 때는 150km가량을 이동하며 이런저런 일을 한다"며 "그중에서도 7~8월 비가 많이 올 때는 포트홀 보수하느라, 예고 없이 폭설이 내리는 겨울날에는 제설작업을 하느라 그야말로 눈코 뜰 새가 없다"며 추임새를 넣었다.

정비반은 다시 천호대교 방면으로 움직였다. 라디오에서 "주말에 비가 올 것"이라는 일기예보가 흘러나왔다. 정 대리는 "가을에는 비 소식이 들리면 걱정부터 앞선다"며 "20mm 정도만 와도 낙엽이 배수구를 막기 때문"이라고 말했다.

오전 11시 30분께 천호대교 남단 공항 방면 올림픽대로에 도착했다. 직진 차량과 옆에서 끼어드는 차들로 작은 정체가 발생하고 있었다. 무리한 끼어들기를 방지하기 위해 시선유도봉 5개를 설치하는 작업이었다. 걸린 시간은 10분에 불과했다. 이 반장은 "시선유도봉 설치 작업은 전국에서 우리가 제일 잘한다고 자신할 수 있다"며 "일 년에도 수천 개씩 박았다 뽑았다를 반복하기 때문"이라고 설명했다.

이 과장은 "시선유도봉이야말로 민원의 상징과도 같은 것"이라며 "'설치해달라'는 민원이 들어와 설치 기준 등을 고려해 설치하면 이튿날부터는 불편하다는 이유로 '제거해달라'는 민원이 빗발친다"며 "심한 경우 전화기를 붙들고 20~30분을 설명해서 겨우 설득하기도 한다"고 말했다.

불가피한 정체에 욕설 난무

오후에는 포장정비반이 일하는 곳으로 이동했다. 올림픽대로를 따라가면서 청담대교 인근 제설작업 전진기지에 겨울을 대비해 이미 염화칼슘을 쌓아두고 있는 모습이 보였다. 이 과장은 "많이 살 수도, 적게 살 수도 없어 겨울을 앞두고 늘 고민"이라며 "몇 년 전 겨울에는 예측보다 눈이 많이 내리는 바람에 지방자치단체마다 '염화칼슘 확보 전쟁'이 벌어졌고 가격이 천정부지로 치솟는 바람에 혼이 나기도 했다"고 소회했다.

포장정비반을 만난 곳은 강변북로 일산 방향 성수대교 북단 근처였다. 무거운 트럭들이 지나면서 생긴 '소성변형'을 바로잡기 위한 작업이었다. 도로를 살펴봤지만 뭐가 잘못된 것인지 도저히 찾아낼 수가 없었다. 이 과장이 철제 자를 도로 위에 걸쳐놓자 그제야 손이 들어갈 정도의 공간이 보였다. 타이어의 압력 때문에 도로가 그만큼 주저앉은 것이었다. 제때 수리하지 않으면 굴곡 탓에 운전자가 운전대를 놓치는 대형 사고로 이어질 수 있다는 정 대리의 설명이다.

포장정비반에는 '시공이음'이라는 또 다른 적이 있다. 여러 개의 차선을 순차적으로 공사하면서 생기는 미묘한 차이가 여름과 겨울의 온도차를 겪으면서 점차 벌어지는 것이다. 겨울에 그 틈 사이로 물이 들어가 얼었다 녹았다를 반복하면 도로도 견디지 못하고 파손되는 것이다.

이 과장은 "제대로 공사를 하면 10년을 버틸 수 있는 아스팔트지만 도심의 도로를 전면적으로 통제할 수도, 며칠씩 통제할 수도 없는 것이 현실"이라며 "시간에 쫓겨 시공하는 탓에 5~7년밖에 쓰지 못한다"고 안타까움을 표시했다.

포장정비반 안오훈 반장은 "시민들의 안전과 편의를 위해서라는 자부심을 갖고 일하는데 잠시라도 도로가 막히면 참지 못하는 시민들이 있다"며 "도로 보수의 필요성과 불가피한 정체를 넓은 마음으로 이해해줬으면 좋겠다"고 당부했다.

서울시설공단, 자동차도로만 관리?

서울시설공단은 자동차전용도로 이외에도 서울 시내 곳곳에 흩어져 있는 다양한 시설물을 관리한다.

그중에서도 시민이 일상생활에서 가장 많이 접하는 시설은 시내 29곳에 위치한 지하도 상가, 시내 한복판을 가로지르는 청계천이다. 우선 지하도 상가의 경우 점포 2,738개는 물론 계단, 지하보도, 벽면 등의 청소와 화장실 관리에도 시설공단의 손길이 닿는다. 공기질 관리와 화재 대비 시설도 당연히 시설공단의 몫이다. 청계천은 기본적 유지·보수뿐만 아니라 매년 11월 초 열리는 '서울빛초롱축제' 등 문화행사도 주관한다.

마포구 상암동의 서울월드컵경기장과 중구 장충동 장충체육관 등 대규모 체육시설도 시설공단의 손을 거친다. 장충체육관은 지난 2012년부터 리모델링을 시작해 2015년 초 다시 문을 열 예정이다.

잘 알려지지 않은 사실 중 하나는 시설공단이 하루 3만여 명의 시민이 찾는 광진구 능동 서울어린이대공원을 운영한다는 것이다. 총 96종, 506마리의 동물과 470종, 78만여 본의 식물을 시설공단 직원들이 키우고 돌보는 셈이다. 민간기관이 담당하기 힘든 영역도 시설공단이 맡고 있다. 서초구 원지동 서울추모공원과 경기 고양시 덕양구에 위치한 서울시립승화원이 이런 경우다. 시립승화원은 지난 1970년 망우리 묘지에서 현재 위치로 옮겼지만 시설공단이 1987년 인수하면서 운영을 시작했다.

또한 1·2급 지체 및 뇌병변 장애인과 휠체어를 이용하는 1·2급 중증장애인의 이동을 돕기 위해 '장애인 콜택시'도 시설공단이 운행하고 있다. 2003년 1월 100대로 시작한 장애인 콜택시 사업은 2014년 차량 460대와 콜센터 상담원 32명 규모로 성장했다.

이밖에 시설공단은 공영주차장·버스공영차고지 등 각종 교통시설, 전력·통신·수도·난방시설을 공동으로 수용하는 공간인 '공동구' 등 대도시 서울이 원활하게 돌아가는 데 필수적인 시설을 관리한다.

U-영등포통합관제센터,
시민 안전을 지키는 눈이 되다

전국에 설치된(2013년 말 기준) 공공용 폐쇄회로 TV, 즉 CCTV는 56만 5천여 대에 달한다. 민간에서 설치한 것까지 포함하면 무려 428만 대가 될 것으로 추정된다. 해마다 수십만 대가 늘어나고 있다. 거리에 나서면 늘 CCTV가 우리의 일거수일투족을 지켜보는 셈이다. CCTV는 사생활 침해 등 불편함은 여전하지만 범죄 수사 등에서 큰 기여를 하는 덕분에 시민들의 반감은 많이 사라졌다. 실제로 영화 〈감시자들〉을 보면 범죄자를 잡는 과정에서 CCTV는 경찰의 '눈' 역할을 톡톡히 하고 있다. CCTV의 범죄 예방 효과에 대한 의견이 아직 분분하지만 적어도 주민들의 불안감을 없애는 '심리적 안정'에는 긍정적인 효과가 있다는 분석이다.

서울 영등포구는 24.56km² 면적에 38만 명이 살고 있다. 서울 시내에서도 유동 인구가 많은 곳으로 손꼽히는 영등포역과 여의도, 중국 동포들이 집단으로 거주하는 대림동 등이 있어 CCTV 수요가 넘처나는 곳이다.

현재 영등포구에 설치된 CCTV는 모두 848대다. 방범용이 336대로 가장 많고, 불법주정차 단속 275대, 그린파킹(담장을 허문 주택의 보안을 위해 설치한 CCTV) 92대, 공원 방범 75대, 어린이보호구역 44대, 쓰레기 무단투기 단속 24대 등이다. 2014년 11월 6일 오전, 이들 CCTV를 들여다보면서 주민들의 낮과 밤을 지키는 U-영등포통합관제센터를 찾았다.

불법주정차와의 숨바꼭질

통합관제센터 전면에 설치된 대형 화면은 21개로 나뉘어 이곳 저곳의 모습을 그대로 보여주고 있었다. 영화 〈슬로우비디오〉에 나오는 여장부(차태현 분)는 없었다. 여장부는 남들이 보지 못하는 찰나의 순간을 볼 줄 아는 동체시력의 소유자로, 통합관제센터의 에이스다.

현실에는 수십 개의 화면을 넘나드는 불법주정차 단속요원들의 매서운 눈과 현란한 손놀림이 있을 뿐이다. 곁에서 일하는 모습을 불과 5분간 지켜봤을 뿐인데 눈이 어지러울 정도였다. 경력 10년의 안점순 씨는 "현장 단속을 하다 6개월씩 통합관제센터 근무를 한다. 처음에는 멀미가 날 만큼 눈이 어지러웠다. 시력이 나빠져 안경을 바꿨다"며 "이제 눈은 어느 정도 적응이 됐으나 이번에는 손목이 아파왔다"고 어려움을 토로했다.

대림로에 1톤 트럭이 주정차하고 있는 모습이 보였다. 안씨가 해당 트럭을 지정하자 1차로 사진이 찍혔다. 안씨는 "5분 동안 3장을 추가로 촬영하게 되는데 그 사이 이동하지 않으면 단속에 걸린다"고 설명했다.

얘기를 하면서도 안씨의 눈과 손은 부지런히 움직였다. 그는 "원래 자동으로 단속이 가능하지만 CCTV가 숫자가 있으면 오토바이 등 아무거나 찍어대는 통에 오류가 많이 발생한다"며 "정확한 단속을 위해 수동으로 할 수밖에 없다"고 말했다.

오전 8시 30분부터 오후 9시 30분까지 하루 적발 건수는 대략 130건이다. 요즘은 CCTV에 대한 운전자들의 인식이 높아지면서 숨바꼭질이 계속되고 있단다. 단속요원들도 무리하게 단속하지는 않는다. 7년 경력의 임정화 씨는 "CCTV는 단속을 위해 있는 것이 아니라 깨끗한 도로, 원활한 교통 소통을 위해 있는 것"이라며 "덮어놓고 단속할 경우 민원이 폭주해서 구청의 업무가 마비되지 않을까 싶다"며 웃었다.

임씨는 "택시나 소형트럭 등 생계형 차량에 대해서는 단속을 자제한다"며 "구청이나 동사무소에 신청하면 CCTV가 첫 사진을 찍는 순간 '5분 내에 이동하라'는 문자를 운전자에게 전송하는 서비스도 제공하고 있다"고 설명했다.

운전자들도 많이 영악해져 단속요원들이 혀를 내두를 정도다. 실제로 CCTV에는 번호판을 가리기 위해 트렁크를 열어놓거나 걸레를 뒤집어씌우는 등 교묘하게 번호판을 가린 차들이 곳곳에 눈에 띄었다. 단속요원들의 승부욕을 자극하는 '얌체' 운전자들은 누굴까. 임씨는 "단속을 피하기 위해 번호판에 반사 스프레이를 뿌리는 사람이 가끔 있는데 꼭 단속을 하고 싶다"고 말했다.

안씨는 "100% 확실하지 않으면 단속하지 못한다는 약점을 이용하는 사람들이 가장 얄밉다"며 "번호판에 낙엽, 휴지 등을 테이프로 붙여 숫자 하나를 가리거나 껌을 붙여 '아'와 '어'를 구별하기 힘들도록 만드는 사람도 있다"고 설명했다.

단속을 시작한 지 3시간 넘게 흐른 오전 11시 50분까지 단속 건수는 39건이었다. 임씨는 "보통은 오전에만 50~60건이 단속되는데 오늘은 유난히 거리에 차가 뜸하다"며 "점심 시간에는 자동으로 전환하는 탓에 단속 강도가 더욱 약해진다"고 말했다.

쓰레기 무단투기를 단속하는 것도 관제센터의 주요 업무다. 오전 10시가 넘어가자 청소과 소속의 안선미 씨도 바빠지기 시작했다. 책상 위에 놓인 모니터를 유심히 바라보다 마이크에 대고 "쓰레기를 무단투기하시면 100만 원 이하의 과태료가 부과된다"는 계도 방송을 했다.

계도 방송은 하루에 14~ 15회 정도 한다. 그중에 절반은 도로 쓰레기를 가져가고, 나머지는 그대로 버려두고 간단다. 안씨는 "많은 사람들이 대로변의 음식물쓰레기통을 보면 쓰레기를 버려도 되는 곳으로 생각한다"며 "현장 단속에서 적발되는 경우에만 과태료(10만 원)를 부과하고 CCTV는 계도를 위주로 한

다"고 설명했다. 그는 이어 "해당 장소에 무단투기가 뜸해졌다고 판단되면 CCTV를 다른 곳으로 이동시킨다"고 덧붙였다.

언제 어디서든 '목격자' 역할

CCTV는 시민들의 눈길이 닿지 않는 시간과 장소에서 '눈' 역할을 대신하고 있다. 통합관제센터 내에서 24시간 CCTV를 들여다보는 곳은 방범용 CCTV를 맡은 팀이 유일하다.

영등포경찰서 생활안전과 소속 경찰관 3명과 용역직원 6명이 3교대로 24시간씩 자리를 지킨다. 이날은 남신웅 경위의 차례였다.

한 사람 앞에 놓인 모니터가 적게는 2개, 많게는 6개에 이른다. 모니터 하나가 16개로 분할돼 있다는 점을 감안하면 최대 100개가량의 CCTV를 한꺼번에 보는 셈이다. 야간에는 모든 CCTV가 방범용으로 변신한다. 남 경위는 "평소에도 CCTV는 '시민들의 눈' 역할을 충분히 하지만 대다수 시민들이 잠자리에 든 새벽 2시 이후 진가를 발휘한다"고 말했다.

수시로 요란한 벨소리가 들렸다. 위급상황에 도움을 요청할 수 있도록 CCTV 지지대에 설치한 비상벨 때문이다. 작동 여부를 점검하기 위한 것이 90% 이상이고 나머지는 '쓰레기 치워달라'는 등의 민원성이다.

CCTV의 가장 중요한 역할은 범죄 예방이다. 꼭 현장에 없어도, 주변에만 있어도 범죄자들의 검거를 도와주는 '목격자' 역할이 가능하다. 남 경위는 "과거에는 동네에 누가 사는지 주민들 모두가 알고 있었지만 지금은 옆집에 누가 사는지도 모른다. 일이 생기면 문 잠그기 바쁜 것이 현실이다"라며 "그 자리를 CCTV가 대신하는 것"이라고 말했다.

"비 오는 날이면 핫팬츠 입은 여성을 성추행하는 남자가 있었죠. 인근 지역의 CCTV를 모두 뒤져봤으나 얼굴이 자세하게 나오지 않았어요. 하지만 범행이 일어난 장소와 시간은 확실했죠. 대강의 인상착의를 바탕으로 도주 경로를 따라가다 용의자가 담배를 사기 위해 편의점에 들어간 것을 확인했습니다. 결국 편의점 내 CCTV로 얼굴을 보고 붙잡았죠."

2014년 4월에는 수배 차량을 적발했다. 하루 40대가량 수상한 차량에 대해 차적 조회를 실시하는데 거기에 걸려든 것이다. 남 경위는 "저녁 시간대 좁은 골목길에 외제차가 주차를 하는 모양새가 이상하다 싶어 조회를 했더니 도난 차량으로 나왔다"며 "경찰서 상황실로 연락했고 경찰관이 즉시 출동, 서너 시간을 잠복한 끝에 용의자를 검거했다"고 설명했다.

또 CCTV를 보다가 현행범을 붙잡은 적도 있다. 밤 12시께 10대 청소년이 자전거를 훔치려는 장면이 CCTV에 그대로 포착된 것이다. 경찰서 상황실에 알렸고 즉각 경찰이 출동해 현장에서 검거했다. 남 경위는 "실시간으로 범인을 잡는 것은 아주 드물고 수사 자료로 활용하는 경우가 대부분"이라고 말했다.

남 경위는 "CCTV는 여성과 노인 등 사회적 약자를 위한 것"이라며 "CCTV가 없을 때는 고교생들이 모여 담배를 피우는 곳이었으나 CCTV 설치 후 사라져 동네에 사는 여성과 노인들이 안심하고 안도한다"고 설명했다.

이 같은 CCTV의 순기능에 힘입어 주민들의 CCTV 설치 요구는 하루에도 2~3건씩 밀려들고 있다. '동네에 수상한 사람이 돌아다닌다' 싶으면 앞다퉈 민원을 넣는다는 것이다. 전날에도 '도둑이 6개월 새 10번이나 들었으니 집 근처에 꼭 CCTV를 설치해달라'는 민원이 들어와 곤혹스럽다고 했다.

하지만 예산 부족 등으로 CCTV를 원하는 대로 늘릴 수는 없는 형편이다. CCTV 1대를 설치하는 데 1,500만~2천만 원이 들어가고 저장장비 확충 등의 비용까지 포함하면 훨씬 많은 비용이 들어가기 때문이다.

통합관제센터를 총괄하는 서만원 홍보전산과장은 "안전행정부의 권고안은 1인당 CCTV 50대를 맡는 게 적당하다고 하지만 현실은 그렇지 못하다"며 "영등포구만 해도 3~4명이 봐야 할 것을 2명이서 감당하고 있다"고 설명했다. 그는 "CCTV를 더 설치하는 것도 필요하지만 이를 판독하고 관제하는 것도 중요하다"면서 "기껏 설치한 CCTV를 무용지물로 만들지 않고 100% 활용하려면 인력 보강이 절실하다"고 강조했다.

충남 병원선 501호,
매년 20만 명의 환자를 돌보다

충남 보령 외연도에 사는 50대 여성 임모 씨는 지난 2014년 8월 피검사를 받은 결과 고지혈증이라는 진단이 나왔다. 의사는 중성지방 수치가 높다며 아직 약을 쓸 단계는 아니고 3개월간 운동과 식이요법으로 조절해본 후 다시 검사해보자고 했다.

외딴섬에 사는 주민들이 배로, 자동차로 몇 시간을 달려 육지의 병원을 다니기란 참 힘들다. 이를 해결해주는 것이 병원선이다. 병원선은 여러 섬을 순회하면서 거동이 불편한 어르신이나 주민의 건강을 챙겨주는 '건강 돌보미' 역할을 한다. 국내 병원선은 지난 1978년 인천, 충남, 전북, 전남, 경남 등 섬이 많은 5개 지역에서 운행을 시작했다. 전남은 수요가 많아 배를 두 척으로 늘렸고, 전북은 새만금간척사업 등으로 수요가 줄어들자 다른 용도로 전환됐다.

충남은 1971년 '섬 돌보기호(6톤급)'를 시작으로 1978년 135톤급 병원선을 취항, 22년 동안 운항했다. 이어 2001년 4월에는 사업비

26억 7천만 원을 들여 160톤급 병원선을 새로 건조했다. 보령시와 서산·당진시, 서천·홍성·태안군 등 6개 시·군에 흩어져 있는 28개 섬을 매달 한 차례 이상 돌아다닌다. 의사 3명과 간호사 3명 등 모두 18명이 4,100명에 이르는 주민의 건강을 보살피고 있다. 2014년 11월 11일 오전, 충남 보령의 대천항에서 외연도로 가는 병원선 '충남 501호'에 동승했다.

한 해 7,800km 이동, 연인원 23만 명 돌봐

3개 층으로 이뤄진 병원선은 한 바퀴 둘러보는 데 5분이면 충분할 만큼 규모가 작았다. 하지만 덮어놓고 얕볼 정도는 아니다. 내과, 치과, 한방과에 임상병리실, 방사선실, 약제실까지 필요한 것은 다 갖추고 있었다. 특이한 것은 의료기기와 집기가 모두 끈으로 묶여 있는 점이다. 파도에 배가 흔들릴 때를 대비해 바닥과 벽에 고정해놓은 것이다.

충남 병원선은 2013년 연인원 23만 5천 명의 환자를 돌본 데 이어 2014년 들어서도 11월 현재까지 20만 명이 훌쩍 넘는 진료 실적을 기록하고 있다. 지난 1991년부터 병원선에서 근무 중인 최건용 사무장은 "과거 섬 주민이 모두 2만 명 가까이 됐던 적도 있다"며 "인구가 줄었으나 의료 수요는 오히려 더 늘고 있다"고 설명했다. 젊은 층이 육지로 빠져나가는 바람에 섬에는 대부분 60대 이상의 노년층만 남았고, 이들 대부분이 고혈압, 고지혈증, 당뇨 등 만성질환을 갖고 있기 때문이다.

오종명 선장은 "대부분이 60대 이상의 어르신들이고 뭍으로 한 번 나오기 힘드신 분들이 많다"면서 "시간을 충분히 할애해드리기 위해 여름에는 조금 더 일찍 가서 늦게 오려고 노력한다"고 거들었다.

섬마다 한 달에 한 번씩은 무조건 방문하는 것이 충남 병원선의 원칙이다. 태안·당진·서산에 있는 섬들은 한데 묶어 2박 3일로 돌고, 나머지는 그날 나갔다가 그날 들어온다. 최 사무장은 "인구(1,100여 명)가 제일 많은 원산도는 한 달에 네 차례, 삽시도와 마을이 앞뒤로 나눠져 있는 효자도는 각각 두 차례 들어간다"며 "하루에 4개 섬을 방문하는 경우도 있다"고 말했다. 그는 "전남의 경우 두 척이지만 워낙 섬이 많아 일 년에 한 번밖에 못 가는 섬도 있다니 그래도 다행"이라고 덧붙였다.

일하는 곳이 '선상'이다 보니 의사(공중보건의)들이 지원을 꺼릴 수밖에 없다. 풍랑주의보가 내려지기 전인 파고 2~3m에도 안전한 범위 내에서 진료를 나가야 하고, 자칫 날씨가 좋지 않으면 사나흘씩 발이 묶이기도 한다. 오 선장은 "태안에 있는 가의도까지는 배로 5시간이나 걸린다"며 "날씨가 좋을 때는 무리가 없으나 파도가 심할 때는 이동 자체가 힘들다"고 어려움을 토로했다.

20년 넘게 일해온 최 사무장조차 배 타는 것이 가장 힘들다고 할 정도다. 배를 타본 경험이 적은 의사들의 고충은 더욱 클 수밖에 없다. 흔들리는 배 위에서 진료를 하다 보니 의료기기를 자신의 다리에 묶은 채 환자를 치료하는 경우도 있단다.

최 사무장은 "근무 환경이 열악한 만큼 의사들에게는 일 년만 근무하고 다른 곳으로 갈 때 희망하는 곳으로 우선 배치하는 혜택을 주고 있다"면서 "병원선 역사가 40년에 육박하지만 연장 신청을 해 2년 간 근무한 의사는 2013년까지 일했던 내과의가 유일하다"고 말했다.

특히 근무 중인 공중보건의들은 '세월호 침몰 참사'가 일어난 2014년 4월 16일이 첫 근무였다. 당연히 가족들의 걱정이 이만저만 아니었다. 오 선장이 "시간이 조금 흐른 뒤 가족들이 병원선을 방문했을 때 '절대로 안전하니 믿고 맡겨달라' '책임지고 안전을 보장하겠다'며 안심시켰다"고 거들었다.

병원선 운영에 들어가는 돈은 일 년에 약 7억 5천만 원이다. 진료비와 약값이 모두 공짜여서 일 년에 약값으로 1억 8천만 원이 소요된다. 어선과 달리 관공선은 면세유도 받을 수 없어 기름값이 무려 2억 5천만 원이나 되고, 수리비도 2억 원가량 필요하다. 충남 병원선은 2013년 186일을 운항, 항해 거리가 7,802km에 달했다.

내과 담당 정항심 간호사는 "약값이 무료라 옆 사람이 받아가면 당장은 필요 없는데도 '나도 달라'며 우기는 어르신이 있다"며 "마음

같아서야 주고 싶지만 예산이 한정돼 있어 적정선에서 통제할 수밖에 없다"고 말했다.

섬 어르신, 내과 거쳐 한방과로 '순례'

대천항을 떠난 지 2시간여 만인 오전 11시께 외연도 앞바다에 도착했다. 다행히 날씨가 좋아 파도도 잔잔했다. 한방과 정희정 간호사는 "병원선에서 일한 지 3년이 지났지만 여전히 멀미는 적응이 안 된다"며 "오늘은 억세게 운이 좋은 날"이라며 웃음을 보였다.

원래는 항구에 배를 대고 진료를 보지만 오늘은 물이 많이 빠져 배를 대기 힘든 만큼 의료진이 섬으로 가 진료를 하기로 했다. 오 선장은 "연세가 많으신 분들은 본선까지 못 오는 경우도 있어 육상 진료를 한다"며 "거동 못 하시는 분들에게는 왕진도 간다"고 말했다.

배에서 이른 점심 식사를 마치고 최 사무장과 내과, 한방과를 맡고 있는 의사·간호사들이 출발 채비를 했다. 배 안에서만 진료를 볼 수 있는 치과는 진료에서 빠지는 대신 환자들이 필요한 약의 조제를 맡기로 했다. 병원선에 붙어 있던 작은 선외기를 타고 섬으로 들어갔다.

주민회관에 임시 진료소가 차려졌다. 이인엽 씨는 병원선이 온다는 소식을 듣고 벌써 30분째 기다리고 있었다. 이씨는 "날씨가 따뜻할 때는 그나마 괜찮지만 쌀쌀해지면 뭍으로 나가는 게 여간 힘든 일이 아니다"라면서 "한 달에 한 번이라도 고맙지만 더 자주 와줬으면 하는 바람이 있다"고 말했다.

환자들이 하나둘 들어오더니 10여 분 만에 환자 수가 10명을 넘었다. 최 사무장이 접수를 맡고 내과 담당 정 간호사는 연신 혈압을 쟀다. "어디가 아파서 오셨느냐"는 최 사무장의 질문에 대다수 어르신은 "안 아픈 데가 없다"고 대답했다.

환자들은 세세한 것 하나까지 하소연하듯 털어놨다. 내과 전문의인 강화평 선생은 이를 천천히 다 들어주고 원인과 예방책을 자세히 설명해줬다. 환자 한 명을 보는 데 짧게는 5분, 길게는 20분이 걸렸다. 내과 담당인 정항심 간호사는 "의사가 환자를 본 뒤 처방을 내리면 간호사가 이를 휴대전화로 사진을 찍어 배로 보내고 배 안에서 약을 조제해 진료가 모두 끝날 즈음 일괄적으로 갖고 와서 나눠주는 식으로 이뤄진다"고 설명했다.

이번에는 40대 여성 환자가 감기몸살 때문에 찾아왔다. 진료를 끝낸 후 "남편이 일하러 가서 오늘도 오지 못했다"며 혈압약을 대신 받아가려 했다. 내과 담당 정 간호사가 만성질환자 리스트를 꺼내 "6월 이후 나오지 않았다"고 확인해줬다. 강 선생은 "여긴 약국이 아니다. 3개월 이상 진료를 보지 않았기 때문에 안 된다"며 목소리를 높였다.

경남 창원이 고향인 강 선생은 평생 배를 탄 것보다 병원선에 와서 지낸 6개월 동안 더 많이 탔단다. 이제는 어느 정도 적응하는 법을 배웠다. 그는 "이 섬 저 섬을 다니면서 사람들을 알게 되고 '병원선이 기다려진다'는 말을 들으면 뿌듯하다"며 "어떤 분은 '외부에서 받는 진료보다 잘 맞는다'고 한다"고 말했다.

"2014년 6월 초 당진의 대난지도를 찾았을 때였습니다. 80대 할머니가 '조금만 움직여도 숨이 차다'고 하시는 거예요. 청진을 했더니 심잡음이 들렸고 엑스레이에서 심장 기능이 떨어진 것을 발견했

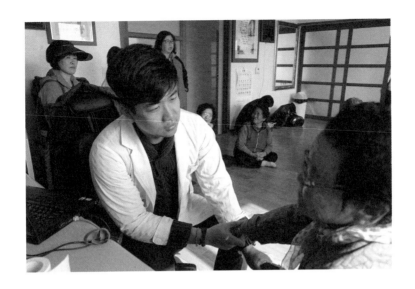

죠. 응급실에 갈 것을 권유했지만 '자식들에게 부담주기 싫다'며 한 사코 거부하시더군요. 결국 소견서를 쓰고 아드님에게 연락했습니다. 몇 달간 안 보여서 전화를 드렸더니 병원에서 치료받고 오셨다고 하더군요. 좋아졌다고, 고맙다고 하시는데 기분이 참 좋더라고요."

강 선생은 "환자에 따라 기민한 대처가 필요하고, 약을 바꾸거나 자주 봐야 하는 케이스가 있는데 병원선은 정해진 스케줄이 있어 '다 음 주에 오세요'라고 말할 수가 없다"면서 "그런 면에서는 아쉬움이 많다"고 토로했다.

내과를 거친 어르신들은 술줄이 옆방으로 자리를 옮겨 한방과를 찾았다. 슬쩍 문을 열어보니 어르신 대여섯 명이 무릎과 허리에 침 을 꽂은 채 일렬로 누워 있었다. 한의사 김건웅 선생은 "한결같이 허 리·무릎·어깨가 안 좋다고들 하신다"며 "대다수는 처음부터 한방 을 찾기 위해 오신 분들이 아니라 내과를 보기 위해 오셨다가 한방,

치과가 있으니 들렀다 가는 '병원 순례'를 하는 것"이라고 설명했다.

그는 이어 "오늘 같은 육지 진료에서는 여건이 좋지 않아 한방의 경우 침만 쓸 수 있다"며 "파도가 치면 환자도, 의사도 힘들지만 오히려 장비가 갖춰진 배에서 진료할 때 양질의 치료가 가능하다"고 덧붙였다.

오후 3시가 넘어가자 환자의 발길이 뜸해졌다. 병원선에서 약을 조제해 가져왔다. 마을회관 앞 슈퍼마켓에 맡겨두면 환자들이 직접 찾아간단다. 이날 충남 병원선이 진료한 환자는 내과 48명, 한방과 10명 등 모두 58명이었다. 생업에 쫓겨 진료를 보지 못하고 한 달치 혈압약 등을 대신 받아간 사례도 상당수였다.

동부광산보안사무소 광산보안관,
땅속 막장에 '보안관'이 떴다

우리나라에도 '보안관'이 있다. 미국 서부 영화에 나오는 것처럼 굵은 시가를 입에 물고 허리에 총을 차고 다니며 악당을 응징하는 영화 속의 그 보안관은 아니다. 전국에 산재해 있는 수백 개 광산의 안전을 책임지는 '광산보안관'이다.

광산보안관은 광산에서 사고가 발생할 경우 즉각 출동해 정확한 사고 원인을 조사한다. 광산보안법에 의해 모든 광산에 대한 채굴 중단, 광업주 및 보안 관리자에 대한 처벌 등의 권한을 갖고 있어 광산업계에서는 '저승사자'로 불린다.

하지만 광산업이 한창 잘나가던 1980년대 후반까지만 해도 각광을 받던 광산보안관도 석탄산업의 사양화와 함께 기피 직종으로 전락했다. 100명 안팎이던 광산보안관은 30년이 채 안 돼 현재 5분의 1 수준으로 줄었다. 광부가 아니지만 사실상 광부들과 같은 환경에서 일하기 때문이다.

2014년 11월 21일, 강원도 전 지역과 경북 일부(울진·봉화)의 광산에 대한 보안·관리를 맡고 있는 산업통상자원부 소속 동부광산보안사무소를 찾았다.

광산보안관 경력 29년의 이광국 동부광산보안사무소 부소장은 인사를 마치기가 무섭게 "우리가 관할하는 대표적인 광산을 경험하러 가자"며 대한석탄공사 장성광업소로 기자를 이끌었다. 그러면서 광산보안관들은 일주일에 서너 차례씩 지하 수십, 수백 미터의 광산을 들락날락한다는 얘기를 곁들였다.

중부광산보안사무소에서 지원을 나온 장영덕 부소장과 광산보안관 3년차의 이현석 동부광산보안사무소 주무관이 동행했다. 장 부소장은 민간에서 일한 6년을 합쳐 무려 32년을 광산 안전에 바친 '베테랑 중의 베테랑'이다.

지하 수백 미터 막장이 일터

장성탄광은 작은 산 아래에 자리 잡고 있었다. 지난 1950년 11월 석탄공사가 생긴 이후 60여 년 동안 8,667만 4천여 톤에 달하는 석탄(무연탄)을 캐냈다. 2013년 생산량은 56만 5천 톤. 1970년대 말에는 한 해 200만 톤이 넘는 최대 생산량을 기록하기도 했다.

한쪽 건물에 붙은 '안전제일第一 생산제이第二'라는 문구가 인상적이었다. 곁에 있던 이 부소장이 "옛날에는 '증산보국增産報國'이라는 문구였었는데 안전을 강조하면서 바뀐 것"이라고 알려줬다.

"과거에는 광산이 생산을 우선으로 했기 때문에 갱도가 무너지거나 광부가 다치는 것에 대한 대비가 미흡했죠. 비용과 시간을 아끼

려고 안전대책을 적당히 눈가림하는 경우가 비일비재했어요. 광산 보안관이 정기 또는 수시로 실시하는 보안 점검에서 지적을 받지 않기 위해 사고가 우려되는 갱구를 폐쇄한 것처럼 위장하거나 비교적 안전한 막장을 점검받는 일도 있었죠."

갱으로 가는 길은 복잡했다. 속옷까지 모두 갈아입은 후 안전을 위한 헬멧과 길을 밝혀줄 램프, 탄가루를 막아줄 마스크도 착용했다. 탄광 관계자는 "절대로 라이터 등 인화물질을 소지해서는 안 된다"고 신신당부했다.

갱도를 따라 걸어가자 찬바람이 불어왔다. 장 부소장이 '점퍼를 꼭 입으라'고 했던 이유였다. 장화를 신은 데다 바닥이 울퉁불퉁해 걸음걸이가 여간 불편하지 않았다. 이런 길을 680m나 걸어가야 지하로 가는 케이지(일종의 엘리베이터)를 탈 수 있단다. 이 부소장은 "무작정 걷는 것이 아니다"라며 "안전수칙 준수 여부와 함께 설계도를 들고 다니면서 상·하 작업장 간격은 잘 유지하는지, 화약류 취급은 잘하는지 등을 살펴본다"고 말했다.

10여 분이 지나 케이지 앞에 도착했다. 케이지는 우리를 지하 900m의 세상으로 데려다줄 참이었다. 장성광업소 관계자는 "속도가 초속 7m로, 서울 여의도에 있는 63빌딩 엘리베이터보다 배 가까이 빠르다"고 자랑했다.

잠시 덜컹거리는가 싶더니 2분이 채 안 돼 케이지가 멈췄다. 밖으로 나오자 보안담당자가 '안전'이라는 구호와 함께 인사를 하고는 소지품 검사를 실시했다. 장 부소장이 "이제부터는 땀을 흘릴 테니 점퍼를 벗는 게 나을 것"이라고 했다.

장성광업소 측에서 다양한 경험을 위해 특별히 작은 기차처럼 생긴 인차人車를 태워주기로 했단다. 이 부소장은 "눈으로 갱의 안전을 직접 확인해야 하는 데다 작업에 지장을 줄 수도 있어 평소에는 인차를 거의 타지 않는다"고 설명했다.

탄가루에 눈 · 코 · 입 막혀

인차를 탄 시간은 5분을 넘기지 못했고 다시 걷기가 시작됐다. 꼬불꼬불한 갱도를 따라 갈수록 길이 좁아져 허리를 올곧이 펴기가 불가능했다. 탄가루가 날려 한 치 앞을 가늠하기가 어렵고 땀이 흘러 마스크는 자꾸 아래로 미끄러져 내려왔다. 게다가 갱도가 무너지는 것을 막기 위해 여기저기에 박아놓은 나무들이 압력을 이기지 못하고 튀어나오는 바람에 아찔한 순간을 몇 번이나 넘겨야 했다.

장 부소장은 "처음에는 사람이 지나다닐 정도로 길을 만들지만 압력이 커지면서 공간이 줄어든다"며 "이런 악조건 속에서 잘못된 것을 지적하고 보완 요청을 하려면 마스크를 벗어야 하니 이중고를 겪을 수밖에 없다"고 말했다. 그는 "어떤 날은 2~3일 동안 목에서, 코에서 탄가루가 계속 나오기도 한다"고 하소연했다.

그 얘기가 끝나자마자 이 부소장이 심 부소장을 향해 지적 사항을 조목조목 열거했다. '석탄 등을 나르기 위해 갱도에 설치돼 있는 컨베이어벨트가 작업자들의 통행에 불편한 것은 물론 안전을 위협하고 있다' '곳곳에 튀어나온 나무들도 정비할 필요가 있다' 등의 내용이었다.

이번에는 가파른 경사에 설치된 계단으로 내려갔다. 잡을 것도 없는 터라 다리가 후들후들 떨렸지만 보안관들은 '아무렇지도 않다는 듯' 능숙한 발걸음이었다. 한참을 힘들게 내려왔건만 "불과 20여m를 내려온 것뿐"이라는 이 부소장의 말에 다리가 풀리고 말았다.

다시 허리를 숙인 채 한참을 가서야 채탄 작업이 벌어지고 있는 '막장'에 도착했다. 출발점이 해발 600m였는데 서 있는 곳은 그보다 975m 아래다. 1시간 반에 걸쳐 3km가량을 이동해 지하 375m까지 온 셈이다. 기온을 재보니 영상 31도다. 가만히 서 있는 데도 땀이 줄줄 흐르고 숨이 턱턱 막힌다.

이 주무관이 갖고 있던 가스 점검기를 작동시켰다. 갱 안에서 가장 조심해야 하는 메탄가스 농도를 측정하기 위한 것이다. 다행히 농도는 0.12%에 불과했다. 이 주무관은 "가스 농도가 1.5%를 초과하면 작업을 중지한다"며 "유독성이 있는 것은 아니지만 폭발 가능성이 있기 때문"이라고 설명했다.

옆에 있던 이 부소장이 "메탄가스 농도가 1%가 되면 탄층에서 이

미 가스가 새고 있다는 얘기"라며 "금세 수치가 올라가기 때문에 대피하기 힘들다"고 거들었다. 그는 "보통 농도가 5~15%면 폭발을 일으키는데 9.5% 정도에서 가장 세다"며 "메탄가스가 폭발한 후 발생하는 일산화탄소는 폭발성에 유독성까지 갖춰 더욱 위험하다"고 덧붙였다. 실제로 장성탄광에서는 2012년 작업자가 담배를 피우다 가스가 폭발하는 바람에 2명이 사망하는 사고가 발생한 바 있다.

광산에서 가스 다음으로 무서운 것은 물이다. 장 부소장은 "갱내에서 지하수가 터지기도 한다. 고압의 물이 물폭탄처럼 터지면 철제 빔이 휘어진다"며 "사망자가 생길 경우 신원을 알아보기 힘들 만큼 처참한 광경을 연출한다"고 말했다.

휴일 없이 24시간 비상 대기

장성탄광의 갱도는 무려 260km에 이른다. 장 부소장은 "갱도가 거미줄처럼 층층이 연결돼 있다"면서 "이렇게 큰 광산은 2~3명의 보안관이 한꺼번에 투입돼도 하루 만에 점검을 끝내지 못한다"고 설명했다. 이어 "통상적으로 하루 5~6km를 걷는데 오늘처럼 하부까지 내려가는 경우 10km 가까이 걸어야 할 수도 있다"고 덧붙였다.

장 부소장은 "과거에는 도시락을 갖고 와 광부들과 함께 식사를 했는데 도시락 뚜껑을 열면 탄가루가 수북이 앉아 밥에 고추장, 김치, 물을 섞은 '물말이'를 만들어 마셨다"며 "요즘에는 배가 고파도 참고 웬만하면 나와서 먹는다"고 말했다.

그는 "생리현상은 현장에서 해결한다"며 "대부분은 광차에서 큰일을 해결하는데 간혹 작업을 안 하는 갱도를 찾아가 일을 보다가 산소 결핍으로 쓰러져 사망하는 경우도 있다"고 털어놨다.

이 부소장은 정작 광산에서 제일 경계해야 할 것은 익숙함에서 오는 '매너리즘'이라고 지적했다. 대다수 광부들이 오랜 기간 일해온 사람들이라 타성에 젖어 매일 하는 일, 매일 지나다니는 길이라고 생각해 위험성을 알아채지 못하는 경우가 많다는 것이다.

광산보안관이 가장 힘든 것 중의 하나는 휴일이 따로 없는 데다, 항상 비상 대기 상태라는 점이다.

사고가 터지면 5분 안에 광산보안사무소로 연락이 온단다. 이 주무관은 "일과가 끝난 뒤 동료들과 술 한잔을 해도 사무실 번호나 모르는 번호가 휴대전화에 뜰까 봐 불안하다"며 "24시간 긴장 속에 산다고 보면 된다"고 말했다. 장 부소장은 "세월호 침몰 사고 등으로 안전에 대한 관심은 높아졌지만 현실은 여전히 차갑다"며 "안전과 시설에 대한 투자가 더 이뤄져야 하는데 생산에 투자하는 것도 벅차 예산 반영이 잘 안 된다"고 안타까워했다.

안동병원 항공의료팀 닥터헬기,
'골든타임 5분'을 향해 날다

　　2014년 8월 1일 가족들과 동해안으로 피서를 떠난 김모 씨는 갑작스러운 가슴 통증을 호소해 울진군의료원 응급실로 실려 갔다. 심근경색을 의심한 의료진은 즉시 안동병원에 '닥터헬기'를 요청했다. 안동병원 항공의료팀은 운항통제실에 기상 상황을 확인한 후 환자를 인계받기 위해 울진으로 날아갔다. 울진중학교까지 걸린 시간은 23분이었다.

　의료팀은 헬기 내에서 응급조치를 시행하며 병원에 심장혈관조영술 준비를 요청했다. 김씨는 응급심혈관중재술을 받고 며칠 후 건강한 모습으로 병원을 나왔다.

　응급의료 전용 헬기인 닥터헬기(Air Ambulance)는 '하늘을 나는 응급실'로 불린다. 응급의학과 전문의가 탑승해 현장에 도착하는 즉시 치료를 시작한다. 항공이송 중에도 병원과 연락을 유지하면서 필요한 의료진과 장비를 대기시켜 놓는 등 중증 응급환자 치료에 큰 기여를 하고 있다.

　도서 및 산간지역 중증 응급환자는 장시간 이송되거나 적정한 이송 수단이 없어 응급의료 혜택을 받지 못한다. 그래서 닥터헬기가 생겨났다. 2011년 9월 섬이 많은 인천(가천대 길병원), 전남(목포 한국병원)에 처음 도입됐다. 2013년 7월 강원(원주 세브란스기독병원), 경북(안동병원)에 추가로 배치됐다.

　닥터헬기는 국립중앙의료원이 보건복지부로부터 위탁을 받아 헬기사업자인 대한항공과 계약을 맺고 운영한다. 기장과 부기장을 비롯해 의사, 응급구조사(또는 간호사), 환자, 보호자 등 최대 6명까지 탈 수 있는 소형 헬기다.

　규모는 작아도 있을 건 다 있다. 인공호흡기, 응급초음파기기는 물론 심근경색 진단이 가능한 12유도 심전도와 효소측정기 등 여느 병원 부럽지 않은 고성능 응급의료기기와 응급의약품을 갖추고 있다. 환자를 이송하는 중에도 제세동(심장박동)과 심폐소생술, 기계호흡,

기관절개술, 정맥 확보와 약물 투여 등 전문적인 처치가 가능하다.

2014년 11월 27일, 경북지역 중증 응급환자들의 신속한 초기 대응을 돕고 있는 안동병원을 찾아 닥터헬기의 활약상을 들여다봤다. 안동을 포함한 경북 북부는 산악지대인 데다 농촌인 탓에 큰 병원도 없어 닥터헬기의 존재가 무겁게 느껴지는 곳이다.

헬기로 줄인 5분이 환자를 살린다

오전 9시가 가까워오는 시간임에도 안개가 자욱해 50~100m 앞을 분간하기가 어려웠다. 안동병원으로 들어서자마자 오른쪽에 자리 잡은 응급항공의료센터가 눈에 들어왔다. 원래 응급구조팀의 창고로 사용되던 건물을 개조한 것이라는 게 병원 관계자의 설명이다.

이날 근무조는 이성훈 응급의학과장과 김효중 응급구조사였다. 의료진 외에 대한항공 소속의 헬기 운항관리사와 조종사, 정비사 등이 한 팀이 된다. 이들의 달력에는 휴일이나 명절의 구분이 없다. 김 구조사는 "매일같이 생사가 왔다 갔다 한다. 한가로이 휴일을 즐길 수 없다"고 잘라 말했다.

현황판에는 2014년 12월에만 23번 출동해 18명의 환자를 이송했다고 적혀 있었다. 김 구조사는 "2014년 전체로는 하루에 한 번꼴인 345차례 출동했다"면서 "환자의 사망이나 기상 악화 등으로 임무가 취소된 경우를 제외하고 모두 311명의 환자를 이송했다"고 설명했다.

이들의 근무 시간은 헬기가 움직일 수 있는 일출부터 일몰까지다. 다만 하루 일을 준비하기 위해 적어도 해 뜨기 30분 전에는 나와야 한다. 김 구조사는 이날 오전 6시 30분에 출근했다. 곁에 있던 운항

관리사가 "헬기가 이륙하기 위해서는 시정이 5km가 돼야 하는데 오전에는 헬기가 뜨기 힘들 것으로 보인다"고 알려줬다.

헬기 탑승에 대한 가족들의 반대가 심했을 법도 하다. 실제로 헬기 타는 게 싫어서 병원을 그만둔 의사도 있단다. 그런데 '놀이공원의 놀이기구도 무서워서 못 탄다'는 김 구조사는 2014년 3월 닥터헬기를 자원했다. 헬기를 타본 것은 그때가 처음이었으나 지금은 버스나 택시를 타는 것처럼 일상적인 일이 돼버렸다.

닥터헬기가 탄생할 때부터 고락을 함께하고 있는 이 과장은 "군대에서 헬기를 타본 이후 헬기는 처음"이라며 "가족들이 위험하다고 만류했지만 어차피 누군가는 해야 하는 일 아니냐"고 반문했다. 이어 "헬기와 응급실을 왔다 갔다 하면서 일주일에 하루 닥터헬기를 맡는데 지금까지 100여 차례 탑승했다"며 "바람이 많이 부는 날에는 헬기가 휘청거려 아찔할 때도 있다"고 덧붙였다.

김 구조사는 "119 헬기가 '대형 승용차'라면 닥터헬기는 '경차'로 생각하면 된다"며 "내부 공간이 좁아 심정지 환자의 경우 처치가 곤란할 정도"라고 토로했다. 더구나 보호자가 환자에게 필요한 짐까지 싸갖고 올 때면 더욱 비좁아진다. 이 과장이 "구급차보다 좁은 공간에 환자를 실은 카트가 들어오면 바로 앞에 환자의 머리가 위치해 다리를 움직일 공간도 없다"며 "그래서 좁은 데서 하는 노하우가 필요하다"고 거들었다.

체중이 90~100kg에 이르는 '무거운' 환자들을 이송할 때도 만만치 않게 힘들다. 김 구조사는 "들것을 이용해 환자를 이송하기 때문에 인계점이 자갈밭이나 잔디밭인 경우 잘 안 끌려 무척 애를 먹는다"고 말했다.

그는 "그래도 골든타임을 놓치지 않고 현장에서 제대로 처치한 다음 병원으로 와 시술을 잘 받고 건강하게 퇴원하는 환자들을 볼 때면 가슴이 뿌듯해진다"며 웃었다. 그는 지난여름 등산하다 낙상한 환자가 가장 기억에 남는다고 했다.

"봉화 청량산이었습니다. 등산을 하다 낙상해 후두부 부상을 입은 70대 남성이었어요. 산 근처 주차장이 환자를 넘겨받는 인계점이었는데 두개골 골절에 뇌출혈까지 환자 상태는 안 좋은데 주변에 사람들이 너무 많이 몰려 난감했던 기억이 납니다. 그 자리에서 기관 내 삽관을 하고 헬기로 이송했습니다."

국내 닥터헬기의 1천번 째 출동 환자도 안동병원 항공의료팀의 몫이었다. 2014년 설 연휴가 시작되던 지난 1월 30일 영주 성누가병원에서 닥터헬기를 요청한 것이다. 이 과장이 기억하는 당시 상황은 이렇다.

"50대 남성이 가슴 통증을 호소하며 응급실을 찾았습니다. 의료진이 심전도 검사 등을 실시한 결과 급성심근경색으로 의심된다면서 심혈관조영술 및 스텐트 삽입술 등이 가능한 우리 병원에 환자 이송을 요청했어요. 헬기로 12분 만에 30km 떨어진 현장에 도착해 응급처치와 함께 헬기에 올랐죠. 환자의 상태를 미리 병원에 알려 응급시술팀을 준비토록 한 덕분에 즉시 스텐트 삽입술을 받을 수 있었어요. 환자는 며칠 후 정상 퇴원했습니다."

닥터헬기가 하루에 가장 많이 출동한 것은 2014년 6월 18일이었다. 그때도 이 과장과 김 구조사가 일하는 날이었다. 영주 세 차례, 영양과 예천 각각 한 차례 등 모두 다섯 차례나 헬기에 올랐다. 외상성 뇌출혈, 패혈증, 경추신경손상, 중증 폐손상 등 모두 상태가 중한 환자들이었다. 김 구조사는 "출동했다 돌아오면 헬기 안을 정리하고 물품도 다시 채워놓고 해야 하는데 그날은 잠시 앉을 시간도 없었다"고 소회했다.

영주는 헬기로 왕복 30분, 영양은 38분, 예천은 25분이 걸렸다. 구급차로 오는 것과 비교해 짧게는 10분, 길게는 20분 정도 시간이 단축된 것이다. 이 과장은 "언뜻 봐서 차로 가는 시간과 큰 차이가 없다고 생각할 수도 있지만 헬기를 타고 현장에 도착하는 순간부터 진료가 시작되기 때문에 실제 시간은 훨씬 단축되는 셈"이라며 "일반적 상황에서는 대수롭지 않을 수 있는 5~10분이 응급환자에게는 생과 사를 가르는 시간"이라고 강조했다.

헬기 안에서도 치료는 계속된다

언제 응급상황이 발생하지 모르는 터라 점심은 항상 병원 구내식당에서 가져다 먹는다. 출동 명령이 떨어지면 5분 안에 헬기가 이륙해야 하기 때문이다. 식사가 얼추 끝났을 때 하늘은 헬기 이륙이 가능할 정도로 개어 있었다.

낮 12시 40분께 갑작스레 항공의료팀의 전화벨이 울렸다. 예천의 실버요양원에서 80대 남성이 폐렴·폐결핵이 의심된다며 닥터헬기를 요청했다. 운항관리사가 날씨를 다시 확인한 다음 'OK' 사인을 내자 출동 명령이 내려졌다. 이 과장과 김 구조사는 구급차를 타고 즉시 병원 뒤편에 위치한 헬기 계류장으로 달려갔다.

이 과장은 의료진과 일반인 사이에 '응급상황'을 판단하는 기준이

다르다고 했다. 그는 "당장 숨이 넘어가는 상황이 아니더라도 출동을 한다"며 "요양병원에는 전문의가 없어 정확한 판단을 내릴 수가 없기 때문"이라고 설명했다. 이어 "처음에 아무것도 아니라고 판단했으나 정작 가보니 큰일(두부 손상)인 경우도 있었다"며 "가급적 출동해서 확인을 해보는 게 최상의 선택"이라고 강조했다. 나중에야 안 사실이지만 헬기가 예천을 왕복하는 데 들어가는 기름값은 10만 원 안팎이다.

낮 12시 54분 요란한 프로펠러 소리와 함께 닥터헬기가 날아올랐다. 잠시 후 헤드폰을 통해 "인계점은 예천공설운동장, 인계점의 날씨는 양호하다"는 운항관리사의 목소리가 들렸다. 김 구조사는 "겨울에는 관리자가 눈을 안 치웠다든지 해서 인계점에 눈이 쌓여 있는 경우가 있다"면서 "프로펠러로 생기는 바람에 눈이 날려 이착륙이 곤란한 사태가 발생하기도 한다"고 말했다.

안동병원에서 직선거리로 25km가량 떨어진 예천공설운동장에 도착한 시각은 오후 1시 6분이었다. 12분이 걸렸다. 출발 전 휴대전화 내비게이션으로 측정한 결과에서는 30km에 33분이 소요되는 것으로 나왔었다.

10분 가까이 환자를 기다렸다. '환자가 이미 대기하고 있는' 일반적인 상황과는 다르다고 했다. 요양원 측에서 구급차가 아닌 일반승합차에 환자를 태워서 왔다. 김 구조사가 환자를 안아 침대에 눕히고 곧바로 헬기로 이동했다. 열이 나고 호흡이 힘든 정도로 다급한 환자처럼 보이지는 않았다. 김 구조사가 혈압을 재는 사이 이 과장이 활력 징후를 체크하고 산소를 공급해줬다. 맥박이 낮은 것 같아 심전도를 확인했으나 별다른 이상은 없었다.

헬기는 오후 1시 26분 안동병원 계류장에 도착, 5분 뒤 구급차를 타고 응급실로 들어왔다.

이 과장은 "환자의 얼굴을 보면 느낌이 온다. 중증도가 파악된다는 뜻"이라고 했다. 그는 "위급한 환자의 경우 긴장해서 안전벨트도 매지 못한 채 돌보기도 하고, 떴는지 내렸는지를 느끼지 못할 때도 있다"며 "거의 죽음에 다다랐던 환자를 살렸다 싶을 때는 짜릿한 전율이 느껴진다"고 말했다.

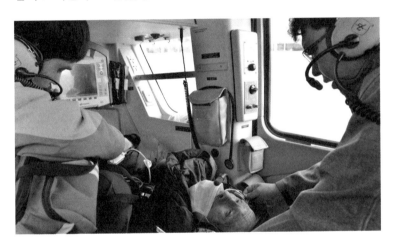

강원도 인제 신월분교 선생님,
산골 오지에서 '동심'을 키운다

강원도 인제 부평초등학교(교장 오일주) 신월분교에 다니는 학생들은 바다를 보고 싶었다. 제자들의 소망을 들어주기 위해 선생님이 나섰다. 각고의 노력 끝에 2014년 6월부터 10월까지 한국해양재단의 지원을 받아 경기도 화성 제부도 갯벌체험, 강원도 강릉 해양생물연구교육센터 방문, 강원도 고성 봉포해수욕장 청소 봉사 등 4개월에 걸친 프로젝트를 통해 학생들의 꿈을 현실로 만들어줬다. 하지만 10장짜리 신청서부터 45장짜리 결과 보고서를 작성하는 일은 모두 교사 몫이었다. 그 교사는 아이들의 '바람'을 들어주기 위해 기쁜 마음으로 휴일은 물론 저녁 시간을 모두 할애했다.

크리스마스와 겨울방학이 코앞이던 2014년 12월 21일 아침, 인제의 바깥 온도는 영하 16도를 가리키고 있었다. 매서운 바람에 눈발까지 날려 눈물이 찔끔찔끔 날 정도였다. "체감온도가 영하 20도는 족히 넘을 것 같다"고 하자 신남버스터미널에 있던 주민이 "강원도

잖아요. 이건 추운 것도 아니에요"라는 말로 기자의 투덜거림을 잠재웠다.

본교가 있는 신남리와는 승용차로 불과 20분 거리지만 오지는 오지였다. 마을로 들어가는 길이 하나뿐이어서 들어간 길로 다시 나와야 한다. 버스는 아침저녁에 한 차례씩 하루 2번이 전부다. 그나마도 중학교에 다니는 아이들의 등하교를 위한 것이란다.

24시간 학교 · 학생과 함께 살아

수소문 끝에 겨우 택시를 구해 양구로 이어진 도로를 따라갔다. 10여 분을 달려 '달 뜨는 마을'이라고 쓰인 출입문을 지나니 눈 덮인 꼬부랑길이 나타났다. 산을 넘어 머릿속 나침반이 제자리를 찾을 때야 소양호를 끼고 있는 마을이 한눈에 들어왔다. "그 모습이 초승달을 닮아 '새로운 달(신월)'이라는 이름이 붙었다"는 택시 기사의 설명이었다.

신월분교는 교실 2개에 교무실, 과학실, 도서실, 특별실이 하나씩이다. 한 학년에 10개가 넘는 학급이 있는 도시의 학교와 달리 아기자기한 것이 인상적이었다. 복도에는 아이들 서예 작품과 목공예 작품, 과학활동 결과물 등이 전시돼 있다. 교무실 문에 붙은 '유실 지뢰 홍보교육' 안내문이 학교의 위치를 재차 확인시켜 주었다.

학생은 1학년 3명(김경우, 김지은, 박병준), 3학년 2명(김경민, 박병욱) 등 5명이 전부다. 전교생의 실내화를 다 합쳐도 복도에 마련된 신발장 한쪽이면 충분했다. 이쯤에서 눈치가 빠른 누군가는 아이들 이름이 비슷하다는 점을 알아차렸을 것이다. 경우와 경민이, 병준이와 병욱이는 각각 형제고 지은이는 경우, 경민이와 같은 집에 사는 사촌이다. 51가구, 120여 명의 주민이 살지만 아이들을 초등학교에 보내는 집은 달랑 두 집인 셈이다.

이 학교에서 아이들을 가르치는 사람은 분교장인 이한민 교사와 1학년을 전담하고 있는 변윤혜 복식수업 보조강사뿐이다. 만 2년 가까이 신월분교에서 근무 중인 이 교사는 교무실에서 이미 아이들 맞을 준비를 하고 있었다. 학교 바로 뒤편의 관사에 거주하는 터라 학교 일과 개인생활의 구분이 사실상 무의미한 덕분(?)이다. 이 교사는 "24시간 학교, 학생들과 산다"고 표현했다.

부부 교사인 이 교사는 2013년까지만 해도 이곳에서 아내와 함께 아이들을 지도하며 관사에서 살았다. 2014년 초 졸업과 전학으로 학생 수가 줄어들면서 교사 정원이 축소돼 아내는 두 딸을 데리고 인제 읍내에 있는 학교로 자리를 옮겼다.

맹추위에도 신월분교는 도시 학교보다 20~30분 일찍 아침을 맞는다. 농사일로 하루 해가 짧은 시골의 일상이 그만큼 이른 시간에 열리기 때문이다. 1교시 수업은 공식적으로 오전 9시 10분에 시작하는데 오전 8시 20분을 넘어가자 아이들이 하나둘 교실로 들어왔다.

이 교사는 '쿵, 쿵' 복도를 걸어오는 발소리만 듣고도 누가 왔는지 기가 막히게 맞혔다. 그는 "얼마 전까지만 해도 아이들이 오전 7시 40분이면 학교에 나왔다"며 "날씨가 많이 추워지면서 난방비를 절약하기 위해 학부모들에게 '등교 시간을 늦춰 달라'는 알림장을 보냈다"고 설명했다. 이어 "겨울이라 그렇지 여름에는 오전 7시가 되면 학교에서 아이들 모습을 볼 수 있다"고 덧붙였다.

교과서 외에 '산 교육' 병행

아이들의 하루는 생활체육의 하나인 국학기공으로 시작됐다. 기자의 눈에는 공원에서 어르신들이 하는 기체조와 비슷해 보였다. 이 교사는 "심신을 단련하기 위해 방과 후 학교 프로그램의 하나로 배웠는데, 2014년 전국대회에서 입상한 이후 각종 행사에 초청받을 만큼 실력을 인정받고 있다"고 말했다.

30분간의 독서활동 시간이 이어졌다. 특히 1학년들에게 가장 중요한 시간이다. 이 교사는 "이곳 아이들은 유치원은 언감생심이고, 초등학교가 첫 교육기관"이라며 "먹고사느라 바빠 부모가 아이들 교육에 신경 쓸 여력이 없다"고 설명했다. 그는 "아이들이 입학을 했는데 한글은 물론 '뽀통령'으로 불리는 '뽀로로'를 아는 아이도 전무했다"며 "기초교육을 집중적으로 한 덕에 지금은 본교 아이들에게도 전혀 뒤처지지 않는다"고 덧붙였다.

대형 TV에 컴퓨터 등 교실 안은 여느 도시의 학교와 다를 게 없다. 다른 점은 개별 책상이 아니라 교실 가운데 놓인 커다란 책상에서 서로 얼굴을 맞댄 채 수업이 진행된다는 것이다. 교사와 학생의 거리는 1m에 불과하다. 이 교사는 "수업 도중에 친구와 특정 주제로 대화하기, 친구의 의견을 듣고 얘기하기 등이 나오는데 학생 수가 너무 적으니까 다양성 측면에서 한계를 느낄 수밖에 없다"고 어려움을 토로했다.

3학년의 2교시 수학 수업을 참관했다. 이날 수업은 자료를 정리하는 규칙에 대해 배우는 것이었다. 이 교사는 경민이와 병욱이가 수업 내용을 모두 이해할 때까지 묻고 설명하기를 수차례 반복했다.

그는 영상을 잘 보여주지 않았다. 책과 수업하면 그것으로 충분하다는 생각에서다. 그는 "교사들은 교과서로 수업을 하도록 충분히 교육을 받았다"면서 "어려워서 못하는 게 아니라 귀찮아서 안 하는 것일뿐"이라고 지적했다.

3교시 수업이 끝나고 쉬는 시간 1학년 교실에서 생상의 〈동물사육제〉가 들려 안을 들여다봤다. 특정 동물을 테마로 한 음악이 흐르자 경우가 바닥에 엎드려 흉내를 내고 다른 아이들이 이를 맞히는 게임을 하고 있었다. 바로 전 수업 시간에 했던 내용들이다. 자연스럽게 수업이 이어지는 셈이었다. 더구나 수업의 시작과 끝을 알리는 종도 따로 울리지 않는다.

"마을 들어오는 길 중간에 약수터가 있습니다. 한때 외지인들이 쓰레기를 버리고 가는 장소였어요. 아이들과 함께 마대 2개 분량의 쓰레기를 줍고 직접 만든 포스터를 붙여놨더니 지금은 쓰레기가 거의 사라졌습니다. 바로 '산 교육'이지요. 우리 사회는 아이들에게 경쟁에서 살아갈 방법만 가르쳐주고 있습니다. 하지만 학교는 그런 곳이 아니에요. 어떻게 살아가야 하는지, 희망을 알려주는 곳이 학교입니다."

앞서 2013년 12월에는 학부모, 마을주민, 교육청 관계자 등을 초청해 학예회를 열었다. 연극과 합창, 치어댄스, 기악합주 등의 공연과 함께 아이들의 미술 작품을 전시해 큰 박수를 받았다. '비록 시골학교, 그것도 분교에 다니지만 이런 걸 할 수 있다'는 자신감을 심어주기 위한 이 교사의 따뜻한 배려였다.

오후에는 1·3학년이 한데 모인 가운데 미술 수업이 진행됐다.

이날의 과제는 부모님께 드릴 크리스마스 카드를 만드는 것이었다. 2시간 정도로 예상됐던 수업은 1시간 만에 마무리됐다. 그리고 예정에 없던 체육 시간이 선포됐다. 이 교사와 학생들은 변 강사가 크리스마스 선물로 준 눈썰매를 들고 건너편 언덕으로 발길을 옮겼다.

학교 살림살이도 책임

이 교사는 어릴 적부터 분교에서 교사 생활을 하는 게 꿈이었다. 초등학교 교사였던 아버지의 영향을 많이 받았다. 지난 2010년 춘천에서 부평초등학교로 전근을 왔고, 3년을 기다린 후에야 신월분교를 맡을 수 있었다. 이 교사는 "아버지께서 전교생이 20여 명인 삼척의 벽지 학교에서 근무할 때 주말마다 아버지를 만나러 가던 기억이 지금도 생생하다"고 말했다.

다른 교사들은 방학이면 연수도 가고 하지만 이 교사는 방학에도 쉬지 못한다. 아이들이 방학 기간에도 계속 학교에 나오기 때문이다. 분교의 유일한 교사라 학교를 비울 수가 없다. 실제로 그의 1월 달력에는 미술, 과학 놀이, 서당 등으로 일정이 가득 채워져 있었다.

이 교사는 "워낙 외딴곳이라 아이들이 집에서는 할 게 없어 그렇다"며 "방학에도 시간이 나면 여름에는 아이들과 수영장이나 계곡에서 놀고, 겨울에는 박물관이나 빙어축제 등에 데려가는 등 외부활동을 많이 하려고 애쓴다"고 설명했다.

신월분교 아이들에게 이 교사는 때때로 '아빠' 역할을 하고 있다. 자신의 돈을 들여서 자신의 자동차로 데리고 다니며 아이들의 견문을 넓혀주려 애쓴다. 그래서 2014년 자동차도 7인승 스포츠유틸리

티 차량(SUV)으로 바꿨다. 그는 "수업을 하다 보면 교과서에 나오는 것 가운데 경험해보지 못한 게 너무 많아 아이들과의 사이에 벽이 생기곤 한다"며 "아이들을 가르치다 보면 아이들이 무엇을 원하는지, 무엇을 하고 싶은지, 무엇을 보고 싶어하는지 다 알게 된다"고 강조했다.

이 교사는 아이들을 가르치는 것 이외에 학교 살림살이도 책임져야 한다. 연간 예산이 4,200만 원가량인데, 전기 · 인터넷 · 전화요금으로만 1천만 원 가까이 지출된다. 최대한 줄이고 줄여서 2013년 겨울에는 500만 원으로 도서관을 만들었다.

신월분교에는 1시간에 2만 5천 원씩, 하루 2시간의 방과 후 학교를 위한 예산이 책정돼 있다. 문제는 공지를 내도 아무도 오지 않으려 한다는 것이다. 이 교사는 "다양하게 방과 후 학교를 짜고 싶지만 결국에는 내부 강사를 활용하는 수밖에 없다"고 말했다.

충청북도 축산위생연구소 방역관, 최전선에서 구제역과의 전쟁을 치른다

2014년 12월 초 시작된 구제역이 전국을 강타하고 있다. 방역당국이 안간힘을 쓰고 있지만 돼지에서 소로 옮겨가며 오히려 전선이 확대되는 모양새다. 축산 농가들은 지난 2010년과 2011년 전국을 휩쓸었던 구제역의 악몽이 재현되지 않을까 노심초사하고 있다. 당시 가축 수백만 마리가 매몰 처분됐었다.

2015년 1월 10일을 기준으로 전국의 구제역 발생 농가는 모두 43곳으로, 살처분된 돼지는 3만 2천여 마리에 이른다. 특히 충북 지역이 큰 타격을 입었다. 한 달여 만에 진천·청주·증평·음성·괴산 등지의 축산농가 23곳에서 구제역이 발생했고, 2만 마리가 넘는 돼지가 땅속에 파묻혔다. 1월 6일 충청북도 축산위생연구소 방역과를 찾아 구제역과 힘든 싸움을 벌이고 있는 방역관들의 세계를 들여다봤다.

연말연시는 돼지와 함께

지난 2005년 방역관이 된 변현섭 주무관과 공중방역수의사로 병역의 의무를 대신하고 있는 이주원 수의사는 새해를 돼지들과 함께 맞았다. '연말연시는 가족과 함께'라는 문구는 잊은 지 오래다. 변 주무관은 "요즘은 구제역이 소강 상태에 접어든 덕분에 밤 11~12시에는 퇴근할 수 있다"면서 "하지만 새벽에도 긴급전화가 걸려오기 일쑤여서 가족들의 원망이 이만저만 아니다"라고 말했다.

24시간 비상체제를 유지해야 하는 탓에 야간에도 자리를 지킨다. 마땅히 아이를 맡길 데가 없는 여성 방역관의 경우 가족 전부가 사무실에 나와서 밤을 보내기도 한다. 변 주무관은 "30대 중반의 총각 방역관은 선을 보기 위해 미용실에서 머리를 다듬다가 연락을 받고 다급하게 출동한 적도 있다"며 웃었다.

신고가 가장 많이 들어오는 시간은 오후 7~8시다. 보통 농장에서 돼지들에게 먹이를 주는 시간이 오전 8~10시, 오후 4~6시인데 이때 돼지들의 건강도 함께 살피게 되고 이상이 있다고 의심되면 신고를 한다. 신고가 들어오면 방역관들은 무조건 달려가야 한다. 변 주무관은 "신고를 받고 현장에 가면 오후 9시, 시료 채취를 끝내면 오후 10시를 훌쩍 넘긴다"며 "다음 날 새벽이 되면 인력과 장비를 구하기 위해 바삐 움직여야 한다"고 설명했다.

원칙적으로는 2명의 방역관이 함께 나가 1명은 구제역이 발생한 축사, 다른 1명은 발생하지 않은 축사를 조사해야 한다. 하지만 인력이 부족한 탓에 혼자서 모두를 처리할 수밖에 없다. 변 주무관은 "구제역이 한창일 때는 말 그대로 전쟁에 가깝다"며 "한 사람이 살처분

이전 농장 1곳, 살처분을 완료하고 임상관찰 중인 농장 1~2곳 등 모두 2~3곳의 농장을 동시에 맡아야 할 때도 있다"고 설명했다.

그는 "구제역이 가장 심했던 2011년에는 약 3개월간 지속됐다. 많을 때는 하루에도 신고가 7~8건씩 들어왔었다"며 "이 농장, 저 농장을 다니다 보니 하루 이동거리가 200km에 이르기도 했다"고 덧붙였다.

과거에는 지방자치단체 공무원들이 모두 도맡아 했었지만 지금은 인력시장에서 외국인 노동자들을 데려다 쓴다. 특이한 것은 돼지를 처음 보는 사람이 대부분이라 '무서워한다'는 점이다.

"농장에서 키우는 돼지는 TV나 사진에서 보는 작고 예쁜 돼지가 아닙니다. 덩치가 커요. 보통 한 마리의 무게가 120kg 정도입니다. 한 사람이 한 마리 통제하기가 버거워요. 게다가 똥을 뒤집어쓰고 있어 시커멓습니다. 이런 돼지들이 사람이 들어가면 호기심에 막 달려듭니다. 누가 봐도 무서울 수밖에 없어요."

변 주무관은 "급하게 외국인 노동자들을 데려오다

보니 종교 등을 미리 확인할 여유가 없다"면서 "한번은 인부 4명 가운데 2명이 돼지와 특수 관계에 있는 무슬림이어서 이들을 돌려보내고 대체인력을 구하느라 작업이 한참 지연되기도 했다"고 설명했다.

잠잘 곳도, 먹을 것도 열악한 현장

대낮인데도 축사 안은 어두컴컴하다. 별도의 난방 장치가 없는 마당에 추위와 바람을 막느라 커튼 같은 것을 사방으로 쳐놓았기 때문이다. 게다가 돼지들이 싸놓은 똥으로 인해 발목까지 '푹푹' 잠긴다. 장화 위로 덧신을 두세 겹씩 겹쳐서 신어보지만 축사를 나올 때면 하나도 없다. 이 수의사는 "돈사 안은 의외로 따뜻하다. 시료 채취(채혈 등)를 위해 방역복을 입고 들어가서 돼지와 씨름하다 보면 등에 땀이 줄줄 흐른다"며 "하지만 돌아서 축사를 나오면 추위 탓에 방역복이 그대로 얼어버리곤 한다"고 거들었다.

변 주무관이 "암모니아 가스가 아주 지독해서 30분가량 돼지와

승강이를 벌이다 보면 폐가 이상하게 느껴질 정도"라며 "냄새가 몸 전체에 배기 때문에 집에 가면 아이들이 근처에 오려고 하지 않는 다"고 거들었다.

구제역 발생 현장에 나오면 최소한 사나흘, 길면 일주일은 집에 들어 가지 못할 뿐만 아니라 의식주를 해결하기조차 힘들다. 축사가 농가와 는 떨어져 있는 경우가 많은 데다 이동이 자유롭지 못하기 때문이다.

마땅히 잘 데가 없어 자동차 안에서 자고, 컨테이너박스에서 외국 인 노동자들과 지내기도 한다. 세수도 못 하고, 양치질은 호사에 속 한다. 들어갈 때 말끔하던 얼굴이 나올 때는 꾀죄죄한 몰골에 수염 까지 덥수룩하게 자라 '거지꼴'이 되기 일쑤다.

식사는 주로 외부에서 배달을 시켜서 먹는다. 챙겨줄 사람도 없고 챙겨 먹을 형편도 안 된다. 변 주무관은 "초기에는 물자 공급이 원활 하지 못하기 때문에 생라면에 물로 배를 채운 적도 있고, 심지어 물 한 잔 먹기 힘들 때도 있다"며 "식사를 담아온 바구니도 오염 가능성 이 있어 바닥에 함부로 내려놓지 못하게 한다"고 설명했다.

황은주 방역과장은 힘든 여건에서도 묵묵히 일하는 직원들이 그저 안쓰럽기만 하다. 그는 "전쟁터에서 호텔을 찾을 수는 없는 노릇"이라 며 "공직자로서 희생하고 봉사하는 수밖에 없지 않으냐"고 위로했다.

방역관도 사람인지라 돼지들을 살처분하는 것이 달갑지 않은 것 은 마찬가지다. 변 주무관은 "처음에는 '사람 때문에 애꿎은 돼지들 이 다 죽는구나' 싶어 불쌍한 생각이 들지만 시간이 지나면서 무뎌 진다"고 했다. 이 수의사는 "명색이 동물을 살리는 직업인데 어쩔 수 없이 살처분을 해야 하니까 마음이 아프다"며 "특히 아직 어린 새끼들을 매몰 처분할 때는 더욱 그렇다"고 말했다.

일 년간 두 달 빼고 늘 비상 대기

최근 몇 년 새 대규모 구제역이 반복해서 발생하다 보니 방역관들도 방역 분야에서 일하는 것을 기피할 수밖에 없다. 변 주무관은 "지난 일 년간은 7~8월 두 달을 제외하고는 늘 비상 대기였다"면서 "2014년 1월 중순 발생한 조류인플루엔자(AI)가 여름에 잠시 소강 상태를 보이다 가을이 되면서 되살아났고, 연말에는 구제역이 덮쳤다"고 설명했다. 황 과장은 "과거에는 구제역이 한겨울에만 발생했으나 경북 지역에서 2014년 8월에도 발생한 것을 보면 이제 계절적인 요인은 초월한 것 같다"며 "사육 환경이 열악하면 언제든 나타날 수 있다는 것을 암시한다"고 지적했다. 그는 "우리 축산 농가는 잘 키워서 소득을 내는 게 아니라 인건비를 줄여 수익을 내는 후진적 구조"라며 "외국인 노동자들을 주로 쓰기 때문에 위생관념이 약할 수밖에 없다"고 덧붙였다.

그러나 정작 이들을 가장 힘들게 하는 것은 구제역이 다른 곳으로 확산됐을 때 받는 주위의 따가운 시선이다. 황 과장은 "빨리 끝내야 하는 것이 방역관들의 책임이지만 마치 방역이 제대로 안 돼서, 방역을 제대로 못 해서 확산되는 것처럼 비쳐질 때는 당황스럽다"고 했다. 그는 또 "백신만 정확하게 맞히면 예방이 가능하지만 최근 3년간 축산 농가들이 이를 소홀히 여긴 측면이 있다"고 강조했다.

실제로 구제역 백신 접종을 회피하는 등 안일하게 대처하는 축산 농가의 관행은 여전하다.

진천의 한 축산 농가는 구제역이 발생해 살처분한 후 또다시 구제역이 발생했는데 감염 경로를 확인해보니 일부 양돈 농가가 백신을 접종하지 않고도 했다고 허위 보고한 것으로 드러났다. "어미돼지가 곧 새끼를 분만하는데 유산이 우려됐다" "출하를 앞두고 있어 접종하지 않았다"는 것이 이유였다.

변 주무관은 "목격자나 폐쇄회로 TV가 있는 게 아니라서 구제역의 감염 경로를 밝혀내기란 무에서 유를 창조하는 것과 마찬가지"라며 "추가 확산 방지가 최우선 목표지만 농장들이 몰려 있어 쉽지 않다"고 토로했다.

구제역 치사율 80% 치명적……

구제역은 소, 돼지, 양, 사슴 등 발굽이 두 개로 갈라진 동물(우제류)에서 발생하는 제1종 바이러스성 가축 전염병이다. 감염이 되면 치사율은 70~80%에 달한다. 국제수역사무국(OIE)에서 지정한 가축 전염병 가운데 가장 위험한 A급 바이러스성 전염병으로 분류된다.

구제역 바이러스는 감염된 동물의 배설물이나 사료 또는 차량, 사람의 옷·신발 등에 잠복해 있다가 사람의 재채기나 호흡, 그리고 공기를 통해 해당 동물에 전염된다. 전파 매개체가 많은 만큼 전파력도 강하며 전염 범위는 최대 반경 250km에 이른다.

국제수역사무국의 규정을 보면 구제역의 잠복 기간은 14일이지만 실제로는 3~5일 정도로, 감염 즉시 증상이 매우 빠르게 나타난다. 구제역에 걸린 동물은 고열과 함께 입술, 혀, 잇몸, 콧구멍 등에 물집(수포)이 생기고 침을 많이 흘리거나 다리를 질질 끄는 행동을 보이다가 대부분 폐사한다. 구제역 바이러스는 전염성이 매우 강해 무리에서 한 마리가 감염되면 나머지 가축 모두에게 급속하게 퍼진다. 치료법은 없다. 구제역에 걸린 가축은 가축전염예방법에 따라 모두 도살·매립·소각된다. 유일한 예방법은 백신을 접종하는 것이지만 항체 형성률이 떨어져 완벽한 예방은 이뤄지지 못하고 있다.

우리나라에서는 1934년 처음 구제역이 발생했다. 이후 66년 만인 2000년 경기 파주 지역에서 발생, 다른 지역으로 확산되면서 큰 피해를 줬다. 2010년에는 경북 안동을 시작으로 전국적으로 퍼져 나가면서 340여만 마리의 가축이 파묻히는 메가톤급 피해를 낸 바 있다.

국립소록도병원 사람들, 소록도의 슬픔을 위로한다

서울에서 자동차로 꼬박 5시간을 달리면 전남 고흥 반도의 맨 끝 녹동항에 닿는다. 그 항구에서 손에 잡힐 듯한 거리에 소록도가 있다. 지금은 다리가 놓여 버스나 자동차로 접근이 가능하지만 10년 전만 해도 배를 타고 들어가야 했던 곳이다.

소록도는 섬의 모양새가 '어린 사슴을 닮았다'고 해서 붙여진 이름이다. 면적은 3.79km²로 서울 여의도(2.9km²)보다 조금 더 크다. 천혜의 아름다운 섬이지만 소록도 곳곳에는 한센인들의 '한恨'이 배어 있다.

섬 한가운데는 국립소록도병원이 자리 잡고 있다. 한센인들이 한때 '한국의 아우슈비츠수용소'라고 불렀을 만큼 아픈 역사를 간직한 곳이다. 지난 1916년 일본이 전국의 한센병 환자들을 수용하기 위해 세운 소록도자혜의원이 출발점이다. 당시 한센병 환자들은 정당한 법적 절차는 물론 의사의 진단도 없이 끌려왔고 오랜 시간 갖은 고초와 멸시를 겪어야 했다.

설립 100년을 앞두고 있는 소록도병원은 지금은 한센인 회복자들의 천국이 됐다. 2015년 1월 15일, 560여 명의 한센인이 모여 사는 소록도를 찾아 소록도병원을 지키는 이들을 만나봤다.

새벽 3시 30분에 주방 문 열려

소록도병원의 아침은 육지의 다른 병원보다 일찍 시작된다. 환자 대다수가 60~70대 이상의 어르신들인 데다 종교생활을 하기 때문이라고 했다. 새벽 3시 30분이 되자 환자들의 식사를 준비하는 주방의 불이 환하게 켜졌다. 바깥은 여전히 칠흑같이 어둡고 매서운 겨울바람까지 불었다.

올해로 25년째 소록도병원 주방에서 일하고 있는 정복자 씨는 섬 동쪽의 관사에서 새벽 3시에 일어나 부지런히 달려왔다. 오전 4시 40~50분에는 아침 식사가 병실로 올라가야 한다. 그는 "보통은 자동차나 자전거를 이용해 출퇴근하지만 눈이 많이 오거나 비바람이 거세게 몰아치면 걸어서 오는데 20분이면 충분하다"며 "추운 겨울에는 여름보다 새벽 일을 하는 게 조금 더 힘들다"고 말했다.

이날 아침 식사 메뉴는 순두부찌개와 갈비 새송이버섯조림, 도라지들깨볶음, 취나물, 김치 등이었다. 식사 인원은 대략 180~200명이다. 그중에서 82명분은 음식을 다지거나 반찬도 잘게 썰어서 보내야 한다. 치아가 좋지 않아 음식을 쉽게 먹을 수 없는 어르신들이 많은 탓이다.

주방에서 일하는 사람은 정씨를 포함해 모두 8명으로, 6명이 일하

고 2명은 쉬는 형태다. 사흘을 일하고 하루를 쉴 뿐 주말도, 명절도 없다. 외지에 사는 자식과 손주들이 찾아와도 주방을 지켜야 한다. 그나마 10~20년 함께 일해온 동료들이라 손발이 잘 맞는다는 점이 위안거리다.

시곗바늘이 오전 4시를 넘어서자 한쪽에서는 나물을 데치고, 다른 쪽에서는 찌개를 끓이는 등 일손이 바빠졌다. 정씨는 "건강이 나빠져 외부 병원에 갔던 분들이 돌아와서는 '이 맛이 그리웠다. 세상 어딜 가봐도 당신들이 해준 밥이 제일 맛있더라'는 칭찬을 해줄 때면 힘든 것도 모두 잊어버린다"고 말했다.

정씨는 "1990년 이 일을 시작했을 때 도와주셨던 분들이 지금은 나이가 들어 기저귀를 한 채 병실에 앉아 있는 모습을 보면 마음이 짠하다"며 "소록도병원이 고향이나 다름없는데 2년 후 정년퇴직하면 떠나야 하니까 오히려 서운하다"고 말했다.

주방을 나와 병동으로 돌아가는 길에 시설팀에서 전기를 담당하고 있는 김진호 씨를 만났다. 부친이 소록도병원에서 33년을 근무했고, 그래서 자신의 고향이 소록도인 특이한 인연을 갖고 있었다. 부친의 권유로 2007년부터 소록도병원에서 일하고 있는데 "2014년 드디어 막내생활을 청산했다"며 웃었다.

김씨는 병원 건물뿐만 아니라 약 400가구에 이르는 소록도 전체를 관리하고 있다. 김씨는 하루에 20여 가구를 방문해 형광등 교체부터 TV 수리, 짐 옮기기까지 할 수 있는 건 모두 제공하는 '만능맨'이다. 그는 "소록도에서 태어났지만 직접 한센인들의 집에 들어가 보거나 하지는 않았다"며 "이제는 이 집 갔다가 옆집도 들여다보고 어르신들의 말벗도 해드릴 정도로 친해졌다"고 설명했다.

김씨는 "밖에서 수리기사를 했다면 지금처럼 보람을 느끼지는 못했을 것"이라며 "바깥 사람들은 당연시하겠지만 여기 어르신들은 '수리해달라'고 하면서도 미안해한다"고 말했다. 그는 "이렇게 하루하루 보람 있게 사는 직업도 드물다"며 "불가피한 상황이 아니라면 소록도를 떠날 생각은 없다"고 강조했다.

거동 불편한 환자의 손과 발 역할

소록도병원의 외래진료는 일반병원보다 30분 이른 오전 8시 30분에 시작한다. 한방과 앞에는 벌써 번호표를 뽑고 대기 중인 환자가 두엇 됐다. 허리·무릎 등이 성치 않은 노인성 질환에 시달리는 환자가 대부분이다.

공중보건의인 송진솔 한의사는 지난 2010년 겨울 봉사활동을 위해 소록도를 찾았다가 섬의 '아름다움'에 반해서 근무를 자원했다. 그는 "솔직히 처음에는 환자들의 손발과 다리 등을 보면서 놀란 마음에 움찔하기도 했으나 시간이 갈수록 거부감이 줄어들었다"며 "지금은 어르신들이 잘 대해주셔서 일반병원에서 일할 때보다 훨씬 마음이 편하다"고 말했다.

2015년 4월이면 서울로 돌아가는 그의 머릿속에는 지난 2012년 처음 와서 만난 60대 여성 환자가 지워지지 않는다.

"잠을 못 이루는 등 불안증세가 심한 분이었어요. 과거에 받았던 차별과 박대로 인해 남달리 예민한 부분이 있거든요. 별다른 얘기는 아니었지만 작은 위로의 말을 건넸더니 눈물을 흘리시면서 속에 담은 얘기를 다 꺼내놓으시더군요. 안쓰럽기도 했지만 한편으로는 저의 작은 관심이 큰 위로가 될 수 있겠다 싶었습니다. 이후부터는 제

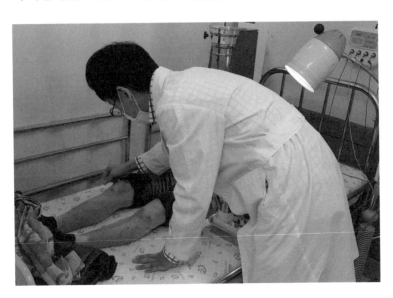

마음을 열고 환자들을 대할 수 있었던 것 같아요."

한방과의 환자는 보통 하루 15명 선이다. 인기가 많은 다른 진료과는 하루에 100명이 넘는 환자를 보기도 한다. 송씨는 "환자 대부분이 침을 맞고, 뜸을 뜨고 하다 보니 환자 한 분당 진료 시간이 40～50분 걸린다"며 "세금으로 운영되는 국립병원이라 비보험 처방이 불가능해 아쉬울 따름"이라고 말했다.

소록도병원에 입원 중인 환자는 대략 150명 정도다. 사랑의 집(치매·정신질환), 소망의 집(내과), 믿음의 집(외과), 행복의 집(재활) 등 4개 병동으로 나뉘어 있다. 누워 지내는 환자들이 상당수여서 손이 많이 간다.

비슷한 시각 치매환자 등 34명의 환자가 입원해 있는 6층 '사랑의 집'은 평온했다. 입구에 붙은 '떡과 사탕은 들여오지 못한다'는 문구가 눈길을 끌었다. 거동이 가능한 어르신들이 휴게실에 모여 TV를 시청 중이고, 간호사실에서는 간식으로 나온 찐빵을 작은 크기로 자르고 있었다.

19명으로 구성된 '사랑의 집' 간호팀을 맡고 있는 김이화 간호팀장은 스무 살 시절부터 소록도와 인연을 맺었다. 1975년 처음 소록도병원에서 근무를 시작해 7년간 일했고, 국립나주병원 등에서 10년을 보낸 뒤 1993년에 자원해서 다시 소록도병원으로 돌아왔다. 그는 "바깥에서 일을 하면서도 순수하고 정감이 가는 사람들이 많은 소록도가 그리웠다"고 말했다.

이곳에서는 환자들 상당수가 시각·청각장애를 갖고 있는 데다 일상생활이 불가능해 대소변은 물론 목욕과 식사, 손·발톱깎기까지 다 옆에서 챙겨줘야 한다. 기저귀 갈아주는 시간을 깜빡하고 놓치면 변을 갖고 장난치는 환자들도 있단다.

하지만 정작 간호팀을 힘들게 하는 것은 따로 있다. 바로 의사소통이다. 김 팀장은 "나름 열심히 얘기를 하는데 혼잣말처럼 메아리치는 경우가 있다"며 "벽이 생긴 것 같아서 안타깝고 힘들다"고 토로했다.

간호조무사로 26년째 일하고 있는 김진 씨도 "환자들의 요구사항을 제대로 알아듣지 못하거나 전혀 대화가 되지 않을 때 속상하다"고 털어놨다. 김씨의 기억에 가장 뚜렷이 새겨진 환자는 소리로만 모든 의사를 표현하던 할머니(지금은 작고)다. 처음에는 의사소통이 안 돼 답답하기도 했지만 옆에서 돌봐드리면서 한 달, 두 달을 지냈더니 어느 순간부터는 말로 하지 않아도 통하는 게 있더란다.

김씨는 "사실 우리가 주는 것보다 어르신(환자)들에게 배우는 것이 더 많다"며 "한 번 인연을 맺으면 10년, 20년 지속되는 밖에서 느끼지 못하는 '정'이 이곳에는 있다"고 했다. 그는 이어 "힘든 분들에게 작지만 도움이 될 수 있다는 게 행복이자 보람"이라며 "이제는 삶의 일부분이 돼, 한 분 한 분 세상을 떠나실 때마다 가슴이 아프다"고 부연했다.

소록도에 거주하는 한센인 가운데 일 년에 약 60명이 돌아가시고 그만큼 외부에서 새로 들어온다.

오전 10시 40분이 되자 점심 식사가 올라왔다. 환자들의 식사를 보조하기 위해 '사랑의 집' 간호팀의 발걸음이 다시 빨라졌다.

편견에 갇힌 한센병, 병 걸려도 2개월 약 먹으면 전염 안 돼

우리에게 '나병'이나 '문둥병' 등 불편한 이름으로 더 익숙한 한센병은 '한센균(Mycobacterium leprae)'에 의해 발병되는 만성감염성 질병으로 피부와 말초신경에 주병변을 일으키는 면역학적 질환이다. 감염 경로가 명확하게 규명되지는 않았지만 대개 호흡기로 감염되는 것으로 알려져 있다.

한센균의 잠복기는 수년에서 수십 년 정도로 길고, 환자의 면역 상태에 따라 다양한 증상이 나타난다. 대부분은 한센병에 걸리지 않으며 한센균에 대한 면역력이 적은 극히 일부에서만 발병한다. 한센병은 '천형'의 병이 아니라 약물로 치료가 되는 감염병에 불과하다. 병에 걸렸더라도 2주에서 2개월 정도 약을 먹으면 다른 사람에게 병을 옮기지 않으며, 병형에 따라 다르지만 5년에서 20년 정도 꾸준히 약을 먹으면 완치된다.

한센병의 치료는 한센병 자체에 대한 치료와 한센병에 의한 후유증 치료로 나눌 수 있다. 소록도에 있는 대부분의 환자들은 한센병의 후유증에 대해 재활치료를 받고 있는 사람들이다. 의학의 발달로 요즘은 한센병에 의해 장애가 발생되는 경우는 거의 없다.

한센병은 결코 격리 치료가 필요한 질병이 아니다. 그럼에도 사람들은 여전히 그들과 이웃하고, 접촉하기를 꺼리고 있다. 우리 사회의 오랜 편견이 이 병을 계속해서 불치의 상태에서 벗어나지 못하는 '사회적 질병'으로 만들고 있는 것이다.

경인지방식품의약품안전청
수입 식품 검사관,
'안심 먹거리' 파수꾼

식품 수입이 지속적으로 증가하고 있다. 지난 2013년 기준으로 수입한 식품을 돈으로 환산하면 무려 23조 6천억 원에 달한다. 한·중 자유무역협정(FTA) 등 국가 간 교역 확대로 인해 식품 수입은 더 늘어날 전망이다.

문제는 다양한 제품이 국내로 수입되면서 위해사고 발생 시 유해물질이 지역과 국경을 넘어 급속히 확산될 수 있다는 데 있다. 식품 안전에 대한 국경이 사라졌기 때문이다. 이로 인해 식품안전의 중요성은 더욱 높아지고 있다. 실제 2014년 실시한 한 설문조사 결과 국민 5명 중 1명은 식품안전에 대해 불안을 느끼는 것으로 조사됐다.

상황이 이렇다 보니 수입 식품의 검사를 책임지고 있는 식품의약품안전처는 항상 긴장의 끈을 늦출 수가 없다. 작은 실수가 대형사고로 이어질 수 있기 때문이다. 특히 경인지방식품의약품안전청은 식품의약품안전처 산하 6개 지방식약청 가운데서도 가장 바쁜 곳이

다. 인천공항, 인천항, 평택항을 통해 중국, 일본은 물론 베트남, 인
도네시아 등지에서 각종 가공식품과 식재료, 약재 등이 물밀듯이 밀
려 들어온다. 연간 4만여 건의 식품·의약품을 시험·검사하며, 수
입 식품의 경우 전체 물량의 약 55%를 책임지고 있다.

2015년 1월 22일, 인천항 인근 보세 물류창고를 돌아다니며 수입
식품 검사를 벌이는 경인식약청 수입관리과 김학수 검사관과 박현
선 검사관의 하루를 따라가 봤다.

미로 같은 물류창고 곳곳에 위험

김 검사관과 박 검사관을 만난 것은 오후 2시께 인천항 건너편 신
흥동의 한 보세 물류창고였다. 뒷칸 일부를 짐 싣는 용도로 개조한
승합차에는 '수입 식품 관능검사 차량'이라는 문구가 선명하게 새겨
져 있었다. 김 검사관이 "시간이 촉박하다"며 얼른 차에 오를 것을
종용했다. 차 안은 검체를 담는 비닐백(봉지)으로 가득했다.

대학에서 식품공학을 전공한 이들은 경력 3년차의 검사관이다.
김 검사관은 민간 기업에서 5년 동안 식품안전 관련 업무를 맡았었
고, 박 검사관은 농림수산검역검사본부에서 일하다 수산물 검사 업
무와 함께 식약처로 옮겨왔다.

김 검사관은 "오전에는 사무실에서 수입 신고 접수를 하고, 오후
에는 바로 검체를 채취하기 위해 현장으로 나온다"면서 서류뭉치를
보여줬다. 그는 "보통 하루에 15~20개 물류창고를 돌아다니는데
오늘은 12개 업체로 평소보다 훨씬 적다"고 부연했다. 곁에 있던 박
검사관이 "20개 창고를 돌면 오후 5시가 훌쩍 넘는다"며 "정부과천

청사에 있는 사무실로 돌아가 검사를 의뢰하고 현품을 확인하는 데 1~2시간이 걸리기 때문에 퇴근 시간을 지키는 것은 일주일에 하루도 안 된다"고 거들었다.

5분가량 이동해 첫 번째 물류창고에 도착했다. 수거할 검체는 과자였다. 박 검사관이 화물관리번호와 수입 화물 품목 카드를 확인한 후 "맞다"고 알려주자 김 검사관이 주저 없이 포장박스를 뜯고는 품목별로 3개씩 비닐백에 나눠 담았다.

숨 돌릴 틈도 없이 냉장창고로 발걸음을 옮겼다. 김 검사관이 박스에서 양상추 한 통을 꺼내 유심히 살펴보더니 냄새를 맡고 속을 들여다보기 시작했다. 관능검사를 실시하는 중이었다. 그는 "관능검사는 제품의 성질이나 상태, 맛, 냄새, 색깔, 표시, 포장 상태 등을 검사하는 것"이라며 "관능검사에서 위해 발생 우려가 있는 것으로 판단되면 정밀검사를 실시한다"고 설명했다. 잠시 후 김 검사관의 손에는 브로콜리가 들려 있었다.

박 검사관은 그새 베트남산 뼈포와 쥐포가 가득 쌓인 곳으로 갔다. 박스 6개를 골라 포장을 연 다음 수거용 비닐백에 검체를 한 움큼씩 담았다. 그뿐만이 아니다. 다섯 박스는 따로 챙겼다. 미생물 검사가 필요한 경우 포장을 열면 교차 오염의 우려가 있어 박스째 가져간다고 했다.

쥐포가 담긴 박스 하나가 10kg, 총 50kg의 만만치 않은 무게다. 박 검사관은 "동료 검사관 16명 가운데 13명이 여성이라 남자 검사관과 동행을 하는 날은 운이 트인 날"이라며 "여성 검사관들끼리 나왔을 때 무거운 검체를 옮기려면 여간 힘든 게 아니다"라고 말했다. 실제로 깨나 고추씨 등 일부 농산물의 경우 40~50kg에 달하는 포대를 차에 실어야 한다. 김 검사관이 "무거운 것을 들다 허리를 다쳐 병원 신세를 진 적도 있다"며 웃음을 지었다.

김 검사관이 포장 위에 큼지막한 글씨로 '검체 반환'이라고 썼다. 그는 "말 그대로 '검사를 마친 후 물건의 주인에게 돌려준다'는 뜻"이라며 "검사가 끝난 뒤 폐기처분하는 것도 있고 수입업자에 돌려주는 것도 있다"고 설명했다. 옆에서는 박 검사관이 수거한 양을 확인하고 물류창고 관계자에게 서명을 받았다. 혹시라도 중간에 없어질 수도 있기 때문이란다.

5~6곳의 물류창고를 돌고 나니 어느새 시곗바늘은 3시를 가리키고 있었다. 차 안은 수거한 검체들로 절반이 채워졌다. 다음 창고로 이동하기 위해 후진하는 순간 '쿵' 하는 충격이 온몸을 강타했다. 소형 트럭과의 접촉 사고였다. 대형 컨테이너와 지게차들이 미로를 형성하고 있는 물류창고에서는 얼마든지 발생 가능한 사고였다. 운전

을 하던 김 검사관은 업무 중 경험하는 첫 사고라고 했다. 박 검사관은 "운전이 능숙하지 못한 여성 검사관들에게 복잡한 물류창고는 시험대나 마찬가지"라고 말했다.

하루 최대 26개 창고서 검체 수거

사고를 수습한 후 이동한 물류창고에서는 일본산 채칼과 야채분쇄기를 수거했다. 식품뿐만 아니라 식품 용기와 기구, 포장까지도 검사 대상이라는 점이 의외였다.

널찍한 물류창고 이곳저곳을 다니는 것은 만만한 일이 아니었다. 기자는 지게차가 시도 때도 없이 들이닥치는 바람에 아찔한 순간을 몇 차례나 경험해야 했다. 하지만 김 검사관과 박 검사관의 발놀림은 놀라울 만큼 재빠르게 지게차의 동선을 피해 다녔다. 박 검사관은 "지게차는 처음이나 지금이나 위협적이긴 마찬가지"라며 "이를 피해서 해당 품목이 적재된 곳을 찾아다니는 것도 기술"이라고 했다.

중국산 술과 약재로 주로 쓰이는 천궁·애엽 등도 이날의 검사 대상이었다. 박 검사관이 애엽이 담긴 포대를 자세히 보더니 "신고 내용과 다르다"며 휴대전화로 사진을 찍었다. 그는 "신고 서류에는 30kg이라고 적혀 있는데 실제로는 24kg짜리 포대"라며 "신고자에게 연락해 정정신고 안내를 해줘야 한다"고 말했다.

원활한 업무 수행을 위해서는 창고 위치를 익히는 것이 중요하다는 생각이 들었다. 차에 올라타자 박 검사관이 물류창고 이름을 댔고, 김 검사관은 단박에 찾아냈다. 인천항에는 식품을 취급하는 물류창고만 200여 개나 된다는데 어떻게 손쉽게 찾는지 궁금했다. 김 검사관은 "처음 창고의 위치를 외우는 데만 2~3개월이 걸렸다"면서 "창고들이 없어졌다, 생겼다를 반복하고 상호를 변경하는 경우도 있어 애를 먹기도 한다"고 말했다.

다음 물류창고에서는 건고사리를 수거했다. 이날은 수입 물량이 적어 두 박스만 개봉했으나 많을 때는 최대 16박스까지 뜯어 검체를 채취한단다. 지게차와 컨테이너 사이로 난 길을 따라가니 이번에는 캐나다에서 들여온 포장재 랩이 기다리고 있었다. 박 검사관이 물류창고 직원의 도움을 받아 큰 롤에서 10여m를 잘라서 비닐백에 담았다. 마지막 수거 품목은 염장 연근이었다. 검체를 채취한 후 김 검사관이 "염장 연근을 보니 생각이 났다"면서 "가장 곤혹스러운 품목 중 하나가 단무지용으로 수입되는 염장 무"라고 털어놨다. 대부분 400kg짜리 궤짝으로 포장돼 들어오는데 깨끗한 위생 상태에서 검체를 채취해야 하고, 채취하는 양도 많기 때문이다. 김 검사관은 "멸균봉투를 써야 하

고, 손에 알코올도 뿌려야 한다. 보통은 600g씩 5개를 수거하는데 수입량이 많으면 10개까지 늘어나 30분 이상 걸린다"고 말했다.

박 검사관은 가장 당황스럽게 만든 품목으로 식용 개구리를 꼽았다. 그는 "살아 있는 식품이 들어오는 사례가 드물다"면서 "축산물도, 수산물도 아니어서 식약처로 넘어온 것"이라고 설명했다.

드물지만 주말에도 검사를 나와야 할 때가 있다. 김 검사관은 "유전자변형(GMO)이 의심되는 미국산 밀이 검사 대상이었는데, 모선에서 하역작업에만 4~5일이 소요됐다"며 "중간 중간에 계속 검체를 채취해야 해서 주말이 따로 없었다"고 말했다.

오후 4시가 넘어 검사관들을 태운 차는 정부과천청사로 방향을 잡았다. 2시간 동안 수거한 검체는 모두 38개 품목이었다. 운전석과 조수석을 제외하고는 수거한 검체들로 가득 채워졌다. 검사관들은 화장실 한 번 가지 않았고 물 한 잔 마실 여유도 갖지 못했다.

김 검사관은 "최고로 많은 날에는 26개 물류창고를 돌아다니며, 70여 개 품목의 검체를 수거해 차에 다 싣기 힘들 정도였다"고 설명했다. 박 검사관이 "오늘은 날씨까지 좋아 일하기가 훨씬 수월했다"며 "눈이나 비가 오는 날에는 이동이 불편해 시간이 배로 걸린다"고 어려움을 토로했다.

검사관들이 일 년 중 가장 기다리는 손꼽아 기다리는 것은 중국의 춘제(2월 18~24일)다. 수입 식품의 절반을 차지하는 중국으로부터의 수입 물량이 감소하기 때문이다. 김 검사관은 "상대적으로 여유가 있는 기간이어서 휴가도 다녀오고 한다"며 "반대로 설·추석 명절을 앞두고는 눈코 뜰 새 없이 바빠진다"고 말했다.

해양환경관리공단
항만청소선 승무원,
깨끗한 바다 만드는 환경 지킴이

육지에 환경미화원이 있다면 바다에는 이들이 있다. '바다의 청소부'로 불리는 해양환경관리공단의 항만청소선(청항선) 승무원이 그 주인공이다. 환경미화원들이 주로 도시에서 일한다면 청항선은 배들이 몰리는 항구를 중심으로 쓰레기를 치운다. 다른 점이 있다면 한꺼번에 여럿의 손이 필요하고 들어가는 비용도 훨씬 많다는 것이다. 무엇보다 청소 장비를 제대로 갖춘 배가 필요하기 때문이다.

2015년 1월 28일, 해양환경관리공단 부산지사의 청소방제선(청방선) '파란호'에 동승해 바다환경 지킴이의 하루를 들여다봤다. 파란호는 지난 2006년 건조된 70톤급의 청소·방제 겸용 선박으로 건조 비용 약 70억 원이 투입됐다.

깨끗한 부산항 만드는 지킴이

오전 9시 30분께 관공선들이 모여 있는 부산항 제5부두에서 파란호를 처음 만났다. 다행스럽게도 날씨가 좋았다. 이오재 선장과 김진수 기관장이 기자의 승선을 반갑게 맞아줬다. 이들은 해양환경관리공단의 전신인 한국해양오염방재조합 시절부터 20년 가까이 호흡을 맞춰온 베테랑들이다.

이 선장은 "환경미화원들이 거리를 깨끗하게 청소하지만 바다는 우리가 그 역할을 한다"며 "바다 환경을 오염시키고 선박 항해에 위험요소가 되는 부유물 등을 제거하는 것이 목적"이라고 했다.

잠시 후 신창섭 항해사와 바로 옆에 정박한 청방선 '부산933호'의 박범석 선장이 배에 올랐다. 신 항해사는 파란호와 이제 겨우 한 달을 보냈고, 박 선장은 동료들을 돕고 일도 배울 겸 해서 함께 승선했단다.

파란호가 청소를 맡은 구역은 북항을 비롯해 다대포항, 감천항, 용호만, 해운대 등이다. 북항과 해운대 쪽으로 한 바퀴 돌면 2시간, 다대포항과 감천항 쪽으로 방향을 잡으면 3시간 가까이 걸린다. 이 선장은 "기장에서 가덕까지 사실상 부산항 전체가 관할구역이라고 보면 된다"며 "성수기(?)인 여름에는 하루에도 서너 차례씩, 비수기인 겨울에는 한 달에 2~3회 정도 순찰을 겸해서 청소를 실시한다"고 설명했다.

바다 위의 쓰레기지만 대부분이 육지에서 사람들이 버린 것이다. 빗물에 쓸리거나 바람을 타고 바다로 유입돼서다. 이 선장은 "생활쓰레기가 80%를 차지하고 나머지 20%가 낙엽이나 지나는 선박에서 배출된 것"이라고 설명했다.

출발 20분 만에 북항대교 아래에 다다랐다. 부두 한 모퉁이에 쓰레기가 둥둥 떠다니고 있었다. 김 기관장과 신 항해사 등이 긴 막대를 들고 쓰레기를 선수 아래로 몰았다. 스크루가 돌아가면서 컨베이어가 쓰레기를 배 위로 실어 날랐다. 컵라면 용기부터 스티로폼, 각목, 밧줄, 생수병, 부탄가스, 콘돔까지 그야말로 없는 게 없었다.

불과 20여 분 건져냈을 뿐인데 뱃머리는 온통 쓰레기로 가득 찼다. 이 선장이 '이 정도는 아무것도 아니다'라는 표정을 지었다. 그는 "간혹 돼지, 개, 고양이 등의 사체가 떠다니다 올라오면 썩은 냄새가 진동을 한다. 여름에 특히 심하다"며 "비가 많이 오는 날에는 뱀도 떠내려 오는데 살아서 올라오면 섬뜩한 기분이 든다"고 말했다.

파란호가 동명부두에 도착한 것은 오전 10시 50분께였다. 여름철에 해당하는 4~11월에는 쓰레기가 가장 많이 모이는 곳이지만 이날은 구경조차 할 수 없었다. 김 기관장이 "민원이 자주 들어오는 곳

이라 나오면 꼭 들른다"고 설명했다.

여기저기 돌면서 쓰레기를 수거하던 파란호가 자성대 부두로 방향을 돌렸다. '오늘의 쓰레기 수거작업이 끝났다'는 신호였다. 크레인이 달린 공단 소속의 집하차량이 부두에서 이미 대기 중이었다. 쓰레기를 차에 실어주는 것까지가 파란호의 임무다. 신 항해사는 "외부에서 볼 때는 편하게 보였으나 실제로는 하는 일이 많다"며 "무엇보다 배에서 일하다 크레인 차량을 운전하는 등 이 업무, 저 업무 가리지 않고 일할 수 있는 '멀티 플레이어'가 돼야 한다는 점이 힘들다"고 말했다.

이날 파란호가 바다에서 거둬들인 쓰레기는 평소와 비슷한 약 3톤이었다. 이 선장은 "겨울에는 비(또는 눈)가 적게 와서 쓰레기도 적다"며 "시간이 조금 더 지나 봄비가 내리면 하수구에 있던 낙엽 등이 한꺼번에 쓸려 내려와 바다를 가득 메울 것"이라고 말했다.

하루 수거하는 쓰레기의 양은 계절에 따라 큰 차이가 난다. 김 기관장은 "여름 장마철에는 한 번에 3톤씩 하루에 10톤가량을 수거하고, 태풍이라도 지나간 후에는 30톤까지 늘어난다"며 "겨울에는 하루 2~3톤으로 적다"고 설명했다. 그는 "일손이 부족하기 때문에 쓰레기가 많을 때는 선장도 나와서 거들어야 한다"며 목소리를 높였다.

파란호가 2014년 관할구역에서 건져낸 바다 쓰레기는 부피톤수로 1,050톤, 실제 무게는 465톤에 이른다.

폐목재, 죽은 고래도 수거 목록에

2014년 8월에는 태풍 '나크리'로 부산 앞바다에 밀려온 대량의 폐목재를 수거하는 데 큰 힘을 보탰다. 이 선장은 "영도 앞바다에서 좌

초된 파마나 선적 벌크선에서 흘러나온 합판 등이 해운대해수욕장부터 다대포까지 온통 뒤덮었다"며 "파란호가 수거한 양만 200톤을 훌쩍 넘었다"고 설명했다.

곁에 있던 김 기관장이 "그중 큰 것은 가로 4m, 세로 8m나 돼 컨베이어로 작업이 불가능했다"면서 "일일이 수작업으로 배에 끌어올렸는데 물을 먹은 탓에 합판 하나의 무게가 30~40kg에 달해 엄청 애를 먹었다"고 부연했다.

바다 청소를 하다 보니 별의별 사건을 다 겪는다. 이 선장이 3~4년 전의 얘기를 들려줬다.

"바다에서 작은 가방을 발견했어요. 현금은 없고 각종 카드에 여권이 들어 있더라고요. 주인에게 연락하니 마트에서 장을 보다가 소매치기를 당했다고 했습니다. 만나서 돌려주는데 외모 탓인지 소매치기범으로 오해를 하더군요. 지갑을 얻게 된 과정에 대해 자세한 설명을 들은 다음에야 사과를 하고서는 인사도 없이 돌아서더군요. 당연히 해야 할 일이었지만 한편으로는 씁쓸했습니다."

김 기관장도 비슷한 일을 겪었다. "2014년 감천항에서 소매치기들이 바다에 버린 지갑을 건져 주인(20대 여성)에게 돌려줬는데 '고맙다'는 말 한마디 없었다"며 "그래도 좋은 일을 했다는 뿌듯함에 기분은 좋더라"고 했다.

김 기관장의 경험담이 이어졌다. 5년 전 마산(현 창원)에서 근무할 때 50대 남성의 시체를 건져 올린 적도 있고, 3년 전에는 송도 앞바다에서 죽은 상어고래를 수거했단다. 그는 "상어고래가 죽어 해수욕장까지 떠밀려왔는데 이미 부패가 진행돼 방독면을 썼는데도 냄새가 지독해서 혼났다"며 "길이 6m에 무게가 250kg에 달해 배에 싣지 못하고 줄로 묶어서 견인해왔다"고 회상했다.

방제가 주 업무로 24시간 대기

파란호는 사실 청소보다는 방제가 핵심 업무다. 국가적 재난이 발생하면 전국 어디든 달려간다. 지난 2007년 허베이스피리트호 기름 유출 사고(충남 태안), 2011년 경신호 잔존유 제거작업(경북 포항)에 투입됐다.

이 선장은 "방제작업도 바다 오염을 방지한다는 차원에서 보면 청소나 마찬가지"라고 했다. 그는 "바다 청소는 시간을 두고 천천히 해도 되는 데다 4명이서도 충분히 할 수 있다"며 "하지만 방제작업은 촌각을 다투는 일이고, 특히 사고 발생 첫날은 24시간 매달려야 하기 때문에 인원을 보충받는다"고 설명했다. 김 기관장이 "해양오염 사고는 기상이 나쁠 때 주로 발생하기 때문에 청소 작업보다 훨씬 힘들다"고 거들었다.

2014년 세월호 침몰 사고 당시에는 파란호도 전남 진도 앞바다로 달려갔다. 한 달가량 머물면서 방제작업과 함께 유류품 수거 등을 도왔다. 김 기관장은 "방제작업 도중 여학생이 신던 운동화를 건졌는데 왈칵하고 눈물이 쏟아지더라"고 했다. 이 선장은 "너무

가슴 아픈 모습을 보면서 힘들어도 힘들다는 얘기조차 할 수 없었다"며 "내 새끼와 비슷한 또래의 아이들이라 특히 눈물이 많이 났다"고 덧붙였다.

파란호 뒤편에는 유출된 기름이 확산되는 것을 막기 위해 수면에 설치하는 오일펜스가 2개나 실려 있다. 그중에서도 길이 300m짜리 외해용 오일펜스(C형)는 가격이 무려 5억 원에 이른다.

쓰레기를 건져 올리는 컨베이어는 기름 유출 사고가 발생하면 특수 메시를 씌워 기름 제거에 유용하게 활용한다. 다른 장비에 비해 효율이 월등하단다. 김 기관장은 "2014년 말 부산 태종대 앞바다에서 발생한 기름 유출 사고 현장에서 무려 11톤의 기름을 수거했다"고 자랑했다. 그는 이어 "방제 장비는 유지·관리가 매우 중요하다"며 "언제 쓸지 모르기 때문에 항상 준비가 돼 있어야 한다"고 강조했다.

2014년 파란호는 147회 출동했으며, 세월호 사고 지원까지 포함할 경우 모두 170회에 이른다. 이동 거리는 약 4,200km로 서울~부산을 다섯 차례나 왕복하는 것과 마찬가지다. 이 선장은 "경유 사용량이 3만 8천 리터에 달했으니 1리터당 1,500원씩 쳐서 기름값으로만 5,700만 원을 쓴 셈"이라며 웃었다.

서울지방경찰청 범죄피해자 긴급보호센터, 가정폭력 피해자들을 지켜낸다

50대 중반의 A씨의 남편은 첫째 아들을 임신한 이후 의처증을 보이며 A씨를 지속적으로 폭행했다. 성도착 증세를 나타내면서 성적인 학대를 일삼고, 생활비가 떨어지면 A씨를 공원으로 데려가 성매매를 시키기도 했다.

A씨는 2014년 4월 사소한 일에도 흉기로 위협하는 남편으로부터 맨발로 도망쳐 나와 20여년 만에 자유를 얻었다. 그는 경찰에 신변보호를 요청하는 한편 범죄피해자 긴급보호센터에 입소했다.

범죄피해자 긴급보호센터는 2012년 7월 서울 강동구에서 벌어진 조선족 동포 보복살인을 계기로 설치됐다. 당시 경찰은 가정폭력 피해여성을 지구대로 데려왔지만 보호할 장소가 마땅치 않아 상담만 하고 귀가 조치했다. 그리고 피해자는 30분 만에 남편에게 살해됐다.

범죄피해자 긴급보호센터는 보복 우려가 있는 가정·성·학교폭력 피해자들이 하루 동안 머무르는 곳이다. 2013년 3월 설립 이후

2014년 말까지 모두 460명이 이용했으며, 이 가운데 가정폭력 피해자가 86.5%(398명)를 차지했다. 이들 피해자와 가장 힘든 시간을 함께하는 서울지방경찰청 범죄피해자 긴급보호센터 경찰관들의 얘기를 들어봤다.

설 명절은 가정폭력 피해자와 함께

설을 코앞에 둔 2015년 2월 16일 오후, 기자는 범죄피해자 보호센터를 찾아 서울 서대문구의 어느 거리를 헤매고 있었다. 사전에 대강의 위치를 파악하고 왔건만 비노출 시설이라 간판조차 없어 찾아내기가 여간 힘들지 않았다. 지나는 몇몇 동네 주민에게 물어봤으나 아는 사람도 하나 없었다.

한참 후에야 3층짜리 작은 건물의 문을 열고 송수연 경감이 기자를 맞았다. 그는 "과거 치안센터로 쓰던 건물을 개조했는데 혹시 피해자들에게 해가 갈까 싶어 외부에서 알아볼 수 있는 어떠한 표식도 하지 않았다"면서 "인근의 단골 식당이나 커피전문점 주인도 뭐하는 곳인지 전혀 모른다"고 말했다.

범죄피해자 긴급보호센터에는 책임자인 송 경감을 비롯해 5명의 여자 경찰관이 근무한다. 이날 낮에는 경찰 입문 13년차인 류시현 경사가 송 경감과 함께 범죄피해자 긴급보호센터를 지키고 있었다. 송 경감은 "4조 2교대지만 365일, 24시간 운영되는 데다 밤에는 혼자서 근무해야 하는 탓에 여경들로부터 인기가 없다"면서 "대부분이 일 년을 근무하고는 다른 데로 가더라"며 웃었다.

류 경사는 "인근 파출소와 핫라인이 구축돼 있고 딱히 신체적인 위협이 있는 것도 아니지만 여자 혼자 밤에 일한다는 심리적 부담감이 크다"며 "실제로 술을 마시다 싸움으로 번져서 오는 사람, 겉보기에는 멀쩡하지만 정신질환을 앓고 있는 사람이 입소하는 경우 통제가 불가능해 애를 먹기도 한다"고 말했다. 송 경감이 "술에 취해 의자를 집어던지는 등 난동을 피운 피해자는 지구대에 연락해 돌려보내기도 했다"며 "심하게는 똥·오줌을 싸는 사례도 있었다"고 거들었다.

이들은 이번 설도 가정폭력 피해자들과 보냈다. 설이나 추석 명절에는 어김없이 가정폭력이 늘어나기 때문이다. 경찰청에 따르면 2013~2014년 설·추석 연휴 기간 112에 접수된 가정폭력 신고는 하루 평균 적게는 770여 건, 많게는 910여 건에 이른다. 송 경감은 "명절 비용 문제와 가사노동 분담 여부 등을 놓고 가족 간에 사소한 시비가 많이 발생하는 것이 주된 이유"라고 설명했다.

송 경감은 서울청 여성청소년과에서 일하며 2012년 범죄피해자 긴급보호센터를 설립하는 데 일조했다. 그 덕분(?)에 2014년 2월부터 범죄피해자 보호센터를 맡고 있다. 특별한 자격이 필요한 것은 아니지만 능력은 충분하다. 그는 지난 2005년부터 '늦깎이'로 대학에서 심리상담 공부를 시작, 지금은 석사과정에 재학 중이다.

2년째 함께 호흡을 맞추고 있는 류 경사 역시 2013년 심리상담사 자격증을 땄단다. 수사 업무에 필요한 것은 물론 일곱 살짜리 딸을 키우는 엄마에게도 도움이 될 거라는 생각에서였다.

1층 사무실에서 연결된 좁은 복도를 따라 올라가니 2·3층에는 작은 방과 휴게실 등으로 꾸며진 쉼터가 마련돼 있었다. 지금까지 하룻밤에 3명의 피해자가 입소한 것이 최고 기록이다. 류 경사는 "피해자와 자녀 등 7명이 한꺼번에 들어온 적도 있다"며 "주로 밤에 와서 하루를 지내는데 65%는 자택이나 친척집으로 가고, 나머지는 여성긴급전화(1366)와 연계해 보호시설로 옮겨간다"고 설명했다.

그는 이어 "아버지로부터 성폭력을 당한 10대 여학생의 경우 마침 중간고사 기간이어서 8박 9일 동안 보호했던 기억이 있다"며 "아침에 상담 선생님이 데려가고, 오후에는 학교 전담 경찰관(SPO)이 하교를 책임졌다"고 부연했다.

송 경감과 류 경사는 무엇보다 피해자들의 안전에 많은 신경을 쓴다. '욱' 하는 심정에 자살 충동을 느끼는 피해자도 있고, 자기보호본능에 흉기를 소지하고 있는 피해자도 있기 때문이다.

'이혼'은 금기어…… 조언 대신 '들어주기'

피해자가 오면 송 경감과 류 경사는 먼저 피해자를 위로하고, 고소장 작성 등 사건 처리를 도와준다. 하지만 '진짜' 중요한 일은 피해자들의 얘기를 들어주는 것이다. 류 경사는 "피해자들이 가족들에게도 하지 못한 얘기를 5~6시간 동안 풀어놓으면 그대로 밤을 새우기도 한다"고 말했다.

송 경감은 "피해자들은 자존심 때문에 밖에서는 누구한테도 얘기하지 못하지만 한번 물꼬가 트이면 가슴에 묻어둔 얘기를 꺼낸다"며 "그들의 얘기를 들어주고, 같은 여자로서 공감해주고, 지지해주는 것만으로도 피해자들에게는 위로와 위안이 된다"고 강조했다.

이들에게 "이혼하세요"라는 말은 절대로 해서는 안 되는 '금기어'

다. 가정문제가 단박에 해결되지 않는다는 사실을 잘 알기 때문이다. 특히 여성 입장에서는 마음이 굴뚝같아도 경제적인 문제 등으로 선뜻 결정을 내리기가 어렵다. 남편의 폭력을 피해 가방을 싸 들고 아이들과 함께 나와 쉼터로 가지만 한두 달이 지나면 상당수가 집으로 다시 돌아가는 것이 현실이란다.

'조언'도 가급적 피한다. 피해자들도 자기가 살아온 길이 있기 때문에 조언을 해주는 것은 오히려 맞지 않다는 판단에서다. 류 경사는 "무슨 얘기든 조언으로 비쳐지지 않도록 조심한다"며 "대신 본인이 선택하고, 본인이 헤쳐 나가야 한다는 점을 강조해서 말해준다"고 설명했다.

일례로 폭력성이 강한 남편에게 돌아가지 않도록 권유는 하지만 결국 돌아가는 피해자도 있고, 그중에는 세 번이나 반복해서 입소한 피해자도 있다. 안타깝다는 생각이 들지만 판단은 피해자의 몫이다. 송 경감은 "우리 입장에서는 피해자가 정말 원하고, 본인에게 이익이 되는 것을 선택할 수 있도록 도와주는 것이 최선"이라고 말했다.

송 경감은 "2015년 1월에 만난 40대 여성 피해자가 기억에 남는다"고 했다. 외국에서 살다 오랜만에 친정을 방문했는데 오빠에게 폭행을 당해 출국 시까지 보호요청을 한 사례였다.

"피해자는 어릴 때 아버지로부터 자주 폭행을 당했습니다. 그런데 아버지의 폭력성이 아들에게 대물림되면서 '태권도'를 하던 오빠에게도 맞았어요. 피해자가 결혼과 함께 이민을 가면서 폭행은 끝이 났죠. 그런데 심장질환을 앓고 있는 피해자가 진료차 8년 만에 귀국하면서 문제가 다시 불거진 거예요. 친정집에 머물던 피해자가 오빠에게 다시 폭행을 당한 겁니다. 피해자는 결국 처음으로 경찰에 신고하고, 보호를 요청했습니다."

송 경감은 "범죄피해자 긴급보호센터에 머무는 동안 서너 차례에 걸쳐 상담을 진행했는데 너무 가슴이 아팠다"면서 "동거하는 친족이 아니라고 해서 1366에서도 처음에는 보호시설 연계를 거부했지만 적용 확대를 강력하게 요청한 끝에 해결했다"고 말했다.

류 경사는 2014년 8월 치매노인으로 신고된 70대 할머니를 기억하고 있다. 버스에서 멍하니 앉아 있던 할머니가 지구대로 왔는데 실제로 치매노인으로 등록이 돼 있었다. 하지만 할머니는 아들한테 폭행을 당했다고 주장했다.

"며느리는 치매노인이라 보호시설에 가기 싫어 그렇게 얘기한다고 했어요. 그런데 얘기를 계속 하다 보니 어르신이 숫자 개념은 조금 희박하지만 아들에게 맞은 사실에 대해서는 일관되게 진술을 하더라고요, 존속폭행을 확신했죠. 즉시 병원에서 치료를 받도록 하고, 사건으로 처리했습니다. 치매노인으로 치부하고 가족들에게 인계했다면 가해자한테 피해자를 넘겨주는 꼴이 됐을 텐데 상담을 통해 진실을 밝혀냈다는 점에서 뿌듯함을 느꼈습니다."

이들이 이구동성으로 꼽은 가장 안타까운 사연의 주인공은 20대 초반의 여성이었다. 이 여성은 여섯 살 때 부모가 이혼한 후 외국인 아버지와 함께 여관방을 전전하면서 상습적인 폭행을 겪어야 했고, 중학교도 제대로 마치지 못했다. 성인이 돼서야 폭행 사실을 경찰에 신고하고, 신변보호를 요청해 범죄피해자 보호센터에 들어왔다.

송 경감은 "피해자를 도와 어머니를 찾았으나 이미 재혼한 상태였고, 어머니는 신변에 위협을 느낀 나머지 만남조차 거부했다"며 "가정폭력이 새로운 형태의 이산가족을 만들어낸 것 같아 가슴이 아팠다"고 말했다.

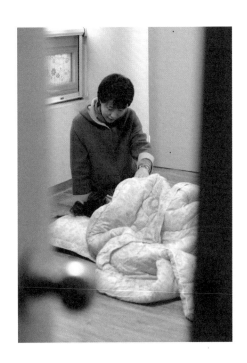

대한민국의 빛과 소금, 공복들 ❶

1판 1쇄 2016년 9월 20일

지 은 이 파이낸셜뉴스

발 행 인 주정관
발 행 처 북스토리㈜
주   소 경기도 부천시 원미구 길주로 1 한국만화영상진흥원 311호
대표전화 032-325-5281
팩시밀리 032-323-5283
출판등록 1999년 8월 18일 (제22-1610호)
홈페이지 www.ebookstory.co.kr
이 메 일 bookstory@naver.com

ISBN 979-11-5564-130-9 04810
      979-11-5564-129-3 (세트)

이 도서의 국립중앙도서관 출판시도서목록(CIP)은
서지정보유통지원시스템 홈페이지(http://www.seoji.nl.go.kr)와
국가자료공동목록시스템(http://www.nl.go.kr/kolisnet)에서 이용하실 수 있습니다.
(CIP제어번호 : CIP2016019425)

동시대의 감성과 지성을 담아내는 **북스토리(주) 출판 그룹**

북스토리 | 문학, 예술, 만화, 청소년, 어학
북스토리아이 | 유아, 어린이, 학습
북스토리라이프 | 취미, 요리, 건강, 실용
더좋은책 | 교양, 인문, 철학, 사회, 과학